KB078524

FUSION FANTASTIC STORY

A Bittersweet Life

미더라 장편 소설

즐거운 인생 9

미더라 장편 소설

초판 1쇄 찍은 날 § 2015년 3월 20일
초판 1쇄 펴낸 날 § 2015년 3월 27일

지은이 § 미더라
펴낸이 § 서경석

편집부장 § 권태완
편집책임 § 이창진

펴낸곳 § 도서출판 청어람
등록번호 § 제387-1999-000006호
등록일자 § 1999. 5. 31
어람번호 § 제1-2084호

주소 § 경기도 부천시 원미구 부일로 483번길 40 서경B/D 3F (우) 420-822
전화 § 032-656-4452 팩스 § 032-656-4453
http://www.chungeoram.com
E-mail § chungeorambook@daum.net

ⓒ 미더라, 2014

ISBN 979-11-04-90171-3 04810
ISBN 979-11-316-9220-2 (세트)

9

즐거운 인생

FUSION FANTASTIC STORY

A Bittersweet Life

미더라 장편 소설

청어람
도서출판

CONTENTS

CHAPTER **52**
할리우드로

─혹시 시간적인 여유가 되시겠습니까? 마스터.

　"시간적인 여유?"

　윌리엄 바사드는 이번에 파티에 참석하는 김에 아예 일정을 늘려 잡는 게 어떠냐는 제의를 해왔다. 최근에 할리우드 관계자를 포함해서 자신에게 만나자고 접촉해 오는 거물들이 많은데, 미국에 오는 길에 그들과 만나두면 좋지 않겠냐는 거였다.

　"아직 지명도도 없는 상황에서 굳이 그런 자들을 만날 이유가 없을 것 같군."

—마스터께서 생각하고 계신 것보다는 인지도가 높습니다. 그리고 제가 세운 투자회사에서 주목하고 있는 배우라고 해서 소개를 하면 무리가 없을 것 같습니다.

윌리엄 바사드는 투자회사의 중역으로부터 주혁에 대한 보고서를 얼마 전에 받았다. 액션과 연기가 모두 수준급이고 언어적인 장벽도 없어서 할리우드 작품에 투입하더라도 성공 가능성이 높다고 보고서를 작성한 사람은 적고 있었다.

게다가 비주얼도 높이 평가했다. 전형적인 동양인처럼 생기지는 않았는데, 묘하게 동양적인 신비로움이 느껴진다는 평이었다. 모델 같은 체형에 마스크는 대중적이면서도 신비로움이 깃든 아주 독특한 매력이 있다는 거였다.

할리우드도 항상 새로운 스타에 목말라 있다. 그리고 액션은 가장 인기 있는 장르 중 하나였다. 보고서는 최근 전우치에서 보여준 모습으로 볼 때, 성룡이나 주윤발보다 할리우드에서의 성공 가능성을 높게 평가했다.

자신의 가치를 높게 보고 있다는데 기분이 나쁠 이유가 있겠는가. 정말 그렇게 외국에서 보고 있다면, 가서 직접 반응을 보는 것도 괜찮겠다 싶었다.

"만약 가게 된다면 일정은 어느 정도로 생각하고 있는 건가?"

—보름 정도를 생각하고 있습니다. 자세한 일정을 잡아서

보내 드리겠습니다.

주혁은 그럴 것까지는 없다고 했다. 그냥 조금 생각을 할 시간이 필요했을 뿐이다.

그리고 윌리엄 바사드의 제안대로 하기로 정했다. 기왕 할리우드로 진출할 생각이라면, 이런 좋은 기회를 굳이 마다할 필요는 없다는 생각에서였다.

다른 상자의 주인이 어떤 위협을 가하더라도 안전할 수 있다는 생각도 그가 결정하는 데 한몫했다. 이미 집에 특수한 공사를 마쳐서 상자를 안전하게 보관할 수 있도록 만반의 준비를 한 상태였다.

"보름이라. 처음으로 휴가를 가게 되는 건가?"

지금까지는 휴식이란 게 없었다. 작품을 계속해서 하게 되어서 거기에만 전념했었다. 하지만 그걸 후회하지는 않는다. 자신이 좋아서 한 일이었고, 그 결과도 무척 만족스러웠으니까. 게다가 그렇게 바쁘게 움직여서 생각보다 빠르게 레벨업을 하지 않았는가.

주혁은 미국에 가더라도 시간이 나는 대로 레벨업을 위해서 수련을 해야겠다는 생각을 하고 있었다. 지금도 이런 능력을 가지고 있는데, 다음 레벨로 올라가면 얼마나 엄청난 것이 기다리고 있겠는가.

그 생각을 하면 수련을 하다가 힘들다는 생각이 들다가도 힘이 솟구쳤다. 주혁은 곧바로 아토 엔터테인먼트로 향했다. 일정에 대해서 상의하기 위해서였다.

"미국에?"

"예. 거기 투자회사가 바사드 투자회사하고 같은 계열이거든요. 그런데 이번에 창립 파티를 하면서 저를 초대하겠다고 해서요."

"그런 거야 당연히 환영이지. 외국계 회사와 인연이 있으니까 그런 좋은 점도 있구만그래."

기재원 대표는 환영했다. 그 역시 주혁은 빨리 할리우드로 진출해야 한다고 생각하고 있었다. 이제 국내에서는 할 만한 건 다 했다고 여기고 있었으니까. 그런데 마침 좋은 기회가 있다고 하니 쌍수를 들고 반겼다.

"그래서 아예 좀 넉넉하게 있다가 오면 어떨까 싶어서요. 그동안 쉰 적도 없었고 해서."

주혁은 휴가도 보내면서 편하게 할리우드를 좀 둘러보겠다고 했다. 관계자도 만나고 촬영 현장도 가볼 생각이라고 하니 기재원 대표도 흔쾌히 찬성했다. 그동안 심하다 싶을 정도로 일만 한 주혁이 아니던가.

오히려 이번 기회가 아니더라도 이제는 좀 쉬면서 충전을 하라고 할 생각이었다.

사람이 계속 일만 하면 빨리 지친다. 쉬면서 무언가를 채워야 감정의 깊이도 깊어지고, 보는 시야도 넓어지는 것이다.

어떤 일을 하든 그런 게 중요하지 않겠는가. 그래서 이번에는 영화 개봉 전에 있는 홍보 활동 전까지는 무조건 휴식을 줄 생각이었다.

"추가 촬영은 없다고 했지?"

"예, 촬영은 완전히 끝났어요. 후반 작업 들어갔구요."

촬영이 끝났다고 영화가 다 만들어진 건 아니다. 사람들은 잘 모르지만, 후반 작업도 엄청나게 일이 많다. 필름 현상부터 시작해서 CG와 사운드에다가 색 보정도 해야 한다. 각 작업마다 세부적으로 들어가면 또 많은 단계를 거친다.

그러니 완성본이 나오기까지는 상당한 시간이 필요한 것이다. 그러니 앞으로 몇 달은 시간적인 여유가 있는 거였다.

"그럼 그렇게 해. 아예 한 달 넘게 있어도 괜찮아. 그런데 미국은 총기 때문에 좀 그런데, 무슨 문제가 생기는 건 아니겠지?"

"그쪽에서 사람을 붙여주기로 했어요. 그래도 조심은 해야겠죠."

오로지 걱정인 점은 불의의 사고와 같은 일이었다.

이제 활짝 피기 시작한 주혁이었다. 연기도 액션도 모두 완성되어 가는 중이라고 기재원 대표는 생각하고 있었다. 지금도 굉장한 모습을 보여주고 있었지만, 주혁의 능력은 여기까지가 아니라는 믿음이 있었다.

그래서 여기서 더 나아진 모습은 과연 어떤 모습일까 궁금했다. 그리고 자신의 눈으로 강주혁이라는 대한민국 배우가 할리우드에서 우뚝 서는 모습을 보고 싶었다. 그런데 불의의 사고라도 당한다면 얼마나 안타까운 일이겠는가.

하지만 그렇다고 미국에 가지 않을 수는 없는 일이다. 그런 것을 두려워해서 움츠러든다면 아무것도 할 수 없다.

물론 주혁은 그런 사고에 대해서는 전혀 신경 쓰지 않고 있었다. 어떤 사고가 일어난다 하더라도 자신에게는 문제가 되지 않았으니까.

그래서 자신 있게 미국행을 결정하지 않았던가.

하지만 그런 사실을 모르는 기재원 대표는 장백이도 같이 데려가라고 했다. 장백이도 영어는 능통하고, 경호 일로 외국에 나갔던 경험도 있었으니까.

"괜찮겠네요. 그럼 장백이도 같이 가는 걸로 하죠."

장백이의 실력이야 익히 알고 있었으니 든든하겠다는 생각도 들었고, 같이 가서 대련을 해도 좋겠다는 생각에서였다. 어차피 훈련을 할 생각이었는데, 상대가 있으면 더 좋지 않겠는가. 그리고 그 이야기를 들은 윤장백도 은근히 좋아했다.

"저는요?"

코디네이터인 최윤미가 자신도 가고 싶다면서 주혁을 쳐다보았다. 그녀는 그런 곳일수록 메이크업이 중요하다면서 자신도 가야 한다고 강력하게 주장했다. 사실 그쪽에서 그런 건 준비를 다 해주겠지만, 주혁은 승낙했다.

"그래. 같은 팀이니까. 이번에 같이 휴가 간다고 생각하자고."

그렇게 미국에는 셋이 움직이는 걸로 확정되었다.

                    *   *   *

"어서 오십시오. 기다리고 있었습니다."

투자회사의 중역이 직접 나와서 주혁을 맞이했다. 회사에서 오는 비행기 편도 1등석으로 준비를 해주었고, 미국에서 지내는 동안 필요한 모든 것을 책임지기로 했다. 밖으로 나가니 아주 긴 리무진이 대기하고 있었다.

윌리엄 바사드의 심복 중 한 명인 중역은 이미 귀에 못이 박히도록 이야기를 들은지라 아주 정중하게 주혁을 안내했다. 윌리엄 바사드가 소홀히 하다가 문제라도 생기면 목을 뽑아버리겠다고 했으니 당연한 일이었다.

"오늘은 호텔에서 쉬시고 내일과 모레는 파티 준비를 하는 시간을 제외하고는 자유롭게 지내셔도 됩니다."

멋들어진 콧수염을 한 중역은 일정에 대해서 자세하게 설명했다. 윌리엄 바사드와의 만남은 내일 오전에 잡혀 있었고, 경호원과 안내를 맡은 수행원을 비롯한 많은 인원이 배정되어 있다는 사실도 알려주었다.

윤미는 영어가 좀 약한 편이라 전부 알아듣지는 못한 듯했는데, 장백이는 상당히 놀란 표정이었다. 주혁이 중국에 갔을 때 받은 대접도 엄청났는데, 지금 콧수염이 말하고 있는 것만큼은 아닌 듯해서였다. 장백은 조용히 한국어로 주혁에게 속삭였다.

"형님, 대우가 정말 급이 다른 것 같습니다."

"할리우드야 움직이는 자본의 규모가 다르니까. 제작비 많이 들어갔다는 전우치가 여기서는 독립영화 찍는 수준이라니까."

"에이, 그렇다고 해도 아무한테나 이렇게 해주겠어요?"

주혁은 전우치 때문에 이름이 좀 알려져서 그렇다고 말했다. 그리고 미래 컨소시엄 관련해서도 연관이 좀 있어서 그렇다는 말도 덧붙였다. 하지만 그런 점을 고려해도 과한 대우이기는 했다.

하지만 장백이와 윤미는 어떤 사람이 어떤 대접을 받는지 모르는지라 그냥 그런가 보다 했다. 그냥 주혁 덕분에 최고급 호텔에서 묵게 되고 좋은 대접을 받게 된 것이 신기하기만 했다.

"이쪽으로 오시지요."

호텔에 도착한 일행은 각자 방으로 안내를 받았다.

"무슨 일이 있으시면, 이 번호로 연락을 주시면 됩니다."

중역은 자신의 번호를 알려주고 떠났다.

오늘은 시차 적응도 해야 해서 주혁은 일찍 잠들 예정이었다.

호텔의 가장 꼭대기 층에 있는 방에 묵게 된 주혁은 잠들기 전에 잠시 수련을 했다. 부단한 연습 끝에, 이제는 집중하면 바로 시간이 조금 느려지게 되었다.

아주 미묘한 차이였지만, 그 차이가 엄청난 결과를 가져올 수도 있었다. 고수들의 대결에서 그 약간의 차이라는 게 승패를 가름하는 잣대였으니까.

그리고 좋은 건 이렇게 집중해서 수련을 하면 체력과 정신력이 빨리 소모된다는 거였다.

그래서 항상 그 상태로 수련하려고 노력했고, 이제는 몸에 배어서 아주 익숙했다.

주혁은 거의 무아지경에서 수련을 하고 있었는데, 벨 소리가 들렸다. 이 시간에 올 사람은 한 명밖에는 없었다. 윌리엄 바사드였다.

공식적인 만남은 내일로 예정되어 있었지만, 그건 어디까지나 공식적인 일정. 오늘은 사적으로 나눌 이야기가 있어서 다른 사람들 눈을 피해 온 거였다. 소파에 편안한 자세로 앉은 두 사람은 이야기를 나누기 시작했다.

"옷은 준비가 되었으니 내일 입어보시면 됩니다."

윌리엄 바사드는 굳이 본인이 파티 의상을 비롯한 여러 물품들을 준비하겠다고 했다. 그래서 한국에서 미리 치수를 재서 전달했고, 그 양복 이야기를 하는 거였다.

"그냥 본론으로 들어가지."

주혁의 말에 윌리엄 바사드는 혀로 입술을 한차례 적시고는 이야기를 시작했다.

"아무래도 로저 페이튼이 움직이기 시작한 것 같습니다."

"그래? 정확한 정보가 들어온 것인가?"

윌리엄 바사드는 정확한 정보는 아니지만, 여러 정보를 종합한 결과 그런 결론에 도달했다고 말했다.

"사람을 따로 써서 용병들의 움직임을 추적하도록 했습니다."

용병 회사에서 정보를 빼내려고 했지만, 쉽지 않았다고 했다.

당연한 일이다. 그렇게 쉽게 정보를 빼낼 수 있다면 누가 용병 회사에다 일을 맡기겠는가.

그래서 다른 방법을 동원했다. 바로 작전에 동원된다고 의

심되는 용병들의 움직임을 감시하는 거였다.

어떤 용병이 고용되었는지 정확하지 않아서 비용이 조금 많이 들기는 했지만, 그래도 멋모르고 있다가 당하는 것보다는 훨씬 이득 아닌가.

그래서 계속해서 감시를 해왔고, 드디어 움직임이 포착되었다.

"그런데 그 움직임이 중앙아시아와 미국을 향하고 있습니다."

"중앙아시아와 미국이라. 미국에서 무슨 사고를 치면 저들도 골치가 아플 텐데?"

"미국으로 움직이는 자들은 소수이기는 한데, 그래도 분명히 미국으로 몇 명이 들어오고 있습니다. 그래서 혹시라도 있을지 모르는 일에 대비를 하고는 있습니다만……."

윌리엄 바사드의 표정을 보니 어떻게 도움을 좀 받을 수 없겠느냐는 표정이었다.

'어쩐지 극진하게 대접을 한다 했더니만, 이런 속셈이 있었구만.'

하지만 이해가 되기도 했다. 로저 페이튼이 단단히 벼르고 벌이는 일이다. 절대로 평범한 일을 계획하지는 않았을 터. 생각지도 못한 피해를 입을 수도 있으니 미리 보험을 들어두자는 거였다.

"심각한 문제가 되는 일이라면 내가 해결해 주지."

"감사합니다."

주혁은 단서를 달았다. 윌리엄 바사드가 휘청거릴 정도로 심각한 타격이 아니라면 나서지 않을 생각이었다. 그리고 어차피 윌리엄 바사드에게 문제가 생길 정도의 일이면, 주혁도 곤란했다.

그러니 그런 상황이라면 어차피 도와주어야 할 터. 그렇게 둘의 대화는 합의점을 찾았다. 주혁은 살짝 괘씸하다는 생각이 들긴 했지만, 자신을 위해서 해주는 것도 그만큼 많았으니 그 정도는 넘어가 주기로 했다.

대신 어지간해서는 동전을 사용하지 않을 생각이었다. 조금 손해도 보고 아쉬운 것도 있어야 자신에게 더 매달릴 테니까.

사실 자신이 얼마나 큰 걸 보장해 주고 있는가. 윌리엄 바사드 자신과 사업의 안전을 절대적으로 보장하고 있는 것 아닌가.

그런 만큼, 이번만은 조금 손해를 입어도 감수하라고 할 작정이었다.

주혁의 생각을 모른 채 윌리엄은 밖으로 나갔고, 주혁은 하얀 시트가 덮인 침대에 누워서 잠이 들었다. 바스락거리는 소리와 촉감 모두 좋았지만, 낯선 곳이라 그런지 쉽게 잠이 오지 않았다.

*　　　　*　　　　*

"아버지께서 정말 행복해하실 거예요."

소피아라고 자신을 소개한 여자가 이야기했다. 그녀는 양복을 여러 벌 가져왔는데, 주혁이 입은 모습을 보더니 나지막한 탄성을 내뱉었다. 좋은 옷과 훌륭한 모델이 만났을 때, 어떤 광경이 나타나는지 목격해서 그런 거였다.

그녀의 아버지는 양복을 만든 장본인이었다. 수제 양복의 명장. 극소수 손님을 위한 맞춤 양복만을 만드는 사람으로 보통 사람들에게는 알려지지도 않은 사람이었다. 그래서 사실 이 옷은 만들어지지 못할 뻔했다.

아버지는 아주 깐깐했다. 직접 치수를 재지 않고서는 옷을 만들지 않았다. 치수를 재는 건 단순하게 숫자를 적기 위함이 아니라 그 사람의 분위기나 느낌도 살피기 위한 것이라고 생각했으니까.

하지만 절대로 부탁을 거절할 수 없는 사람을 통해서 의뢰가 들어왔다.

하지만 만약 옷의 주인이 시원찮았다면, 아버지는 결코 옷을 만들지 않았을 것이다.

그녀는 아버지가 치수를 보고서 눈빛이 달라졌던 것이 기억났다.

맞춤 양복만 만든 지 40년 가까이 된 명장. 당연히 수치만 보아도 그 사람이 어떤 체형을 가지고 있는지 알 수 있었다. 그런데 수치를 보니 호기심이 생길 정도로 멋진 몸을 가지고 있었다. 그래서 어떤 사람인지 의뢰인이 건넨 사진을 보았다.

그의 옷을 입을 수 있는 사람들이 어떤 사람들이겠는가. 대부분 중후한 느낌이 나는 중년 신사들이었다.

제아무리 관리를 잘한다고 하더라도 절대로 가질 수 없는 게 있다.

그건 바로 젊음이었다.

그 생생한 느낌은 돈으로도 살 수 없는 거였다.

그런데 이번에 옷의 주인은 너무나도 젊고 매력적이었다.

그래서 옷을 만들기로 결심했다. 어차피 신세를 진 사람의 부탁이라 거절하기도 어려웠고.

"혹시 불편한 곳은 없나요?"

"아주 편합니다. 정말 훌륭한 정장이네요."

주혁도 거울에 비친 자신의 모습을 보고는 아주 만족스러웠다. 자신이 옷에 대해서 전문가는 아니다. 하지만 적어도 지금 자신이 입고 있는 옷이 정말 좋은 정장이라는 사실은 알수 있었다. 보이기에 그렇게 보였으니까.

어디가 어때서 그렇다는 말은 할 수 없었다. 잘 몰랐으니까. 하지만 분명한 것은 자신이 전혀 다른 사람처럼 보인다는 거였다. 정말 옷 한 벌에 이렇게 품격이 느껴질 수 있다는 사실이 놀라울 따름이었다.

"제가 아버지를 도운 지가 제법 되지만, 이렇게 아버지의 옷이 잘 어울리는 분은 처음 보는 것 같습니다."

소피아는 연신 탄성을 내면서 주혁의 모습을 이리저리 보았다. 그리고 혹시라도 옷에 손을 볼 곳이 없는지 살폈다.

하지만 결국 그녀는 문제가 있는 곳을 찾지 못했다. 아버지의 솜씨도, 옷을 입은 당사자도 완벽했던 것이다.

소피아는 다른 옷도 모두 점검을 한 후에 혹시라도 불편한 점이 있으면 찾아달라고 하고는 돌아갔다.

주혁은 이런 게 정말 명품 정장이구나 싶었다.

명품 연기가 영화 전체를 살리듯, 명품 정장은 옷을 입은 사람을 잘 살려주었다.

"옷이 날개라더니."

주혁은 그 속담이 어떤 의미인지 확실하게 알 수 있었다.

주혁이 옷을 구경하는 사이에 오늘 일정 동안 그를 수행할 수행원이 그를 찾아왔다.

그리고 경호원과 함께 안으로 들어온 그녀는 주혁을 보더니 흠칫 놀랐다.

어제도 인사를 하면서 굉장히 매력적인 사람이라는 생각
은 했었다. 하지만 어제는 편한 티에 청바지 차림이라 다소
거칠고 야성적인 매력으로 다가왔다면, 지금은 고귀하고 위
엄 있는 느낌이었다.

"저, 저기. 오늘 일정이……."

그녀는 할 말이 생각나지 않아서 수첩을 뒤적였다. 평소에
는 하지 않는 그런 실수였다.

"참, 같이 온 일행은 잘 있죠?"

장백이와 윤미가 묵는 곳은 주혁과는 층이 달랐다. 수행원
은 둘 다 잘 있다고 대답했다. 그러고는 수첩을 확인하고는
오늘 일정에 대해서 이야기했다. 들를 곳이 여러 곳이어서 오
전 내내 돌아다녀야 했다.

"오후에는 자유롭게 지내셔도 됩니다."

"이곳에 피트니스 센터도 있죠? 그리고 가볍게 훈련을 할
공간도 있으면 좋겠다고 했는데."

"피트니스 센터와 말씀하신 장소는 제가 따로 안내해 드리
겠습니다."

주혁이 내려가니 어제 자신을 태운 리무진 대신 마이바흐
가 대기하고 있었다. 주혁도 다른 남자들과 같이 자동차에는
조금 관심이 있는지라 마이바흐라는 건 알아보았다. 하지만
주혁이 먼저 알아본 브랜드는 그게 끝이었다.

그는 수행원을 따라서 여러 매장을 돌아다녔다. 넥타이부터 커프스까지 전부 다른 매장에서 구입했는데, 주혁은 대부분 처음 듣는 브랜드였다. 수행원이 이야기는 해주었는데, 어느 정도 유명한지는 가늠이 되지 않았다. 그저 당연히 최고급이라고만 생각할 뿐이었다.

"다음은 시계 매장으로 갈 예정입니다. 파텍 필립인데 아마 마음에 드실 겁니다."

역시나 들어본 적이 없는 브랜드였다. 롤렉스나 불가리는 들어본 적이 있는데, 지금 들은 브랜드는 금시초문이었다. 하지만 그런 걸 입 밖으로 내지는 않았다. 그저 가볍게 고개만 끄덕였다.

물론 가서 보면 좋다는 건 알 수 있었다. 자신이 입고 있는 정장과 같이 확실히 좋은 물건이라는 티가 나는 것들이었으니까. 그리고 자신이 생각했던 것보다 물건들이 훨씬 비싸다는 사실도.

하지만 거리낌 없이 물건을 골랐다.

다른 사람의 선물이라면 부담스러울 수도 있겠지만, 윌리엄 바사드가 주는 선물은 경우가 달랐다. 그에게 지금까지 해준 것이 얼마이던가. 모르긴 해도 지금 이 정도는 그가 본 이득에 비하면 푼돈일 것이다.

그러니 주혁은 아주 당연하다고 생각하면서 물건을 골랐

다. 수행원이 몇 가지를 추천하면, 그중에서 고르면 되어서 어렵지는 않았다.

오히려 매장에 있는 여직원들의 적극적인 유혹이 부담스러웠다. 물론 무표정한 얼굴로 무시해서 별다른 일은 없었다.

확실히 한국에서와는 달랐다. 여자들이 굉장히 적극적이었다. 호감이 있다는 표현도 직접적이었고, 번호를 주는 일은 부지기수였다. 동양인이긴 했지만, 매력적인 미남인 데다가 부호로 보였으니 어찌 보면 당연한 일이었다.

하지만 아직 주혁이 배우라는 사실을 알아보는 사람은 없었다. 하긴 전우치야 영화 관계자들 사이에서 알려진 정도였지, 일반 대중은 전혀 모르는 영화였으니까.

"이제 돌아가시면 됩니다."

주혁은 시간을 확인하기 위해서 손목에 찬 시계를 슬쩍 보았다. 그 모습에 수행원과 매장 여직원의 숨소리가 거칠어졌다. 남성적인 매력이 물씬 풍겼기 때문이었다.

그녀들은 주혁의 모습에서 강한 남자의 향기를 맡았다.

생태계의 꼭대기에 있는 존재라는 느낌. 끌릴 수밖에 없는 치명적인 매력이었다.

주혁은 예상외의 반응에 조금 당황스러웠다. 자신이 매력이 있다고 생각은 하고 있었지만, 여자들이 이렇게 격한 반응을 보이리라고는 생각지 않아서였다.

"그만 돌아갑시다."

주혁의 말에 수행원이 정신을 차리고 그를 안내했다. 호텔로 돌아온 후, 주혁은 여자와 관련된 일은 잊어버렸다. 여자에게 관심이 없는 건 아니었지만, 딱히 마음에 드는 여자가 없었다.

그는 일행과 식사를 하고는 장백이와 피트니스 센터로 향했다. 일단 가볍게 몸을 풀기 위해서였다. 그리고 특별히 준비한 장소에서 대련을 하면서 시간을 보냈다.

"아니, 형님은 도대체 수련을 어떻게 하는 겁니까? 도대체 무슨 짓을 하기에, 잠깐 못 보면 그 사이에 실력이 막 늘죠?"

장백이 투덜거렸다. 미국에 오기 얼마 전까지만 해도 근근이 우세를 유지할 수 있었는데, 이제는 정말 막상막하였다.

하지만 장백이 모르는 사실이 있었다. 주혁은 자신의 베스트를 보여주지는 않고 있었다.

주혁은 이미 장백을 넘어선 상태였다. 정신을 집중하면 충분히 그를 이길 수 있었다. 확실히 집중했을 때의 능력을 사용하면, 평소보다 훨씬 강해졌으니까.

당연하지 않겠는가. 시야도 넓어지고 시간이 느리게 흐르는 만큼 상대의 움직임도 파악하기 좋았으니까.

하지만 능력을 사용하면서도 굳이 승기를 가져오지는 않았다. 승패가 중요한 건 아니었으니까. 그저 능력을 조금이라도 더 자유자재로 사용하는 데만 주력했다.

그걸 모르는 장백은 안간힘을 썼고, 대결은 팽팽한 정도에
서 마무리되었다.

＊　　　＊　　　＊

"어제 이야기한 사람들에 대해서 더 궁금하신 점은 없습니
까?"

윌리엄 바사드는 쇼핑을 한 다음 날, 파티 전반에 관한 걸
주혁에게 말해주었다. 유의해야 할 점과 참석하는 사람들에
대한 면면도 말했다.

주혁도 이미 알고 있는 정보였지만, 윌리엄이 다시 한 번
자세히 설명을 해주니 확실히 도움이 되었다. 전부 외우고는
있었지만, 그냥 영어 단어 외우는 것 같은 식이었기 때문이
다. 사진을 보면서 누구는 나이는 몇이고, 특징은 뭐고, 무슨
일을 한다는 식으로 외웠으니까.

하지만 각 인물에 대해서 자세한 설명을 듣고 나니 그 인물
이 조금 더 명확하게 그려졌다.

그림과 같았던 이미지가 3D로 되었다고나 할까. 그런 느낌
이었다.

"설명이 자세해서 특별히 궁금한 점은 없군. 그런데 파티

에 가면 아무래도 말투는 조금 바꾸어야겠지?"

"불편하시겠지만 그러셔야 할 겁니다."

"내가 배우라는 걸 잊은 모양이군. 그런 정도는 어려울 것 없지."

주혁은 피식 웃었다.

그 모습을 본 윌리엄 바사드는 수행원이 쇼핑을 한 후에 와서 보고한 내용이 떠올랐다. 신비한 매력이 있어서 여자들이 정신을 못 차릴 거라는 이야기였다. 그만큼 주혁이 매력적이라는 뜻이었다.

그리고 자신도 지금 보니 그녀의 말이 조금 과장되기는 했지만, 완전히 틀린 건 아니라는 생각이 들었다. 그동안은 상급자라는 생각에 느끼지 못했었는데, 지금 모습을 보니 확실히 여자들이 반할 만했다.

'파티가 시작되면 어떻게 될지 궁금하군.'

윌리엄 바사드는 마스터가 어떤 여자를 좋아하는지 궁금했다. 마스터 역시 남자이니 여자를 마다할 리는 없었고, 어떤 취향인지를 알면 자연스럽게 소개를 할 수도 있다는 생각에서였다. 대놓고 물어볼까 생각도 해보았지만, 일단 파티를 하면서 살펴보기로 했다.

주혁과 윌리엄 바사드가 도착했을 때는 파티 준비가 한창이었다. 비버리 힐즈에 있는 윌리엄 바사드의 저택은 영화 속에 나오는 저택 같았다. 밖에서는 내부가 잘 보이지 않았는데, 마이바흐가 도착하자 사람들이 정문을 열었다.

그러자 완전히 다른 세상이 열렸다.

커다란 백색 기둥으로 둘러싸인 건물이 보였고, 넓은 녹색의 정원이 그들을 맞이했다. 그리고 가운데는 커다란 분수가 있었다.

"잠시 쉬고 계시지요. 파티가 시작되면, 연락을 드리겠습니다."

윌리엄 바사드는 손님이 모두 도착하고 분위기가 살짝 달아올랐을 때, 주혁을 소개할 작정이었다. 주혁을 이 파티의 주인공으로 만들 생각인 거였다.

파티 시간이 가까워 오자 고급 승용차들이 몰려들기 시작했다. 하지만 워낙 대지가 넓어서 자동차를 모두 수용하고도 빈 공간이 많았다.

그리고 아름다운 드레스를 입은 여자들과 정장을 입은 남자들이 속속 저택으로 모여들었다.

윌리엄 바사드는 파티가 시작되고 시간이 조금 흐른 뒤에 모습을 드러냈다.

그가 나타나자 사람들이 호기심 어린 시선으로 그를 바라보았다.

이곳에 온 사람 중에는 이전에는 윌리엄 바사드라는 이름을 들어보지 못한 사람도 있었다. 그만큼 알려지지 않은 인물이었고, 아무나 만날 수 없는 거물이었다.

그런 사람이 모습을 드러내니 저택 안이 일순간 조용해졌다. 그리고 사람들이 하나둘 그의 곁으로 움직였다.

하지만 그와 인사를 나눌 수 있는 사람은 그리 많지 않았다.

투자 회사의 대표와 중역들이 중간에서 적절하게 커트를 했기 때문이었다.

그래서 대부분은 윌리엄 바사드라는 거물의 얼굴을 본 것으로 만족해야 했다.

그렇게 분위기가 조금 만들어지자 그는 사람을 보냈다. 이제 주혁이 등장할 차례였다.

주혁이 2층에서 모습을 드러냈을 때, 사람들은 아무도 주혁을 주목하지 않았다. 하지만 윌리엄 바사드가 다가가서 주혁과 가벼운 포옹을 하자 파티에 온 모든 사람들의 시선이 주혁에게 쏠렸다.

"재미있군. 오늘의 주빈이 저 동양인이라니."

할리우드 거물 프로듀서의 말에 옆에 있던 감독이 맞장구쳤다.

"그러게 말이야. 참석자 명단에 있긴 했는데, 이 정도로 띄워줄 줄은 생각지도 못했는데?'

대부분 지금 상황이 어떤 것인지를 눈치채고 있었다. 윌리엄 바사드가 대놓고 저 동양인을 밀고 있다고 공개를 한 거였다.

　사람들은 묘한 시선으로 주혁을 주시했다. 할리우드 관계자들은 날카로운 시선으로, 파티에 참석한 여자들은 조금 야릇한 시선으로.

　그리고 조금 다른 시선으로 주혁을 바라보는 시선도 있었다. 그는 아주 나지막한 목소리로 중얼거렸다.

　"그분이 말한 자가 바로 저자로군."

*　　　*　　　*

　이 파티에 온 사람 중에서 주혁에게 관심이 있는 사람도 제법 되었다. 아무나 이 파티에 올 수 있는 게 아니었으니까. 하지만 어디까지나 호기심 정도였다. 독특한 영화로 세간의 주목을 받은 배우라는 시선이 강했다.

　하지만 윌리엄 바사드의 행동으로 인해서 대번에 그 위치가 격상되었다.

　가장 먼저 움직인 것은 할리우드의 관계자들이었다.

　"가능성 있는 동양의 배우에서 단번에 유명인이 되었군. 이렇게 밀어줄 정도면 혹시 윌리엄 바사드의 연인인가?"

"윌리엄 바사드는 스트레이트라고 하던데. 연인도 있다고 들었어."

"그렇다면 정말 그만한 가치가 있다고 생각한다는 건데."

영화 관계자들은 주혁에 대해서 다시 생각했다. 일개 동양의 배우인 것과 그의 배후에 윌리엄 바사드가 있는 것과는 천지 차이였으니까.

하지만 아직까지 정확한 건 알 수 없었다.

그래서 주혁에게 다가와서 말을 붙였다.

"전우치의 독특함에 매우 놀랐습니다. 특히 미스터 강의 액션이 인상 깊었습니다."

"과찬이십니다. 동양적인 느낌이라서 그렇게 생각하신 거겠지요."

"낯설다는 것과 끝내주는 것 정도는 구분할 줄 압니다. 최고였어요."

주혁은 부드러운 미소를 잃지 않고 대답했다. 차분하면도 여유가 있었다. 사실 할리우드의 거물 프로듀서라고는 하는데, 이름 정도만 간신히 들어본 정도였다. 별로 긴장이 되지도 않았다.

사실 이 자리에서 윌리엄 바사드보다 더 대단한 사람이 있을까? 분야가 다르긴 하지만, 윌리엄 바사드와 비교될 수 있는 사람은 아마 없을 것이다. 영향력이나 파워에서 윌리엄 바사드는 독보적이었다.

그가 지금 상대하고 있는 사람만 보아도 알 수 있었다. 그는 지금 공화당원인 캘리포니아 주지사와 민주당 상원 의원과 대화를 나누고 있었다. 그런데 그 사람들이 윌리엄 바사드를 만나게 된 걸 기뻐해야 할 판이었다.

그러니까 그가 온다는 소식에 이렇게 많은 사람들이 서로 오겠다고 난리를 친 것이 아니던가. 그런데 그런 윌리엄 바사드를 턱짓으로 부리고 있는 자신이었다. 그러니 거물들이라고 해도 긴장이 되지는 않았다.

오히려 유명한 감독이나 배우를 보면 조금 흥분되었다. 자신이 감명 깊게 보았고, 감동을 받았던 영화를 만든 거장이나 명배우를 보면 가슴이 두근거렸다. 특히나 아바타의 감독을 보았을 때는 순간적으로 할 말을 잊었을 정도였다.

터미네이터와 에이리언2를 보고 얼마나 가슴이 설레었던가. 그 작품을 만든 당사자를 눈앞에서 보니 정말 감격에 말이 나오지 않았다. 게다가 터미네이터의 주연배우 역시 지금 이 자리에 있지 않은가.

그런데 그런 생각은 감독도 비슷한 모양이었다. 그는 살짝 흥분한 표정으로 주혁에게 다가오더니 손을 내밀었다.

"이 자리에 온다는 이야기를 듣고 꼭 만나고 싶었습니다. 정말 인상 깊었어요. 특히나 영화 전반을 지배하고 있는 동양적인 감성은 우리들은 흉내 낼 수 없는 그런 거였어요."

그는 주혁의 연기에 대해서도 아주 좋은 평을 했다. 물론 면전에서 대놓고 악담을 하지는 않겠지만, 굉장히 열정적으로 이야기를 하는 폼이 그냥 립 서비스는 아닌 듯했다.

"아주 어렸을 때부터 팬이었습니다."

주혁도 즐거운 마음으로 이야기를 나누었다. 어렸을 적 영웅과 이렇게 한 자리에서 이야기를 하고 있다는 자체가 영광이라고 생각했다. 그리고 다른 사람들도 하나둘 주혁의 곁에 왔다가 이야기를 나누고 자리를 떠나기를 반복했다.

"어때?"

주혁과 이야기를 나누고 온 제작자에게 동료가 질문을 던졌다.

"주목해야 할 것 같아. 현장에서 어떤 모습을 보여주는지 확인해 봐야겠지만, 우리가 생각했던 것보다 포스가 강해. 저 정도 포스가 있는 사람이라면 촬영장에서 분위기를 잡고 나가는 것도 그리 어려운 일은 아니지."

제작자는 그동안 많은 배우들을 보아왔다. 다양한 유형의 배우들이 있었지만, 주연으로 성공하는 배우들의 공통점은 장악력이 강하다는 거였다. 적어도 그가 생각하기에는 그랬다. 작품을 끌고 가는 힘이 있는 배우. 그게 성공하는 주연배우의 전제 조건이라고 생각하고 있었다.

그런데 주혁에게서 그런 기운이 보였다. 목소리가 크고 제스처가 크다고 해서 포스가 넘치는 건 아니다. 오히려 조용하면서도 사람들 가운데 돋보이는 그런 사람이 더 강한 포스를 가지고 있는 것이다.

  그런 점에서 주혁은 합격이라고 할 수 있었다. 그다지 크지 않은 목소리로 대화를 이끌고 있으면서도 사람들 사이에서 눈에 띄었으니까. 여유 있고 유머러스한 말로 사람들을 편하게 하는 주혁에게 사람들은 시선을 떼지 못하고 있었다.

  "다른 것보다 목소리 톤이 좋아. 언어 구사력도 수준급이고."

  동양 배우들이 할리우드에서 가장 곤란을 겪는 문제가 바로 언어다. 영어를 제대로 구사하지 못하면 배역에 제한이 있을 수밖에 없다.

  그런데 주혁은 영어가 아주 능통한 편이었다. 약간 독특한 억양이 있기는 했는데, 그 정도야 매력으로 볼 수도 있었다.

  "목소리 톤이?"

  동료도 관심을 가지고 물어보았다.

  "뭐랄까. 묵직한 중저음은 아닌데, 귀에 잘 들어와. 전달력이 좋은 건지 어떤지는 잘 모르겠는데, 주변이 약간 시끄러웠는데도 다른 사람 말에 비해서 잘 들리더라고."

배우에게 있어서 목소리도 큰 재산이다. 대사 전달력이 좋은 배우와 그렇지 않은 배우의 차이는 엄청난 것이니까.

"여러모로 흥미로운 배우로군."

제작자들은 여러 가지 이유로 주혁과의 만남을 추진해야 겠다고 생각하고 있었다. 가장 큰 이유는 윌리엄 바사드가 주혁을 밀어주고 있는 것 같다는 점이었다. 그렇다는 건 주혁과 잘 연결되면 제작비 걱정은 없다는 말이 된다.

영화나 드라마를 제작하면서 가장 큰일은 제작비를 마련하는 일이다. 제작자는 그것만 제대로 해도 일 못한다는 소리는 듣지 않는다. 그러니 주혁에게 관심이 가는 거였다. 하지만 배우로서의 매력이 없다면 아무리 돈이 많더라도 관심이 없을 터이다.

원래도 강주혁이란 배우와 기회가 되면 자리를 마련하려고 했었다. 할리우드는 전 세계에 영화를 판다. 그리고 최근 아시아 시장이 급속도로 커지고 있었다. 그러니 아시아권 최고의 스타에 관심을 갖지 않을 수 있겠는가.

연기와 액션이 훌륭하니 블록버스터 영화에 딱 맞았고, 아시아에서의 인지도도 굉장하니 마케팅에도 도움이 될 것이다. 그래서 주혁을 작품에 출연시키는 걸 긍정적으로 생각하고 있는 제작자들이 많았다.

"표정을 보아하니 자네도 일정을 잡을 모양이군그래."

"아마 여기에 있는 제작자들 중에 그런 생각을 하지 않는 자는 없을 듯한데?"

"하기야 당연한 일이겠지. 하지만 여기 머무는 게 보름 정도라니까 서두르는 편이 좋을 거야."

이야기를 꺼낸 사람은 이미 투자회사의 대표와 이야기해서 일정을 잡았다면서 동료를 놀려댔다.

동료는 내일이나 연락을 해볼까 했었는데, 이야기를 듣고는 곧바로 투자회사의 대표에게로 다가갔다. 하지만 이미 대표의 주변에는 많은 사람들이 몰려 있었다.

안에 있는 사람들과는 달리 조용히 주혁을 바라보다가 파티장 밖으로 나오는 사람이 있었다. 바로 주혁을 보면서 그분이 말한 사람이라고 중얼거리던 자였다. 190㎝는 되어 보이는 큰 키의 남자는 주변을 살피고는 핸드폰을 꺼냈다.

"그를 보았습니다, 보스."

―그래, 어떻던가?

"존재감은 확실히 있었지만, 그리 대단해 보이지는 않았습니다."

성별과 나이를 구분할 수 없는 목소리가 핸드폰으로부터 흘러나왔다.

남자는 보스가 왜 저런 별 볼 일 없어 보이는 동양인에게 신경을 쓰는지 의아했다. 그가 아는 보스는 저 동양인 정도는 손가락 하나로도 처리할 수 있는 정말 무시무시한 사람이었으니까.

"제가 손을 써볼까요?"

―오늘은 지켜보기만 해라.

"보스, 아시지 않습니까. 제가 깔끔하게 일을 처리한다는 걸 말입니다."

―…말이 많아졌군.

순간 남자의 얼굴색이 파랗게 변했다. 자신이 공을 세울 욕심에 너무 나갔다는 걸 깨달은 것이다.

"아닙니다, 보스. 명령에 충실하겠습니다."

―…시간이란 게 사람의 기억을 흐리게 만드는 모양이야. 지금의 너를 만든 게 나라는 사실을 잊고 있는 걸 보면 말이지.

"아닙니다. 제가 어떻게 그걸 잊을 수가 있겠습니까."

남자는 사색이 되어서 다급하게 이야기했다. 명령에만 충실하겠으며, 앞으로는 이런 일이 절대로 없으리라는 말을. 남자는 주변을 살피면서 구석진 곳으로 움직이면서 결사적으로 이야기했다.

"나는 말을 많이 하는 걸 좋아하지 않아."

―알고 있습니다, 보스.

"잘 관찰하고 오도록. 무언가 특이한 점이 있는지 살펴야 할 거야."

—무… 물론입니다. 제가 아주 사소한 것 하나도 놓치지 않고 살펴보겠습니다.

보스라고 불린 사람은 전화기를 내려놓았다. 손에는 검은 장갑을 끼고 있었는데, 손가락이 무척 긴 편이었다.

"멍청한 놈."

보스는 남자가 마음에 들지 않았다. 능력이 조금 생겼다고 으스대는 꼴이라니. 상자의 주인이 그렇게 상대하기 쉬웠으면, 세상은 이미 자신의 것이 되었을 터이다. 하지만 주혁이 상자의 주인이란 건 이야기해 주지 않았으니 자신이 해치울 수 있다고 생각할 수도 있을 터.

"주혁의 능력이 아버지와 같은 예지력이라면 무슨 일이 벌어질지를 알고도 여기에 왔다는 건데. 하지만 만약 다른 능력이라면……."

머리가 복잡했다. 검은 장갑을 낀 사람은 의자에 등을 기댄 채 옛날 일을 떠올렸다. 아주 오래전 일을. 아버지가 자신에게서 상자를 빼앗으려고 했던 그 순간을.

머릿속에서 아버지의 음성이 들렸다.

'이 상자는 요물이다. 너를 파멸로 몰고 갈 거야.'

하지만 상자의 힘에 취할 대로 취해 있던 상황. 그런 상황에서 어떻게 상자를 포기할 수 있겠는가.

그래서 자신은 아버지의 말 대신 상자를 선택했다. 그리고 아버지의 상자도 자신이 차지하기로 마음먹었다.

그리고 그때 알았다. 아버지가 예지력을 가지고 있었다는 사실을.

아버지는 자신을 슬픈 눈으로 보면서 이야기했다. 지금이라도 마음을 바꾸라고.

하지만 그러지 않았다.

그러자 아버지는 사라졌다.

아버지의 흔적을 찾아서 온 세상을 찾아 헤맸다. 하지만 어디서도 아버지의 흔적은 찾을 수 없었다. 그래서 불안했다. 갑자기 아버지가 자신을 찾아와서 상자를 빼앗아 갈 것 같았다. 그건 얼마 전까지도 그랬다.

자신도 100세가 넘었는데, 아버지라고 지금까지 살아 있지 말란 법이 없지 않은가.

세상에서 처음으로 상자의 비밀을 알아내고 사용한 자신의 아버지. 그렇지만 상자가 사용된 걸 알고 찾아가 보면 아버지가 아니었다.

그렇게 찾은 상자 하나는 자신이 차지했고, 하나는 그대로 두는 대신에 소유자를 자신의 수족으로 부리고 있었다. 자신을 대리할 존재가 하나는 필요했으니까. 그리고 윌리엄 바사드의 상자는 기회를 봐서 가져올 생각이었다. 능력이 무엇인지만 파악되면 말이다.

그런데 갑자기 다른 상자가 사용되었다. 급히 한국으로 사람을 보냈다. 그리고 강주혁이라는 배우가 상자를 가지고 있다는 사실을 알았다. 하지만 섣불리 손을 쓸 수는 없었다. 어떤 능력이 있는지 알 수 없었으니까. 그러다가 상자 두 개를 모두 그가 가지게 되었다. 그러니 이제는 더 조심해야 한다. 능력이 더 좋아졌을 테니까.

"이게 아버지의 안배인가요? 설마 아직도 살아계신 건 아니겠지요?"

검은 장갑은 아버지가 두려우면서도 보고 싶다는 생각이 들었다. 만약 상자만 없었더라면 어땠을까 하는 생각도 했다. 아니면 상자가 여러 개가 아니라 하나뿐이었다면, 이런 분란이 생기지도 않았을 거라는 생각도 들었다.

하지만 이미 너무 긴 시간이 지났다. 아버지는 자연의 품으로 돌아갔으리라 생각하고 있었다. 자신이 오랜 시간을 살아왔으면서도 아직 머리도 백발이 되지 않은 건 모두 상자의 덕분이었다.

상자가 아버지가 아닌 다른 사람의 손에 있다는 건 아버지의 죽음을 이야기하는 것으로 생각해도 무방했다. 그래서 그 사실을 알고는 서글픈 생각이 들면서도 안심이 되었다. 아버지만 아니라면 어떤 자든 자신의 상대는 아니라고 생각했으니까.

그래서 조심조심 행동했다. 확실하게 처리할 수 있을 때, 그 순간을 노리면 되는 거였다. 조급하게 굴다가 자신의 정체가 드러난다거나 하는 위험을 자초할 이유는 없다. 수하들을 부려서 그자의 능력이 무언지 알아내고 약점을 찾으면 그만이다.

지금도 대단한데 다섯 개의 상자를 모두 모은다면 어떻게 될지 흥분되었다. 이 상태에서 더 늙지 않을지도 몰랐다. 아니면 오히려 젊어질 수도 있지 않을까 싶었다.

"아니면 시간 여행이 가능할지도 모르지."

그는 손을 뻗어 나무로 된 상자를 열었다. 거기에는 동전이 들어갈 수 있는 여덟 개의 홈이 있었고, 여섯 개의 자리에 동전이 들어가 있었다.

*   *   *

"혹시 마음에 드는 사람이라도 있으셨습니까?"

파티가 끝나고 호텔에 있는 주혁의 방까지 따라온 윌리엄 바사드가 은근한 표정으로 물어보았다.

파티에서 주혁의 인기는 하늘을 찔렀다. 특히 후반부로 갈수록 여자들의 공세가 몰려들었다. 개중에는 잘나가는 할리우드 스타도 있었다.

"너무 달려드니까 오히려 매력이 없더군."

주혁은 시큰둥한 표정으로 말했다.

윌리엄 바사드는 주혁이 다소 고전적인 취향을 가지고 있다고 생각했다. 옛날 영화에나 나옴 직한 아주 여성스러운 스타일을 원하는 것으로 보였으니까. 그런 타입은 요즘 보기 쉽지 않다.

하지만 주혁이 그런 스타일을 좋아한다면야 어떻게든 알아봐야 하지 않겠는가. 윌리엄 바사드는 주혁의 방에서 나와 사람들에게 그런 타입을 중심으로 주혁이 좋아할 만한 스타일의 여자를 찾아보라고 지시했다.

주혁은 파티에서 받은 여자의 핸드폰 번호가 수십 개는 되었다. 하지만 이상하게 마음이 가지를 않았다. 오히려 한국 여배우들이 훨씬 예쁘고 사랑스럽다고 생각되었다.

"그나저나 내일부터는 매일 돌아다녀야겠네."

만나자는 제의가 엄청나게 들어왔는데, 주혁은 하루에 하나로 제한했다. 수련을 할 시간도 필요했고, 조금 여유 있게 쉴 시간도 필요했으니까. 몇 년 동안 빡세게 살았더니 이제는 좀 쉬고 싶다는 생각도 들었다.

　게다가 세계적으로도 유명한 휴양지가 널려 있었다. 기왕 온 김에 제대로 즐겨야겠다는 생각이 들었다.

CHAPTER **53**
테러

"이봐, 준비는 끝난 건가?"

로저 페이튼은 초조한 낯빛으로 남자에게 물었다. 하지만 남자는 대답이 없었다. 보스로부터 질책을 당한 것이 큰 부담이었던 거였다. 혹시라도 자신이 제거당하지는 않을까 걱정스러워서 다른 일에는 신경을 쓰지 못하고 있었다.

"이봐!"

"어? 아… 그래, 어쩐 일이지?"

로저 페이튼은 보스의 심복. 오드아이라는 별칭으로 불리는 남자를 쳐다보았다. 그는 정신이 반쯤 나가 있는 것처럼 보였다. 평소에는 이런 모습을 본 적이 없는데, 하필 아주 중요한 순간에 이러고 있으니 답답하기만 했다.

"무슨 일이야? 혹시 보스에게 말을 들었다고 그러는 건가?"

"약간……."

로저 페이튼의 눈에는 오드아이가 고개를 살짝 움직이는 게 보였다. 하기야 그런 일이 아니고서야 오드아이가 이런 모습을 보일 리가 있겠는가. 하지만 이해가 되기도 했다. 보스로부터 강한 경고를 받았다고 하니 불안한 것도 당연할 것이다.

보스의 진면목을 아는 사람은 최측근이라고 할 수 있는 세 명의 심복뿐이었다. 자신과 오드아이, 그리고 셰도우. 최근에 새로이 한 명을 키우는 자가 있기는 했지만, 아직은 애송이에 불과해서 심복이라고 할 정도는 아니었고.

"이봐, 설마 무슨 일이야 있겠나. 자네도 알잖아. 보스가 얼마나 공을 들여서 능력을 갖게 해주었는지."

"그건 그렇지만……."

원체 소심한 녀석이었다.

남들과 다르다는 것. 그것은 축복일 경우보다는 재앙일 경우가 더 많다. 사람들의 눈에 확 띈다는 게 반드시 좋은 것만은 아니니까.

오드아이도 색깔이 다른 눈동자 때문에 놀림을 받으면서 자랐다고 했다. 지금이야 렌즈를 껴서 겉으로 보기에 드러나지는 않지만 말이다.

그래서 소심하고 다른 사람의 눈치를 살피는 성격이 되었다. 능력을 갖고 난 후에는 오히려 자신감이 넘치고 다소 포악한 행동까지 서슴없이 했지만, 그래도 원래 있던 성격이 어디 가겠는가. 위기를 맞이하니 원래 성격이 나오는 거였다.

하지만 지금은 아주 중요한 순간이다. 그의 능력이 반드시 필요한. 이렇게 멍하니 있을 때가 아니었다. 그래서 로저 페이튼은 조용히 그에게 이야기했다.

"이럴수록 보스에게 잘 보일 생각을 해야지. 공을 세우면 보스도 좋아할 게 아닌가."

"그, 그렇겠지?"

로저 페이튼은 지금 공을 세우면 없던 일이 될 거라면서 오드아이를 부추겼다.

오드아이도 그 말에 조금 표정이 바뀌는 듯했다. 공을 세우면 전에 주혁을 지켜보다가 보스와 통화하면서 실수를 한 걸 만회할 수 있을 것 같았으니까.

오드아이는 통화를 마치고 파티가 끝날 때까지 주혁을 유심히 관찰했지만, 딱히 특별한 걸 발견하지는 못했다. 단둘이 있을 기회가 있다면 자신의 능력을 사용해서 무언가 알아낼 수도 있을 것 같은데, 보스는 그런 시도 자체를 용납하지 않았다.

"그래, 그러니까 이제 마무리를 하자고. 이번 일은 잘 처리해야 해."

"그렇지. 그래야지."

오드아이는 자리에서 일어났다. 그리고 자신의 일을 하기 위해서 옆방으로 움직였다. 문이 열리자 사람 한 명이 의자에 묶여 있는 것이 보였다. 하지만 오드아이가 문을 닫자 방 안의 모습은 더 이상 볼 수가 없었다.

"평소에는 굉장히 사나운 녀석인데, 주눅이 들면 저런다니까. 저런 녀석이 그런 능력을 갖게 되었다니. 아깝다, 아까워."

보스의 심복 세 명은 전부 성격이 달랐다. 오드아이는 포악했고 셰도우는 음흉했다. 그리고 자신은 냉철한 성격이었고. 그래서 보스의 자금 부분을 담당하고 있는 거였다.

"뭐, 나하고야 상관없는 일이지. 일만 잘 처리하면 그만이니까. 이번 일만 잘 해결되면, 반격의 실마리를 마련할 수 있을 거야."

로저 페이튼은 윌리엄 바사드에게 한 방 먹이려고 여러 가지 준비를 하고 있었다. 그중 하나가 법안의 통과였다. 자신에게 유리한 법안을 통과시키려고 일을 진행하고 있었는데,

문제가 생겼다.

조사를 한 결과, 그동안 자신에게 협조적이던 상원 의원 중 몇 명이 최근에 윌리엄 바사드에게 선을 댔다는 사실을 알게 되었다. 그걸 뭐라고 할 생각은 없다. 이 바닥에서 그런 일이야 당연한 거니까. 하지만 그렇다고 그냥 두고 본다면 자신의 영향력은 점점 줄어들 터.

가만히 있을 수는 없었다. 하지만 이곳은 미국이다. 상원 의원에게 손을 댔다가 꼬리가 밟히는 날에는 제아무리 로저 페이튼이라고 하더라도 무사할 수 없는 일이다. 그래서 용병들과 오드아이의 도움을 받게 된 거였다.

사건이 일어난다고 하더라도 자신과는 아무런 연결 고리도 찾지 못할 것이다. 그리고 상원 의원들은 알 것이다. 이 사건이 자신에 그들에게 보내는 메시지라는 사실을.

그리고 자신의 생각대로 법안이 통과되고, 준비한 일들이 연속해서 터진다면, 윌리엄 바사드가 주도하고 있는 판도가 변할 것이다. 그런 균열이 생겼을 때 자신이 움직인다면, 다시 주도권을 되찾아 오는 것도 불가능한 일은 아닐 것이다.

"기회는 찾아오기도 하지만, 만들어지기도 하는 법이지."

로저 페이튼은 지그시 웃으면서 오드아이가 들어간 방문을 쳐다보았다.

                    *   *   *

　주혁은 하루하루 바쁜 나날을 보내고 있었다. 생각보다 바쁜 건 이동 거리가 상당했기 때문이었다. 워낙 넓은 곳이다 보니 아직 서부와 중부에서만 움직이는네도 시간의 내부분을 이동하는 데 소비했다.

　사람과 만나는 건 길어야 반나절 정도인데, 만나고 나면 하루가 지나갔다. 그래도 오늘은 조금 나은 편이었다. 숙소에서 그리 멀지 않은 곳에서 약속이 있었기 때문이었다.

　"그럼 아직 구체적인 계획은 없는 거군요, 미스터 강."

　"그렇습니다. 하지만 차기작은 할리우드에서 찍고 싶다는 게 제 생각입니다."

　"오오~ 충분히 가능한 일입니다. 지금 미스터 강을 섭외하기 위해서 움직이는 곳이 한두 곳이 아니니까요."

　주혁은 지금 만나고 있는 제작자가 굉장히 솔직하다는 생각이 들었다. 어떻게 보면 굉장히 순수하다는 느낌도 들었다. 만나본 사람 중에는 굉장히 의뭉스러운 사람도 많았는데, 이 사람은 그렇지는 않아 보였다.

　자신이 나이보다는 훨씬 많은 경험을 해서 사람 보는 눈이 있는 편이다. 이 제작자는 작품을 같이 하지는 않더라도 알고 지내면 좋은 사람이라는 생각이 들었다.

"지금 가는 식당은 굉장히 유서 깊은 곳입니다. 문을 연 지가 100년이 넘었으니까요."

스테이크를 하는 가게인데, 그 장소에서 100년 넘게 장사를 계속해 오고 있다는 거였다. 상당히 고급 음식점임에도 불구하고 사람들이 끊이지 않는 것은 물론이고.

"원래는 몇 달 전에 예약을 하지 않으면 식사하기 어려운데, 다행스럽게도 취소한 자리가 있어서 이렇게 갈 수 있게 되었습니다."

제작자는 무척 행운이었다면서 호탕하게 웃었다. 도착해 보니 간판에 'since 1902'라고 적힌 걸 제외하면 무척 세련되어 보였다.

하지만 안으로 들어가자 세월의 흔적이 고스란히 느껴졌다. 오래된 사진과 소품들이 보였고, 흘러간 시간이 느껴지는 색깔을 하고 있는 나무로 된 벽과 테이블이 있었다. 아주 클래식하다는 느낌이 들었다.

하지만 시대의 흐름을 반영한 것인지 오래된 소품들 사이로 아주 현대적인 물건들도 보였다. 흑백 사진 위로 보이는 CCTV가 그랬고, 고풍스러운 백열등과 나란히 있는 LED 등이 그랬다. 100년을 넘는 세월이 한 공간에 같이 있는 묘한 느낌이 들었다.

그리고 명성이 있는 가게답게 자리도 꽉 차 있었다.

안내를 받은 주혁은 제작자와 함께 창가에 있는 구석 자리에 앉았고, 제작자에게 주문을 일임했다. 어차피 자신의 입맛에 맞는 음식은 별로 없었으니까.

'저녁에는 라면 끓여서 김치하고 같이 먹어야겠네.'

이곳 음식은 너무 기름졌다. 스테이크도 하루 이틀이지 매일 고기를 먹다 보니 이제는 저녁에 끓여 먹는 라면이 가장 맛있는 음식이 되었다.

주혁은 나중에 여기서 영화를 찍더라도 먹는 문제는 좀 생각해 봐야겠다고 여겼다.

"시나리오도 제법 받은 걸로 아는데, 눈에 띄는 작품은 있던가요?"

"글쎄요. 아직은 제가 검토 중이라서……."

할리우드라고 해서 굉장히 기대를 많이 했었는데, 형편없는 시나리오도 넘쳐 났다.

그렇게 둘이 음식을 기다리면서 이야기를 나누고 있을 때, 갑자기 입구에서 소란스러운 소리가 들렸다. 주혁이 보니 어떤 남자가 안으로 들어오려고 하고 있었고, 직원이 그를 제지하고 있었다.

탕!

한 발의 총성. 남자를 제지하던 직원의 피가 카펫에 뿌려졌고, 직원은 통나무처럼 쓰러졌다. 아주 짧은 정적이 있은 후에 비명 소리가 사방을 뒤덮었다.

주혁과 제작자도 급히 테이블 밑으로 몸을 낮추었다. 누가 시킨 것도 아닌데, 정말 본능적으로 그리되었다.

주혁이 보니 입구에서 소란을 피우던 남자가 손에 총을 들고 안으로 들어오고 있었다. 사방을 두리번거리는 게 아니라 한곳을 노려보면서 움직이는 것이 목표가 정해져 있는 것으로 보였다. 그가 보는 테이블에는 남자 한 명과 여자 한 명이 있었다.

"닥쳐!"

남자는 사방에서 들려오는 비명 소리가 거슬렸는지 소리를 지르면서 노려보았다. 눈이 시뻘겋게 충혈되어 있는 것이 무슨 약이라도 한 것이 아닌가 싶었다. 그는 소리가 나는 방향으로 총을 쏘았는데, 주혁은 그의 총이 어떤 것인지 알 수 있었다.

'글록19다.'

자신이 영화에서 사용했던 총. 15발이 들어가는 탄창을 사용하는 권총이었다.

주혁은 남자가 소리가 나는 곳을 향해서 총을 난사하고, 여러 사람이 총에 맞는 광경을 목격했다. 남자는 비명 소리가 나지 않기를 원했던 모양이었는데, 상황은 그렇게 흐르지 않았다.

사람들은 더 큰 비명을 질렀고, 남자는 그 방향을 향해서 총구를 돌렸다. 주혁의 시선도 자연스럽게 그 방향을 향해서 돌아갔는데, 거기에는 여자들과 어린아이들만 모여 있었다.

철컥철컥.

남자는 방아쇠를 당겼지만, 15발을 모두 쏘았는지 총알이 발사되지는 않았다. 그러자 남자는 품을 뒤져 탄창을 꺼냈다.

주혁은 순간 망설였다. 다음 장면이 어떻게 될지 뻔히 그려졌으니까. 저 남자는 총을 쏠 테고, 저기에 있는 여자와 아이들의 피가 벽과 바닥을 적실 것이다.

아마도 이 광경을 보고 있는 사람 모두가 그릴 수 있는 장면일 터. 하지만 움직이는 사람은 아무도 없었다. 그저 테이블을 방패 삼아 자신의 몸을 숨기기 바빴다. 당연한 일이었다. 총에 가슴이 뚫리고도 살 수 있는 사람은 없었으니까.

주혁도 마찬가지였다. 하지만 그 순간 주혁의 눈에는 여자들이 비명을 지르면서 앳되게 보이는 아이들을 감싸 안는 것이 보였다. 모성일 것이다. 자신의 안위는 어찌 되더라도 아이들을 지켜야겠다는 모성. 그 순간 주혁은 이를 꽉 깨물었다. 그리고 다리에 힘을 주었다.

생각을 하고 움직인 게 아니었다. 자신이 죽더라도 살아날 수 있다는 그런 생각은 하지도 않았다. 그저 지금 저 사람들을 살려야겠다는 생각만이 머릿속에 가득했다. 그러자 그 순간 주변의 시간이 천천히 흐르기 시작했다. 지금까지 경험했던 어느 때보다도 시간이 천천히.

탄창을 꺼내는 남자의 모습이 아주 느릿느릿 움직였다.

'10미터? 15미터?'

주혁이 있는 곳과는 거리가 제법 있었다. 주혁이 있던 자리가 워낙 구석이었기 때문이었다. 다행인 점은 등을 지고 있어서 주혁이 보이지 않는다는 점이었다.

주혁이 폭발적인 스피드로 튀어 나간 것은 남자가 탄창을 막 결합했을 때였다. 그리고 험악한 표정으로 비명을 지르는 아이들을 향해서 다시 총을 겨누었을 때, 주혁은 남자와의 거리를 절반 정도 좁힐 수 있었다.

'조금만 더 빨리.'

주혁은 온몸에 있는 에너지를 쏟아붓는다는 생각으로 달렸고, 비명을 지르다가 주혁을 발견한 여자의 눈이 커졌다. 그리고 그런 변화를 남자도 알아보았다. 그래서 총을 든 채몸을 돌렸고, 바로 뒤까지 달려온 주혁을 보게 되었다.

팍. 퍼벅.

주혁은 손날로 남자의 손목을 때려 총을 떨어뜨리게 했고, 명치와 목울대를 거의 동시에 가격했다. 그리고 남자의 얼굴이 구겨지면서 바닥으로 쓰러지는 게 보였고, 쓰러지는 남자 뒤로 다른 남자 한 명이 총을 들고 들어오는 모습이 보였다.

'이런, 젠장.'

그 남자의 총구에서 불빛이 보였다. 그리고 날아오는 총알이 보였다. 그전에 이미 주혁은 몸을 옆으로 날린 상태였지만, 몸의 움직임보다는 총알이 빨랐다.

팟.

다행이었다. 총알은 살짝 스치고 지나갔다. 피가 조금 나기는 했지만, 움직임에는 지장이 없었다. 주혁은 재빨리 테이블 뒤로 몸을 숨겼다. 남자는 흥분해서 안으로 들어왔는데, 주혁이 있는 곳과 목표물이 있는 곳을 번갈아 쳐다보았다.

그러더니 목표물이 있는 곳으로 움직였다. 그들을 처리하는 것이 더 중요하다는 듯이.

남자는 총을 들고 사방을 둘러보면서 자신의 목표물을 향해 걸어갔다. 특히 주혁이 있는 곳을 유심히 보면서. 사납게 눈을 부라리면서 노려보는 것이 다시 나오기라도 한다면 바로 총을 갈겨주겠다는 것으로 보였다.

사람들이 고개를 숙이고 몸을 숨기기에 급급했고, 주혁도 쉽사리 움직일 수 없었다. 아까야 총을 든 자가 자신을 의식하지도 않고 있었고, 등을 돌리고 있어서 어떻게든 제압할 수 있다는 생각이 있었다.

하지만 지금은 상황이 완전히 다르다. 상대가 자신을 계속해서 주시하고 있으니 뛰쳐나갈 수는 없는 일이다. 사람이 아무리 빠르다고 해도 총알보다 빠를 수는 없다.

주혁은 주변을 살펴보았지만, 별다른 수는 보이지 않았다.

혹시라도 총이 있다면 어떻게든 해볼 수 있을 것 같은데, 자신은 물론이고 주변에도 총을 가진 사람은 없는 듯했다. 하기야 식당에 식사하러 오면서 총을 가지고 오는 사람이 몇이나 되겠는가.

'지금 움직였다가는 벌집이 되겠지.'

그가 죽이려는 사람이 누구인지는 모르겠지만, 정확하게 목표를 정하고 이런 일을 벌이는 걸 보면 무언가 원한이나 목적이 있는 듯했다. 그러니 제발 희생은 거기에서 그치고 무고한 사람들은 가만히 두기를 바랐다.

가능하다면야 그 사람도 구했으면 좋겠지만, 지금 상황에서 그렇게 한다는 건 무리였다. 그리고 저 남자도 목적만 달성하면 여기에서 도망칠 것으로 생각했다.

하지만 상황은 그렇게 흘러가지 않았다.

"뭐야? 어디로 갔어?"

남자는 그들이 있던 테이블로 갔는데 목표물이 보이지 않자 흥분해서 소리를 질러댔다. 소란이 있는 틈을 타서 남녀가 다른 곳으로 피한 모양이었다.

타앙~

남자는 천장에 총을 한 발 쏘았고, 다시 식당 안은 공포 분위기가 되었다. 남자는 근처 테이블로 저벅저벅 걸어갔고, 사람들의 자지러지는 비명 소리가 울려 퍼졌다. 남자는 머리를 숙이고 있는 여자의 머리채를 쥐고는 얼굴을 확인했지만, 그가 원하는 얼굴이 아니었다.

남자는 다음 테이블로 걸어가서는 똑같은 행동을 했다. 사람들은 전부 테이블 밑에 숨어 있거나, 아니면 넘어뜨린 테이블에 기댄 채 덜덜 떨고 있었다.

그런데 주혁이 보니 그들은 자신이 숨어 있는 곳에서 조금 떨어진 테이블에 숨어 있었다.

남자는 몇 차례 확인해도 찾을 수가 없자 여기저기를 두리번거리다가 주혁이 있는 테이블 쪽으로 걸어왔다.

"기퍼트 나와. 나오지 않으면 애들을 한 명씩 죽이겠다."

남자가 향하는 곳은 아이들이 있는 곳이었다. 아이들을 위협해서 목표물이 나오게 하려는 속셈일 것이다. 범인은 주혁이 있는 테이블에 총구를 겨누고는 천천히 아이들에게 다가왔다. 주혁이 부담스러웠는지 무척 경계하고 있었다.

주혁의 바로 옆 테이블에 웅크리고 있던 여자와 아이들은 소리를 지르면서 주혁에게로 오려고 움직였다. 주혁에게 가면 안전할 거라는 생각이 들었던 모양이었다.

주혁은 이런 상황에서 어떻게 대처해야 할지 생각이 나지 않아서 난감했다.

한 아이가 주혁에게로 후다닥 뛰어오더니 바들바들 떨면서 옷깃을 잡았다. 그리고 여자와 아이들도 모두 주혁을 쳐다보면서 움직이고 있었다. 눈물이 그렁그렁하고 공포에 질린 눈이 주혁에게 살려달라고 말하고 있었다.

그런데 여자와 아이들이 움직이자 남자가 인상을 찌푸리더니 총구를 움직이는 아이들을 향해서 움직였다. 당장에라도 총을 쏠 것 같은 분위기였다.

'이런 쳐 죽일 놈이.'

주혁은 엎어져 있는 테이블을 잡고 남자를 향해서 확 던졌다. 나무로 된 테이블이라 제법 무게가 나갔을 텐데, 주혁은 무겁다는 생각이 전혀 들지 않았다. 어디서 그런 힘이 생겼는지 모르겠지만, 테이블은 남자를 향해서 맹렬하게 날아갔다.

콰앙.

남자는 욕설을 내뱉으면서 재빨리 몸을 피했고, 테이블은 뒤에 있는 벽과 부딪치면서 큰 소리를 냈다. 하지만 그에게 닥친 위기는 그것으로 끝난 게 아니었다. 테이블을 던지고 득달같이 움직인 주혁이 그의 눈앞에 모습을 드러냈기 때문이었다.

주혁은 접시를 가지고 남자의 머리를 때렸다. 그리고 그를 벽으로 밀어붙인 다음 손바닥으로 총을 쥔 손을 찍었다. 그리고 떨어진 총을 발로 툭 차서 멀리 보내면서, 손으로는 상대의 턱을 가격했다.

이 광경을 본 사람이 말로 이야기하면 한참 걸리겠지만, 정말 순식간에 일어난 일이었다. 주혁이 남자를 제압하는 건 숨을 한 번 쉬는 시간도 걸리지 않았다. 그래서 사람들은 주혁의 행동이 너무 빨라서 무슨 일이 일어났는지도 몰랐다.

그들이 소리를 듣고 고개를 들었을 때는 남자는 이미 바닥에 쓰러져 있었던 것이다. 오로지 주혁에게 오려고 했던 여자와 아이들만이 주혁의 움직임을 전부 보았다.

주혁은 남자를 확실하게 제압하고 손을 뒤로한 다음, 허리띠를 풀어 남자의 손을 묶었다. 그 모습을 본 사람들이 하나둘 자리에서 일어나기 시작했다. 그들은 안도하는 표정을 지었는데, 주혁에게 시선이 향하면 모두가 경외에 찬 눈길을 보냈다.

"다친 사람이 있으니까 빨리 신고부터 하세요."

총소리가 나고 난리가 났으니 밖에 있는 누군가 신고를 했을 수도 있지만, 그렇지 않을 수도 있다. 그러니 일단 빨리 구급차를 부르는 것이 좋다고 생각했다. 사람들은 그제야 핸드폰을 꺼내서 전화를 걸기 시작했다.

"노우~"

그 순간 나이 든 여자의 날카로운 외침이 들렸다. 주혁이 돌아보니 먼저 제압했던 남자가 자리에서 일어나서 주혁을 향해 총을 겨누고 있었다. 기절해 있었는데, 정신이 돌아온 모양이었다.

주혁은 아차 싶었다.

상황이 급박하게 진행되어서 저 남자를 잊고 있었던 것이다. 생각할 겨를도 없이 주혁은 옆으로 몸을 날렸다.

탕탕탕.

세 발의 총성이 울렸고, 주혁은 옆구리를 누가 불에 달군 쇠꼬챙이로 지지는 것 같은 느낌을 받았다. 하지만 그대로 있을 수가 없었다. 새로 낀 탄창이니 총알은 아직 많이 남은 상태. 그리고 상대는 주혁을 목표로 하고 있었다.

'가만히 있으면 당한다.'

상대가 자신을 노리고 있는데, 가만히 앉아 있을 수는 없는 일.

"으아아아아~"

주혁은 괴성을 지르면서 엎어진 테이블을 밀면서 앞으로 돌진했다. 총에 맞아서인지 몸이 약간 떨리고 힘도 잘 들어가지 않는 느낌이어서 힘껏 소리를 지른 거였다. 테이블은 지이익 하는 소리를 내면서 맹렬하게 움직였고, 남자는 테이블을 향해서 총을 쏘았다.

탕탕.

팍팍.

총성이 들렸고, 나무 조각이 튀었지만, 나무가 두꺼워서인지 총알은 테이블을 뚫지 못했다. 덕분에 주혁은 피해 없이 남자에게 접근할 수 있었다. 주혁이 테이블을 밀고 간 자리에는 핏방울이 점점이 떨어져 있었다.

퍼억.

주혁의 주먹이 상대의 가슴을 때렸다.

"젠장!"

저절로 한국어 욕설이 입 밖으로 튀어나왔다. 원래는 명치를 노린 거였다. 그런데 힘과 속도가 생각과 조금 달랐다. 원래대로라면 명치를 찍고 총을 든 팔을 꺾을 예정이었지만, 생각대로 되지 않아서 상대에게 반격의 기회를 주었다.

탕!

주혁은 재빨리 상대의 관자놀이를 때렸지만, 총이 발사되는 걸 막지는 못했다. 아주 화끈했다. 배에 뜨거운 불덩어리가 들어 있는 느낌이었다. 정신이 아득해지려고 했지만, 이를 악물고 상대의 턱을 후려쳤다. 그리고 두 사람은 거의 동시에 바닥에 쓰러졌다.

쿵 소리가 난 것과 거의 동시에 날카로운 비명 소리가 식당 안을 가득 메웠다. 그리고 일제히 주혁의 주변으로 다가오기 시작했다.

주혁의 셔츠는 피로 홍건했다. 사람들 중 몇 명이 범인을 묶었고, 몇 명이 다가와서 주혁의 상태를 살폈다.

"괜찮습니까?"

한 남자가 떨리는 목소리로 말했다.

주혁은 고개만 살짝 끄덕였다. 총에 맞았는데 괜찮으냐고 묻는 멍청이는 도대체 뭐란 말인가. 고개를 살짝 끄덕인 건 말할 기운이 없어서이기도 했고, 그냥 의식이 아직 있다는 걸 알리기 위해서였다.

같이 식사를 하러 왔던 제작자가 사색이 되어 자신에게 말을 거는 게 느껴졌다. 하지만 무슨 말인지는 잘 들리지 않았다. 그리고 점점 의식이 흐려져 갔다. 주혁은 자신이 구한 여자들과 아이들이 자신에게 오려고 하는 걸 보았다. 그걸 보자 저절로 입가에 미소가 그려졌다.

"이봐요, 정신 차려요."

거의 감겨가던 눈이 다시 떠지고 고통이 느껴진 건, 이 여자가 말을 걸었기 때문이었다. 자신이 구해준 여자들 중 한 명이었다.

"정신 차리고 있어요. 지금 정신을 잃으면 더 위험해요."

자신도 알고 있었다. 하지만 어디 정신을 잃고 잃지 않고를 자기 마음대로 할 수 있는 것이던가. 하지만 옆에서 계속 말을 걸어주니 확실히 정신을 유지하는 데 도움이 되었다. 그리고 아이들이 눈물을 글썽이면서 자신을 쳐다보고 있는 모습도 큰 도움이 되었다.

그러는 사이에 요란한 사이렌 소리와 함께 구급차가 여러 대 도착했다. 주혁은 점점 의식을 잃었다.

*　　　*　　　*

"조금 어렵지 않을까?"

"상태가 좋지 않기는 한데, 그래도 어떻게든 방법을 찾아보자고. 많은 사람을 살린 히어로 아닌가."

주혁은 의사라고 생각되는 사람들이 이야기하는 게 들렸다. 그리고 다시 의식이 흐려졌다.

"아무래도 어려울 것 같아. 수술은 잘되었는데……."

"너무 자책하지 말게. 자넨 최선을 다했어."

"확률이 얼마나 될까?"

"글쎄. 5%도 많다고 봐야겠지. 이제 기적을 바라는 수밖에."

주혁은 차라리 죽었으면 좋겠다고 생각했다. 그러면 동전이 사용될 테고, 자연스럽게 이번 일에 대비를 할 수 있을 테니까. 하지만 또다시 의식이 흐려졌다.

"혹시 회복되려는 거 아닐까?"

"글쎄? 아직은… 나 역시 그러기를 바라기는 하지만……."

"원래대로라면 이미 사망했어야 해. 버티는 게 신기할 정도지."

주혁은 소리가 들려서 눈을 살짝 떴다. 그러자 침대에 누워 있는 자신이 보였다. 전에 집중할 때 시야가 약간 공중으로 떠오른 것 같은 그런 느낌과 비슷했다.

'유체 이탈 같은 건가?'

하지만 어디론가 이동하거나 그럴 수는 없었다. 그냥 제자리에서 시선을 돌리는 정도만 가능했다.

의사들은 심각한 얼굴로 이야기를 나누고 있었는데, 방을 둘러보니 수많은 엽서와 종이들이 놓여 있었다.

대부분은 잘 보이지 않았는데, 커다란 종이에 알록달록한 색종이를 붙여 만든 건 어떤 내용인지 알 수 있었다. 주혁의 쾌차를 기원하는 그런 내용이 담긴 것들이었다. 그것을 보자 저절로 표정이 환해졌고, 가슴이 따뜻해졌다.

하지만 구경을 하는 시간은 그리 길지 않았다. 다시 의식이 흐려지기 시작했다. 그리고 정신을 잃는 순간, 자신의 몸에서 무언가 빛이 난다는 걸 알 수 있었다. 하지만 이상하게도 바로 곁에서 보고 있는 의사들은 그런 걸 모르는 듯했다.

그리고 주혁이 다시 정신이 들었을 때는 의사들의 표정이 한결 좋아진 상태였다. 그리고 굉장히 활기차게 떠들고 있었다.

"믿을 수가 없어. 그런 상황에서 회복이 되다니."

"내가 말했지 않았는가. 이 사람은 반드시 살 거라고."

"정말 신의 가호가 있는 거야. 암, 이런 사람은 신의 가호를 받아 마땅하지."

"이런 속도라면 조만간 정신이 들겠어."

주혁은 시간이 얼마나 흘렀는지 궁금했다. 창문 밖을 보니 아주 컴컴했다. 밤중이라 그런 모양이었는데, 밖에 무언가 반짝이는 것들이 많이 보였다. 하지만 이번에도 주혁은 다시 의식이 흐려졌다.

그리고 마찬가지로 자신의 몸에서 빛이 나는 걸 볼 수 있었다. 아마도 몸이 신비한 힘에 의해서 회복되는 모양이었다.

'상자에게서 받은 힘인가?'

그리고 그 회복력이 활성화될 때 의식이 잠깐 돌아오는 모양이었다. 그리고 의식이 돌아올 때마다 더 또렷하고 시간도 길어지는 걸 보면, 몸이 점점 회복되어 가는 모양이었다. 그리고 이번에도 몸에서 빛이 나는 걸 보면서 의식이 흐려져 갔다.

"선생님, 선생님."

주혁의 귀에 여자의 목소리가 들렸다.

"무슨 일이야?"

"움직였어요. 손도 움직이고 눈꺼풀도 움직였어요."

여자의 말을 들은 의사가 주혁에게로 다가왔다. 그리고 주혁의 상태를 살피려고 했는데, 그 순간 주혁의 눈이 번쩍 떠졌다.

"오 마이 갓! 깨어났어."

여자가 소리를 질렀다. 주혁은 그녀가 자신이 구해준 여자들 중 한 명이라는 걸 알 수 있었다. 그리고 그녀의 목소리가 들리자 갑자기 바깥이 소란스러워졌다. 하지만 주혁이 가장 먼저 느낀 건 배가 고프다는 거였다.

*   *   *

주혁의 의식이 돌아오지 않은 채 있었던 시간은 생각보다 길지 않았다. 일주일이 채 되지 않았으니까. 하지만 그사이에 일어난 일들은 절대 작지 않았다. 주혁을 몰랐던 사람들도 주혁의 상태가 나아지기를 기원하게 되었으니까.

주혁이 왔을 때, 상태가 아주 심각해서 의료진은 희망적이지 않다고 보았다. 사실 언론에 이야기한 거는 많이 순화시킨 거였고, 거의 살아날 가망성이 없다고 보고 있었다. 그래서 수술을 해도 소용없다는 의견을 말한 의사도 있었다.

하지만 그렇다고 수술을 하지 않을 수는 없었다. 실려 온 남자는 수많은 사람을 구한 영웅이었다. 세인트 엘모 식당의 히어로. 어린아이에게까지 잔인하게 총질을 해댄 괴한에게 맨손으로 맞선 영웅.

의료진은 수술을 진행했다. 예상대로 수술 자체는 성공적이었지만, 상태는 극히 위험한 상태. 한편, 뉴스에서는 연일 이 사건에 대해서 다루었다. 범인들은 백인 우월주의 단체 소속으로 이민자 관련 법안에 불만을 품고 행동에 나선 것으로 밝혀졌다.

범인들은 그들의 목표였던 기퍼트 상원 의원을 제거한 후에 자살할 생각이었다고 말했는데, 거기 있는 사람들도 기퍼트와 똑같은 부류라고 생각해서 살려두지 않을 생각이었다고 말해서 사람들을 경악하게 했다.

그리고 안타깝게도 두 명의 사망자가 있었다. 그중 한 명은 열 살도 되지 않은 어린아이이어서 더욱 안타까움을 자아냈다. 하지만 사망자가 단 두 명에 그친 것은 모두 주혁의 덕분이었다. 까딱했다가는 수십 명의 사망자가 나올 수도 있는 상황이었다.

그래서 언론에서는 주혁의 헌신적인 행동을 조명하면서 찬사를 보냈다. 그리고 사람들은 의로운 일을 한 동양의 한 젊은이를 영웅으로 생각하며 회복되기를 간절하게 기원했다. 하지만 수술 후에도 상태가 좋지 않다는 소식이 전해져 모두를 안타깝게 했었다.

이 소식이 알려지자 한국을 비롯한 아시아 여러 나라에서도 쾌유를 바라는 기원이 이어졌고, 주혁의 상태가 조금씩 호전되고 있다는 소식에 모두가 열광했다. 그리고 주혁이 기적처럼 일어나자 방송과 언론에서 주혁을 집중적으로 취재했다.

주혁은 덕분에 인터뷰도 하고 지인들과 연락을 하느라 무척 바쁜 시간을 보냈다. 의사가 안정을 취해야 한다고 주혁을 오래 붙잡고 있게 내버려 두지 않아서 언론과 접촉하는 시간은 길지 않았지만, 지인들과의 통화에 무척 많은 시간을 할애했다.

친척부터 회사 사람들과 같이 작품을 했던 동료들에 이르기까지 정말 많은 사람과 통화를 했다. 주혁은 자신의 핸드폰에 엄청나게 많은 부재중 전화가 와 있었던 것에 뿌듯함을 느꼈다. 지금까지 자신이 잘못 살지 않았구나 하는 생각이 들었던 것이다.

그리고 일일이 전화해서 안심시키고 고마움을 표시했다. 그리고 의사들이 놀랄 정도로 빠른 회복 속도를 보이고 있었다. 이제는 움직이는 데도 지장이 없었다. 완전히 회복되기까지는 시간이 조금 더 걸리겠지만, 일상적인 생활은 가능한 상태였다.

"좀 어떠세요?"

리리아 카르타. 주혁이 구해준 사람 중 한 명이었다. 상처를 입고 쓰러져 있는 주혁에게 계속해서 말을 걸었던 바로 그 여자. 우연인지는 몰라도 그녀도 배우였다. 원래는 영국에 살고 있었는데, 작품 관계로 미국에 왔다가 친척과 만난 자리에서 그런 일을 당한 거였다.

"촬영 날짜가 얼마 남지 않았다면서요."

"괜찮아요. 촬영까지는 시간이 좀 남았고, 양해를 구해두었으니까요."

합류하기로 한 날이 바로 오늘이었지만, 제작사에 양해를 구하고 하루 늦게 가기로 했다는 거였다. 촬영에 들어가는 건 어차피 며칠 뒤인 데다가 배우가 큰일을 당했으니 심리적으로 안정을 취하라는 배려였다. 물론 주혁과의 관계를 마케팅 적으로 활용할 속셈도 있었지만.

"아직 신인인데 그러면 안 돼요."

"걱정 말아요. 제작사에서도 은근히 바라고 있으니까."

카르타는 눈웃음을 치면서 이야기했다. 동양적인 매력과 서양적인 매력이 묘하게 섞여 있는 여자. 주혁이 보기에 그녀는 배우로서 굉장한 매력을 가지고 있었다.

"당신과 찍은 사진을 페이스북에 올리기만 하면 돼요. 그 정도는 괜찮겠죠?"

그녀의 이야기를 듣고 주혁은 이해가 되었다. 하기야 이런 좋은 기회를 그냥 넘기려고 하겠는가. 주혁은 아직 밖에 나가 보지는 못했지만, 인기를 제대로 실감하고 있었다. 뉴스에 자신이 나오는 것도 보았으니까.

미국의 뉴스에서 자신을 보리라고는 생각지도 못했다. 그리고 뉴스를 보다가 자신이 밤에 창밖에서 본 반짝이는 것들이 무엇인지도 알 수 있었다. 바로 사람들이 촛불을 들고 주혁이 회복되기를 기원한 거였다.

수많은 사람이 촛불을 들고 자신을 위해서 기원하는 모습. 정말 가슴이 뭉클해지는 그런 장면이었다. 주혁은 자신이 본 어떤 영화나 드라마의 명장면보다도 감동을 받았다. 그리고 자신이 한 일에 뿌듯함을 한껏 느꼈다.

이런 기분을 느끼려고 한 일은 아니었지만, 가슴이 꽉 차오르는 느낌이 드는 건 사실이었고 기분도 좋았다. 카르타는 침대에 누워 있는 주혁과 사진을 찍었고, 촬영하는 데 꼭 한번 오라고 이야기했다.

"꼭 와야 해요."

"알았어요. 완전히 회복되면 꼭 갈게요."

의사가 들어오자 카르타는 방긋 웃으면서 손을 흔들고는 밖으로 나갔다. 의사는 친절한 미소를 보이면서 주혁의 상태를 살폈다. 여러 수치와 실제로 보이는 상태를 확인하고는 푸근한 표정으로 물었다.

"특별히 불편한 곳이 있나요?"

"아뇨, 전혀 없습니다. 빨리 나갔으면 좋겠네요."

"오늘 마지막으로 체크를 할 건데, 특별한 이상이 보이지 않으면 내일 퇴원할 수 있을 겁니다."

의사는 쑥스러운 표정으로 주혁에게 종이를 내밀었다. 전에도 주혁의 사인을 받아 갔는데, 또 받아달라는 부탁을 받은 모양이었다.

"이번에 받아달라고 한 사람은 이름이 뭐죠?"

"제니퍼요. 조카 녀석인데 어찌나 졸라대던지……."

주혁은 '제니퍼에게'라고 적고는 자신의 사인을 했다.

의사는 고맙다며 어색한 표정으로 인사를 했다. 의사는 조카에게 큰소리칠 수 있겠다는 생각에 한껏 웃으면서 밖으로 나갔다. 나가면서 그는 주혁에게 이야기했다.

"조금 이따가 검사 준비가 끝나면 사람들이 올 겁니다."

그리고 잠시 후에 사람들이 들어왔다. 그런데 들어온 사람들의 손에는 종이가 몇 개씩 들려 있었다. 주혁은 웃으면서 말했다.

"부탁한 사람 이름이 뭐죠?"

*　　　*　　　*

"다행입니다. 혹시 무슨 일이라도 생기는 게 아닌가 싶어서 걱정했습니다."

윌리엄 바사드가 찾아와서 이야기했다. 병실 안에는 주혁과 윌리엄 바사드 단둘이 있었다. 주혁은 피식 웃으면서 이야기했다.

"그런 일이 생길 수 있을 것 같나?"

주혁의 말에 윌리엄 바사드는 잠시 무슨 의미인지 몰라서 갸웃거렸다. 그러다 주혁이 말한 것이 어떤 말인지 알 수 있었다.

"이렇게 될 걸 알고 계셨던 거군요."

약간의 오해가 있기는 했지만, 굳이 그런 걸 바로잡아 줄 이유는 없었다. 주혁은 대충 그런 척 연기를 했다. 그러자 윌리엄 바사드가 연이어서 오해의 발언을 쏟아냈다.

"그렇군요. 하긴 지금 상황이 가장 드라마틱하긴 하군요. 사람들의 주목을 끌고, 인기를 얻는 데는 최고의 방법이었던 것 같습니다."

윌리엄 바사드는 지금 이 상황을 주혁이 의도한 걸로 생각하고 있었다. 하기야 이 사건으로 인해서 주혁의 주가가 얼마나 치솟고 있는가. 아마 주혁이 영화에 출연한다고 한다면, 특별한 마케팅이 필요하지 않을지도 몰랐다.

그냥 주혁이 나오는 영화라고만 하면 사람들이 관심을 가질 테니까. 만약 그 영화가 액션 영화다. 그러면 게임 끝이다. 주혁의 활약이 담긴 CCTV 영상이 얼마나 인기를 끌고 있는가. 화질이 그리 좋지 않은데도 그 영상을 보는 사람들의 수는 계속해서 늘고 있었다.

"혹시 들으셨습니까? 한국에서 개봉하는 영화 트레일러가 공개되었는데, 미국에서까지 인기가 있답니다."

영화 아저씨와 관련 있는 사람들은 두 번 환호성을 질렀다. 한 번은 주혁이 회복되었다는 소식을 들었을 때였다. 주혁이라는 배우에게 업무적으로나 인간적으로나 매력을 느끼지 않는 사람이 어디 있겠는가. 그래서 그 소식이 전해졌을 때, 환호성이 터졌다.

그리고 또 한 번은 영화의 트레일러가 공개되었을 때였다. 반응이 엄청났다. 이런 경우는 처음이었다. 사람들이 트레일러 영상을 전 세계로 퍼 날랐다. 그냥 퍼 나르는 것도 아니고 미친 듯이 퍼 날랐다.

그리고 전 세계적으로 엄청난 화제가 되었다. 미국의 대형 배급사에서도 수입 제의가 왔을 정도이니 말 다한 거였다.

"다행이군. 생각보다 반응이 좋아서."

"미국에서 동시 개봉하는 것도 추진 중이라고 합니다. 자세한 이야기는 관계자한테 들으시겠지만, 알고는 계셔야 할 것 같아서……."

주혁은 가볍게 웃으면서 고개를 끄덕였다. 그런데 문득 창밖을 보니 거기에는 생동감이 넘치고 있었다. 파랗고 맑은 하늘과 녹색의 싱그러움이 가득한 풍경. 그에 비해 병실 안은 상대적으로 칙칙했다.

"방 안에서만 있어서 그런지 좀 답답하군."

"아, 그럼 잠깐 요 앞이라도 나갔다가 오시겠습니까?"

"그러지. 검사 결과는 점심 이후에 나온다고 했으니까. 보나 마나 퇴원이겠지만 말이야."

주혁은 윌리엄 바사드와 병원 앞에 있는 잔디밭으로 나갔다. 역시나 공기부터 다른 느낌이었다. 자유와 생기가 느껴지는 그런 기분이었다. 두 명의 경호원이 조금 떨어진 곳에서 그들을 따라오고 있었는데, 그들 말고도 처음부터 병원 바깥에 상주하고 있는 자들도 있는 듯했다.

주혁이 지나가자 사람들이 그를 알아보았다. 어떤 여자는 손으로 입을 막고 믿기지 않는다는 표정을 지어 보였고, 어떤 아이는 주혁에게 자기를 봐달라고 격하게 손을 흔들어댔다.

"이제는 미국에서도 맨얼굴로는 돌아다니지 못하게 생겼군."

"이제는 파파라치도 조심하셔야 할 겁니다."

미국에서는 신경 쓰지 않고 돌아다닐 수 있어서 좋았는데, 이제는 그런 건 포기해야 할 성싶었다. 하지만 스타가 되었다는 것. 그것이 기분 나쁠 이유는 없었다. 연예인에게 가장 두려운 건 아무도 자신을 알아봐 주지 않는 거였으니까.

주혁과 윌리엄 바사드가 벤치를 향해 걸어가는 데 나이가 든 노신사가 모자를 벗으면서 주혁에게 고개를 살짝 숙였다. 주혁은 잠시 멈추어서 같이 묵례를 했다. 그런데 옆에 있던 20대로 보이는 백인이 그 광경을 보더니 투덜거렸다.

"저런 몽골로이드한테……."

그 말을 듣자 노신사는 표정이 딱딱하게 굳더니 그에게 다가갔다.

"이보게, 젊은이. 나는 동양인에게 예의를 표한 게 아니네. 의로운 일을 한 사람에게 경의를 표한 거지."

노신사가 이런 말까지 할 줄은 몰랐는지 투덜거린 젊은이는 아무 말도 하지 못했다. 노신사는 이야기를 계속했다.

"나는 이번 추수감사절에 손자들이 찾아오면 무릎에 앉혀 놓고 저 남자를 만난 일을 자랑스럽게 말해줄 걸세. 그리고 저 사람 같은 마음을 가지고 살아가라고 이야기해 줄 거야. 자네는 지금까지 살아오면서 목숨을 걸고 누군가를 살리려고 노력해 본 적이 있나?"

노신사의 박력에 젊은 백인 남자는 어쩔 줄을 몰라 했다.

"자네 마음에도 용기란 것이 있다면, 저 사람에게 사과하게."

주혁은 깜짝 놀랐다. 노신사의 말은 그리 빠르지 않았지만, 듣고 있는 젊은이는 정신을 차리지 못했다. 백인 남자는 쭈뼛거리면서 일어서더니 주혁에게 고개를 숙이고는 후다닥 사라졌다.

"보통 인물이 아니군요."

윌리엄 바사드가 이야기했다. 말로 상대를 움직인다는 것이 얼마나 어려운 것인가. 그런데 노신사는 굉장히 능숙하게 그 일을 했다.

주혁은 노신사에게 다가가서 인사를 나누었다. 저런 광경을 보고 어떻게 그냥 갈 수 있단 말인가.

노신사는 젊은이를 대할 때와는 달리 즐거운 표정으로 주혁과 대화했다.

"예전에 정치를 좀 해서 말이지. 정치를 하면 느는 게 말뿐이라니까."

노신사는 너털웃음을 터뜨렸다.

주혁이 이름을 물었지만, 다 늙어서 떠날 날만 기다리는 사람 이름은 알아서 무엇하겠냐며 나중에 다시 만나면 알려주겠다고 했다.

주혁은 세상에는 대단한 능력을 가진 사람들이 많구나 하는 걸 다시 한 번 느꼈다.

이야기를 나누다가 다시 병실로 돌아온 주혁은 퇴원해도

된다는 말을 들었다.

"호텔로 가시죠."

"특별한 일정은 있습니까?"

수행원이 주혁에게 이야기했다.

"방송사의 인터뷰 요청이 있었고, 취소된 할리우드 관계자들과의 약속도 조정하고 있습니다. 그리고 기퍼트 상원 의원도 따로 만나고 싶다는 연락을 해왔습니다. 그리고 식당에서도 한번 와주셨으면 하고 있습니다."

역시나 찾는 곳이 많았다. 주혁은 바로 호텔로 갈까 하다가 식당에 한번 들러야겠다는 생각이 들었다. 그날 기억을 되살려 보고 싶다는 생각이 들어서였다.

식당은 아직 정리가 덜 된 상태였다. 범행 현장이라 조사하는 데 시간이 걸렸고, 수리할 예정이라 사고가 난 때와 크게 다르지 않은 상태였다. 주혁은 오늘 오기를 잘했다는 생각이 들었다. 만약 싹 수리를 한 뒤라면 그 당시의 느낌이 나지 않았을 테니까.

주혁은 식당을 보니 그날의 기억이 생생하게 떠올랐다. 어디서 어떻게 움직였는지 머릿속에 환하게 그려졌다.

'그래, 여기서 내가 테이블을 집어 던졌지. 테이블이 날아가서 벽에 부딪쳤고, 나는 그사이에 그 녀석을 제압하고.'

주혁은 그 자리로 움직였다. 자신이 던진 테이블이 나뒹굴고 있었고, 벽은 심하게 부서져 있었다. 그런데 주혁의 눈에 벽 위에 이상한 게 보였다.

"이게 뭐지? 한글 같은데?"

평소 같았으면 신경도 쓰지 않았을 것이다. 누가 낙서를 한 것으로 생각했을 테니까. 그런데 벽 뒤에는 분명히 상자와 동전이라는 글자가 보였다.

부서진 벽 뒤에 또 다른 나무 벽이 있었다. 낡고 여기저기 부서진 채로 있는 것이 아주 예전 것으로 보였다. 그리고 거기에 글자가 한글로 새겨져 있었다. 지금 한글과는 조금 달랐지만, 알아보는 데는 지장 없었다.

"동전이 들어 있는 상자의 밑바닥을 뜯어라?"

주혁은 의아하다는 생각이 들었다. 누가 여기에다가 한글로 글씨를 새겨놓았단 말인가. 보기에는 무척 오래된 것 같은데 말이다.

"무슨 이상한 거라도 있습니까?"

주혁이 벽에서 떠날 줄을 모르자 수행원이 조심스럽게 물었다.

주혁은 아무것도 아니라고 하고는 혹시 벽 뒤에도 낡은 벽이 있는데 언제 새로운 벽을 설치했는지 알 수 있겠느냐고 물었다.

"제가 한번 알아보겠습니다."

주혁은 단순한 낙서일 수도 있겠지만, 어쩐지 그럴 것 같지는 않았다. 그리고 수행원이 다음 날 그 벽에 대해서 알아온 후로 그런 생각은 더욱 굳어졌다. 왜냐하면, 부서진 벽은 1908년에 만들어진 거였으니까.

　벽 한쪽에 1908년에 이 벽을 만들었다는 문구가 있었고, 주인장도 할아버지에게 그렇게 들었다는 거였다. 그 당시 식당에서 큰 싸움이 벌어져서 난장판이 되었고, 수리를 하면 오히려 시간이 더 걸려서 급히 부서진 곳을 가리는 벽을 만들었다는 거였다. 그렇다는 건 그 뒤에 있는 벽과 거기에 새겨진 글자는 그전에 만들어진 거라는 뜻이다.

　"1908년이라."

　정말 까마득하게 오래전 일이다. 100년도 더 된 일이 아닌가. 한일합방이라고 흔히들 알고 있는 경술국치가 일어나기도 전이고, 순종 황제가 보위에 있던 시절이다. 순종 2년. 그리고 시카고 컵스가 마지막으로 우승을 한 해이기도 했다.

　"그렇다면 그 당시에 LA에는 한국 사람이 있지도 않았을 거야."

　혹시 있었다고 해도 스테이크를 먹으러 이 식당에 올 정도가 되지는 못했을 것이다. 그런데도 누군가가 굳이 한글로 벽에 저런 글을 새겨놓았다. 그냥 넘길 일이 아니었다.

　주혁은 일정을 빨리 마무리하고는 한국으로 돌아가서 상

자를 뜯어봐야겠다고 생각했다. 그래서 다음 날 윌리엄 바사드를 불렀다.

"바로 돌아가시겠다는 말씀이시군요."

"그래, 급한 일이 생겨서 말이야."

"마스터를 찾는 곳이 많기는 한데, 원하신다면 그렇게 하겠습니다. 그런데 기퍼트 상원 의원은 만나고 가시는 편이 좋지 않을까 합니다만……."

윌리엄 바사드는 다른 건 몰라도 기퍼트 상원 의원과의 만남은 하고 가라고 권유했다. 할리우드 관계자들이야 언제든 만날 수 있다. 하지만 상원 의원, 그것도 영향력 있는 상원 의원은 만나고 싶다고 해서 아무나 만날 수 있는 게 아니다.

물론 주혁은 생명의 은인이니 언제고 연락만 하면 만날 수는 있을 것이다. 하지만 뭐든지 타이밍이라는 게 있는 법이다. 사고가 일어난 직후. 고마워하는 마음이 가장 깊을 때 만나서 강한 인상을 심어주는 게 좋다고 윌리엄 바사드는 판단했다.

주혁이 생각해도 그러는 편이 좋을 듯했다. 그리고 기퍼트 의원은 로저 페이튼이 추진하는 법안에 강력하게 반대하는 인물 중 한 명. 적의 적은 친구가 아니던가. 그러니 윌리엄 바사드로서도 연결 고리를 만들어 놓아서 나쁠 것이 없다는 생각이었다.

"그러면 그자만 만나고 바로 돌아가는 걸로 하지. 오늘은 좀 힘들 테고 내일 가능하겠나?"

"기퍼트의 일정은 잘 모르겠지만, 내일 가능하게 될 겁니다."

윌리엄 바사드는 옅은 미소를 지으며 대답했다. 주혁은 윌리엄 바사드의 이런 점이 좋았다. 얼마나 편하고 든든한 조력자인가.

"그런데 마스터."

윌리엄 바사드는 세계 여러 곳에 있는 사업체가 공격당했다는 이야기를 꺼냈다. 대비를 잘하고 있어서 피해가 아주 심각하지는 않았지만, 그래도 상당한 손실이 있었다고 했다. 이 말을 꺼내는 건 알아서 손을 써달라는 것일 터.

이 점은 주혁도 계속해서 생각하고 있었던 문제였다. 과연 동전을 사용해서 도와줄 것인가. 아니면 적당한 핑계를 대고 넘어갈 것인가. 주혁은 일단 질문을 던졌다. 생각한 바가 있었기 때문이었다.

"아직은 전세가 뒤바뀔 정도는 아니라고 생각하는데?"

"물론 그렇습니다. 그래도 피해가 상당한지라……."

"대비를 하라고 지시를 했을 것 아닌가."

윌리엄 바사드는 그래서 피해를 덜 입기는 했지만, 그런 피해마저도 아쉬운 모양이었다. 하기야 되돌릴 수가 있으니 그런 생각을 하는 것도 무리는 아니었다. 하지만 주혁은 고개를 설레설레 저었다.

"자네는 지금 이 상황이 이해가 되지 않는 모양이군. 원래는 피해가 훨씬 심했었는데 적당한 수준으로 맞추어준 건데 말이지."

"아, 그럼… 그런데 왜 피해가……."

윌리엄 바사드는 주혁이 시간을 되돌려 피해를 줄였다고 생각했다. 그런데 그런 거면 피해가 거의 없도록 할 것이지, 왜 이렇게 상당한 피해를 보게 했는지가 이해되지 않았다. 주혁은 피식 웃으면서 이야기했다.

"상황은 이용하기 나름 아니겠나. 자네는 분명히 지시를 했고, 그럼에도 피해가 발생했다. 충분히 활용할 수 있는 상황이라고 생각되는데?"

그제야 윌리엄 바사드는 고개를 끄덕였다. 그러면서 피해를 당한 것에만 신경을 쓴 자신을 자책했다. 조금만 다르게 생각하면 이건 좋은 기회이기도 했다. 조직 내부에서 자신에게 반대하고 있는 세력을 누를 수 있는 절호의 기회.

피해를 당한 곳 중에는 자신의 심복이 수장으로 있는 곳도 있었지만, 적대적인 세력이 책임자로 있는 곳도 많았다. 그들을 전부 물갈이할 수 있는 기회였다. 만약 이런 상황이 아니라면 한 사람만 교체하려고 해도 엄청난 반발이 있을 것이다.

하지만 지금 칼자루는 자신에게 있다. 어떤 세력의 힘을 줄일 것인지, 그리고 자신의 심복 중에서 누구를 중용하고 누구를 쉬게 할 것인지 자신에게 모든 권한이 있다. 자신은 분명히 경고를 했으니까.

그러니 조직에서 자신의 영향력은 더욱 강해질 것이고, 심복들의 충성 경쟁도 불붙을 것이다. 생각해 보니 이 상황이 그리 나쁘지 않다는 생각이 들었다. 그러면서 평소라면 당연히 이런 판단을 했을 것인데, 너무 풀어졌다는 생각이 들었다.

'안전이 보장되니까 너무 안일했구나. 이번 일은 그런 것에 대한 약간의 경고이고.'

윌리엄 바사드는 주혁이 자신에게 보내는 약한 경고라고 생각했다. 안전하다고 너무 방심하지 말라는 그런 의미에서 지금과 같은 상황을 만들었다고 여겼다. 그리고 주혁은 역시나 노련한 거물이라는 생각이 들었다.

윌리엄 바사드는 조직 개편을 강하게 밀어붙였고, 그의 입지는 더욱 강화되었다. 전에도 조직 내부에서 그를 상대할 세력이 없었는데, 이제는 윌리엄 바사드가 조직을 거의 통제하다시피 하게 되었다.

*   *   *

기퍼트 상원 의원과의 만남은 아주 유쾌했다. 그녀는 정치인답게 대화를 이끄는 것이 아주 능수능란했고, 유머도 풍부했다. 또한 기본적으로 주혁에 대한 호감을 가지고 있어서 대화 내내 분위기가 좋았다.

그녀는 이번에 주혁이 출연한 영화를 꼭 보고 싶다고 말했고, 주혁에게 곤란한 일이 있으면 언제라도 자신에게 이야기하라고 했다. 자신이 도울 수 있는 일이라면 뭐든지 돕겠다면서.

이렇게 이야기하는 바탕에는 생명의 은인에 대한 고마움도 깔려 있었지만, 주혁이 엄청난 인기를 끌고 있다는 점도 고려한 일이었다.

물론 주혁이 자신의 목숨을 구해준 점에 대해서는 마음 깊이 감사하고 있다. 사람인데 그런 마음이 드는 건 당연한 일 아니겠는가. 하지만 정치인으로서의 오랜 생활은 그녀에게 그런 점도 고려하게 만들었다.

이번 일은 앞으로 있을 선거에서 자신에게 분명히 유리하게 작용할 것이다. 그리고 기왕이면 주혁이 할리우드에서 승승장구했으면 좋겠다는 생각을 하게 되었다. 그가 할리우드에 진출할 계획을 가지고 있다는 이야기는 이미 알려질 대로 알려진 사실이었다.

그리고 일약 스타덤에 오른 그를 캐스팅하려는 움직임이 여기저기서 일고 있었다. 그러니 조만간 영화에 출연하게 될 터. 주혁이 유명해질수록 자신과의 일화도 사람들 사이에 화제가 될 테고, 그렇게 되면 자신의 당선은 더욱 확실해지는 거였다.

게다가 자신의 신념을 저버리는 일이나 불의한 일을 하는 것도 아니지 않은가. 그냥 자연스럽게 일이 그리되는 것이다. 그러니 얼마나 큰 행운인가.

"무슨 일이 있으면 꼭 이야기해야 합니다. 나를 은혜도 모르는 그런 사람으로 만들지 말아주세요."

기퍼트는 환하게 웃으면서 말했다. 그러면서 주혁이 할리우드에서 성공할 수 있도록 있는 힘을 다해서 도우리라는 다짐을 했다. 생명의 은인인 주혁을 위해서. 그리고 자기 자신을 위해서.

"필요한 일이 있으면 말씀드리죠."

"다시 한국으로 돌아간다고 하던데, 할리우드에는 언제 다시 올 건가요? 나는 미스터 강이 할리우드 블록버스터 영화에서 활약하는 걸 하루라도 빨리 보고 싶군요."

"지금은 작품을 검토 중입니다. 그리고 개봉할 영화 홍보 활동도 해야 해서 아무래도 내년은 되어야 할 것 같네요."

기퍼트 상원 의원은 다소 아쉽다는 표정이었지만, 이내 웃는 표정으로 바뀌었다. 어차피 할리우드에서 주혁을 가만 내버려두지 않을 거라는 생각이 들어서였다.

'할리우드 제작자들이 바보가 아닌 이상에야 이런 기회를 놓칠 리가 없지.'

기퍼트는 웃으면서 주혁과 악수를 나누고는 짧은 만남을 끝냈다. 그리고 주혁은 상원 의원과의 일정을 끝으로 미국에서의 일정을 정리하고 한국으로 향하는 비행기에 몸을 실었다.

그리고 예상한 대로 한국에 돌아온 주혁은 수많은 사람에게 시달렸다. 친인척과 일과 관련된 사람들, 팬들, 방송과 언론에 이르기까지 엄청난 사람들이 이번 사건에 대해서 궁금하게 여겼다. 그리고 주혁의 현재 상태에 관해서도.

주혁은 아주 건강하며 후유증도 없다는 말을 끊임없이 반복해야 했다. 워낙 대중적인 관심이 집중된 터라 도착 당일임에도 불구하고 사람들에게 시간을 내야 했다. 주혁은 회사에서 이야기하는 걸 끝으로 집에 돌아올 수 있었다.

하지만 쉴 수는 없었다. 피곤하기는 했지만, 쉬는 것보다 중요한 게 있었다. 주혁은 바로 안전장치를 해제하고 동전이 든 상자를 꺼냈다. 가장 처음에 받은 동전이 든 상자를.

"밑바닥이라……."

주혁은 나무 상자를 가만히 보니 바닥 부근에 이음새가 있었다. 주혁은 공구함을 가지고 와서 그 부분을 조심스럽게 건드려 보았다. 무엇이 들어 있을지는 모르겠지만, 시간이 오래 지났으니 혹시라도 문제가 생길까 봐 조심스럽게 다루었다.

조심조심 이음새 부분을 벌렸고, 이내 밑바닥 부분이 조금씩 떨어지기 시작했다. 주혁은 안에 뭐가 있는지 살짝 보았는데, 희끄무레한 것이 보였다. 그는 조심스럽게 힘을 주었고 밑바닥 부분은 상자의 본체와 점점 멀어지게 되었다.

"천 같은데?"

밑바닥과 본체 사이에는 천 같은 게 들어 있었다. 주혁은 조심스럽게 그 물건을 꺼냈다. 생각한 것과 같이 천이었는데, 무언가를 감싸고 있었다. 주혁은 조심스럽게 천을 풀어 헤쳤다. 그러자 그 안에는 또 다른 천이 있었다. 그리고 그 천에는 글자가 적혀 있었다.

—내가 가지고 있던 상자를 이어받은 자에게.

지금의 한글과는 조금 달라 어색하다는 느낌이 들기는 했지만, 내용은 모두 이해할 수 있었다. 주혁은 이 글을 남긴 사람이 고조할아버지에게 상자를 건넨 서양인이라는 사실을 알 수 있었다.

"다른 상자의 주인이 그 서양인의 후손이라고?"

천에는 박물관에서 일했던 자신이 가장 먼저 상자의 비밀
을 알게 되었다고 적혀 있었다. 우연히 상자에 피가 떨어지면
서 비밀이 풀렸던 거였다. 그리고 그의 자식이 사고가 났을
때, 동전을 사용해서 살렸다고 했다.

―그 아이에게 상자의 존재에 대해서 말하는 것이 아니었다.

서양인의 아이는 다른 박물관을 모두 뒤져서 결국 상자를
찾아냈다고 했다. 하지만 거기까지는 큰 문제가 없었다. 문제
는 서양인의 능력이 점점 개발되면서 생겼다.

―시간이 지날수록 미래를 보는 능력은 강해졌다. 그리고 나는 보
지 말아야 할 것을 보고야 말았다. 그리고 술에 취해서 그 이야기를
아이에게 했다. 그 후로 그 아이는 변하기 시작했다.

"상자 다섯 개를 모으면 자신이 원하는 걸 무엇이든 이룰
수가 있다?'
조금 모호한 표현이었다. 일부러 구체적인 내용은 적지 않
은 듯했다. 그 서양인은 상자를 좋은 일에 사용하기를 원했
다. 하지만 그의 후손은 생각이 달랐다. 권력을 탐했던 것이
다.

―나는 그 아이를 죽이지 않고서는 멈출 수 없다는 걸 깨달았다. 하지만 나의 아이를 어떻게 그럴 수 있겠는가. 하지만 아이가 타락하는 것도 보고 있을 수 없었다.

그래서 상자를 가지고 도망쳤고, 상자를 맡길 수 있는 사람을 찾아 전 세계를 돌아다녔다. 자신은 자신의 아이를 막을 수 없었으니까. 그리고 조선에 와서 드디어 적임자를 찾을 수 있었다.

―나는 상자의 힘을 올바르게 사용할 사람을 찾았다. 상자의 힘을 가지고도 타락하지 않을 사람을 찾는 건 무척이나 어려웠다. 그리고 그 대상이 조선에, 그것도 미래에 태어난다는 사실을 알게 되었다. 그래서 그 선조와 인연을 맺었다.

하지만 마지막 순간에 운명이 조금 바뀐 것을 알게 되었다. 원래는 선조와 같이 지내면서 나중에 상자를 넘겨줄 계획이었다. 하지만 운명이 바뀌어서 상자만 넘기고 미국으로 건너간 거였다. 그것이 1907년. 그리고 그의 글은 거의 끝나가고 있었다.

—인간은 운명을 바꿀 힘을 가지고 있다. 나는 실제로 미래가 바뀌는 것을 보았다. 그래서 나는 그대를 선택했다. 강한 의지와 올바른 신념을 가지고 있는 자였기에. 그러니 부디 내가 본 미래가 오지 않도록 해주기 바란다.

그리고 앞으로도 자신이 본 미래를 알려주겠다고 했다. 그리고 염치없는 부탁이지만, 마지막 순간이 오더라도 나의 아이만은 살려주길 바란다고 했다. 그리고 마지막 말을 끝으로 그의 편지는 끝났다.

—그대가 가는 길은 올바른 길이다. 흔들리지 말고 빛을 향해 걸어가라.

CHAPTER **54**
새로운 움직임

MH 그룹은 외부에서 보기에는 탄탄대로를 걷는 듯했다. 장남인 창욱이 주도하는 에너지 사업은 해외에서 괄목할 만한 성과를 거두고 있었고, 차남인 형욱은 국회의원으로서 서민을 대변하는 의정 활동을 통해 입지를 다지고 있었다.

그리고 둘의 아버지이자 본사의 대표를 맡고 있는 조기용은 노동자들과 친밀한 관계를 유지하는 대기업 사장으로 대중적인 인기가 높았다. 문제가 있다면, 회장인 조만해가 주도하는 주력 사업이 조금 부진하다는 거였다.

하지만 내부적으로는 상당한 진통을 겪고 있었다. 만해의 위상이 떨어지고 손자인 창욱의 실적이 두드러지면서 권력 구도에 잡음이 생기기 시작한 거였다. 그리고 그로 인한 변화는 생각보다 빠르게 진행되었다.

"알겠습니다, 미스터 페이튼."

창욱은 로저 페이튼과의 통화를 마치고 잠시 생각에 잠겼다. 확실히 로저 페이튼과 손을 잡은 건 잘한 일이었다는 생각이 들었다. 한때는 썩은 동아줄을 잡은 게 아닌가 싶었지만, 썩어도 준치라고 제법 큰 성과를 안겨다 주었다.

동남아시아와 중앙아시아에서 큼직큼직한 이권 사업을 받을 수 있었다. 이번에 여러 곳에서 시끄러운 사건들이 좀 있고 나서 그런 결정들이 내려졌다. 아마도 로저 페이튼이 열세를 뒤집으려고 손을 쓴 듯했다.

"그동안 꾸준히 좋은 관계를 유지한 보람이 있어."

창욱은 흐뭇한 미소를 지었다. 일종의 승부수였다. 기대를 걸었던 엔터테인먼트 사업 쪽이 지지부진하자 재빨리 방향을 선회한 것이 결론적으로는 옳은 선택이었다. 이제는 회사의 주주들도 세대교체를 해야 할 시기가 아니냐는 말에 점점 수긍하고 있었다.

주주들은 단순하다. 누가 자신에게 더 많은 돈을 가져다줄 것인가를 따져보고 그 결론에 따라 움직인다. 그러니 자신이 그들에게 더 많은 이익을 가져다줄 것이라는 것만 보여주면 되는 거다.

물론 그동안 조부인 조만해가 쌓아놓은 인맥의 힘을 무시할 수는 없다. 정관계 인사들과의 연결 고리는 정말 촘촘하고 질겼다. 하지만 그들도 나이를 먹는다. 현직에 있어야 끗발이 있는 것이지, 은퇴하고 나면 별 볼 일 없다.

이미 조만해의 인맥 중에는 은퇴한 사람들이 수두룩하다. 그리고 자신이 관계를 맺은 사람들은 지금부터 한창인 사람들이 대부분이고. 그리고 결정적으로 사업적으로 차이가 극명하게 드러났다.

자신이 주도하는 에너지 사업은 승승장구하고 있는 반면, 조만해가 주도하는 사업들은 지지부진하고 있었으니까. 이제는 때가 된 것이다. 때가 되었을 때는 과감하게 움직일 필요도 있었다. 창욱은 인터폰을 누르고 비서에게 말했다.

"김 전무 좀 내 방으로 오라고 해요."

알겠다는 야리야리한 목소리가 들렸고, 잠시 후 김 전무가 방으로 들어왔다.

"찾으셨다고요?"

"예. 일단 앉으시죠."

비서는 언제나 마시는 차를 내왔고, 둘의 이야기는 바로 시작되었다. 창욱은 회사의 실세 중 한 명인 김조윤 전무이사를 지그시 바라보면서 입을 뗐다.

"회사에 오래 근무하셨죠?"

"이를 말입니까. 거의 50년이 다 되어가니 제 인생 대부분을 여기서 보냈다고도 볼 수도 있지요."

"그런데 자제분이 요즘 좀 문제가 있다면서요?"

"끄응⋯⋯."

김조윤은 앓는 소리를 냈다. 자신의 삶에서 유일하게 잘 풀리지 않는 것이 바로 자식 놈들이었다. 아들 둘에 딸 하나가 하나같이 속을 썩이고 있었다. 사업을 한다고 나대다가 말아먹은 것이 한두 번이 아니었다.

사람이 살면서 실패를 하지 않을 수는 없다. 문제는 실패를 하고도 나아지는 점이 별로 보이지 않는다는 점이었다.

'애초에 사업을 하게 두는 게 아니었어.'

하지만 자식 이기는 부모는 없다고 하던가. 자식이 도와달라고 하는데, 매정하게 거절만 할 수는 없었다. 그래서 자식 뒷바라지하는 데 재산이 거덜 날 지경이었다. 그런 상황인데도 정신을 못 차리고 요즘은 자신이 가지고 있는 MH 그룹의 주식까지 눈독을 들이고 있었다.

"사업에는 굉장히 단호하신 분이 자제분들에게는 너그러우신가 봅니다."

"자식인데 어쩌겠습니까. 그런데 그런 이야기 때문에 부르신 건 아닐 테고⋯⋯."

김조윤은 본론을 듣고 싶다는 뜻을 전했고, 창욱은 미소 지으면서 이야기를 풀어놓았다.

"사업에 재능이 없으면 사업을 하게 두면 안 되지요. 관리만 하는 거라면 모를까."

창욱은 서류를 슬쩍 김조윤의 앞으로 내밀었다. 김조윤은 서류를 집어 들고 무슨 내용인가를 보았다. 윗주머니에서 안경을 꺼내 서류를 살피던 김조윤의 표정이 시시각각 변했다. 그의 손에 있는 건 계약서였다.

자신의 자식들이 하는 회사와 MH 그룹 간의 계약서. MH 그룹에 납품을 하거나 서비스를 제공한다는 내용이었는데, 조건도 나쁜 편이 아니었다. 김조윤은 눈을 찌푸리면서 창욱을 쳐다보았다.

이런 종류의 계약을 조만해는 절대로 용납하지 않았다. 오로지 백작가의 친인척들에게만 그런 계약을 허용했다. 그래서 그렇게 해주고 싶은 마음이 굴뚝같았지만, 포기하고 있었던 것 아닌가. 조만해에게 밉보인다는 건 MH 그룹에서는 영원히 멀어진다는 걸 뜻했으니까.

그리고 그런 사실은 자신의 눈앞에 있는 창욱이 더 잘 알고 있었다. 그런데도 이런 서류를 내민다는 건 조만해를 은퇴시키겠다는 뜻이었다. 조만해가 멀쩡하게 권력을 가지고 있는 상태에서는 이런 일은 불가능하니까.

"아직 회장님은 건재하십니다."

"예전만 못하시죠. 잘 아시지 않습니까. 요즘 거동이 불편하시다는 거. 그리고 그 덕분인지 몰라도 이사들 움직임도 많이 바빠졌고 말이죠."

창욱은 느긋하게 팔짱을 끼고 의자에 등을 기댔다. 이미 전세는 많이 기울었다. 평생 정정할 것 같았던 만해도 세월의 위력 앞에서는 어쩔 수 없는 모양이었다. 건강이 예전만 못해서 활동량이 현저히 줄어들었다.

덕분에 자신이 움직이기 좋았다. 그리고 생각보다 쉽게 상당수의 이사들을 포섭할 수 있었다. 그동안은 조만해의 위세에 눌려서 말을 못 하고 있었지만, 사실 불만도 많았던 것이다.

그래서 그들이 원하는 먹이를 던져 주자 쉽게 넘어왔다. 물론 상황이 뒷받침되니 그런 거였다. 자신은 실적이 좋고, 조부는 적자를 내고 있었으니까. 얼마나 명분이 좋은가. 조부가 고령이라 판단력이 흐려졌으니 물러나는 게 기업의 이익을 위해서 좋다는데 누가 반대하겠는가.

"전무님만 합류하시면 대세는 확실하게 기웁니다. 지금 표 대결을 해도 이길 수 있지만, 제가 확실한 걸 좋아해서 기회를 드리는 겁니다."

"흐음… 생각할 시간을 주시죠."

말은 생각할 시간이라고 했지만, 상황이 어떻게 된 것인지 확인할 시간이 필요하다는 뜻이었다. 자신의 인생이 달린 일이니 신중하게 알아보고 움직이겠다는 뜻.

하지만 창욱은 그러라고 했다.

알아보면 확실하게 깨닫게 될 것이다. 이제 대세가 누구인지를. 그리고 그나마 챙길 수 있는 게 있을 때, 받아들이는 것이 자신에게도 이득이라는 사실을.

"참, 그런데 말입니다. 제가 알기로는 동남아시아 친구들을 좀 아신다고 하던데……."

"흐음… 어디서 들으셨는지는 모르겠지만, 제가 직접 아는 건 아닙니다."

창욱은 그런 건 상관없었다. 어떻게든 연결이 되기만 하면 되는 거였다.

"어떤 일을 하시려고 하는 건지……."

"서로 알아서 좋을 거 없는 일 아니겠습니까. 연결만 시켜 주시면 알아서 처리하도록 하죠."

김조윤은 고개를 끄덕였다. 사실 맞는 일이었다. 그런 자들에게 청부를 한다는 것 자체가 지저분한 일이라는 거였으니까. 이런 일은 모르고 있는 편이 좋다.

"알겠습니다. 제가 나중에 연락처를 알려 드리겠습니다."

김조윤이 나간 후 창욱은 조금 전 로저 페이튼과의 통화를 떠올렸다. 한 명을 손봐달라는 부탁이었다. 보통의 경우라면 로저 페이튼과의 관계를 생각해서 받아들였을 것이다. 하지만 상대가 좀 껄끄러웠다.

전 세계의 주목을 받고 있는 스타. 강주혁을 손봐달라고 했다. 물론 적당히 손보는 게 아니라 더 이상 주혁의 얼굴을 볼수 없게 해달라는 거였다.

그래서 창욱도 처음에는 곤란하다는 뜻을 내비쳤다.

그냥 스타도 아니고 전 세계의 이목을 끌고 있는 스타였다. 무슨 일이라도 생기는 날에는 온 나라가 발칵 뒤집힐 테니 부담이 너무 컸다.

그런데 로저 페이튼은 거부할 수 없는 제안을 덧붙였다.

큼직한 이권 사업에 동참하게 해주겠다는 거였다. 올해 거둔 실적보다도 많은 이익을 남길 수 있는 그런 사업이었다. 만약 그것이 성사되기만 한다면 자신의 입지를 완전히 굳힐수 있었다.

사실 만해를 은퇴시킨다고 하더라도 창욱이 강한 권력을 갖기는 어려웠다. 하지만 이런 실적이 뒷받침된다면 상황은 다르다. 이런 기회는 쉽게 오지 않는다. 그래서 창욱은 결심했다.

"할아버지는 이제 푹 쉬시게 되겠고… 강주혁, 자네도 푹쉬게 되겠군."

실행에 옮길 자들과 접촉하는 건 다른 사람을 시킬 것이다. 그것도 여러 단계를 거쳐서 절대로 자신이 드러나지는 않도록.

"그 친구하고는 그동안 쌓인 게 많았는데, 한꺼번에 청산하게 되었군. 그나저나 백정우, 이 자식은 도대체 어디로 숨은 거야?"

창욱이 언제 빚지고 그걸 갚지 않은 적이 있었던가. 조부로부터 받은 빚도 이제부터 제대로 갚을 생각이었다. 그리고 백정우도 찾을 때까지 포기하지 않을 것이다. 절대로 빚지고는 못 사는 게 바로 백작가의 장남 조창욱이었으니까.

*　　　*　　　*

전 세계 동시 개봉. 굉장히 의미 있는 일이었다. 지금까지 한국 영화가 그런 적은 한 번도 없었으니까. 물론 주혁 개인의 인기 덕분에 진행된 일이었지만, 그렇다고 전 세계 동시 개봉이라는 사실이 없어지는 건 아니었다.

"오전에는 국내 방송국하고 일본 방송하고 인터뷰가 있고, 오후에는 시사회, 저녁에는 중국으로 건너가야 해."

주혁은 고개를 절레절레 흔들었다. 그는 지금까지 살아오면서 가장 바쁜 나날을 보내고 있었다. 정말 일정이 너무 많아서 이동하는 시간마저 어떻게든 줄이려고 온갖 방법이 동원되고 있었다.

"또 헬기 타야겠네요?"

"어쩔 수가 없어. 차로 이동하면 시간을 맞출 수가 없으니까."

보통 이동은 헬기로 했다. 적당한 거리라면 가장 빠르게 이동할 수 있는 방법이었으니까. 게다가 외국 일정까지 있었다. 일본과 중국, 동남아시아에서도 동시 개봉을 하니 얼굴이라도 비쳐야 했다.

그리고 중간에 미국에 잠깐 다녀오는 스케줄도 잡혀 있었다. 미국 개봉을 앞두고 홍보 활동이 필요했으니까. 주혁은 정말 몸을 몇 개로 나누었으면 좋겠다는 생각이 들 정도였다.

"그런데 미국은 괜찮을까? 그쪽 백인 우월주의 단체에서 자네를 노리고 있다는 소문이 있던데……."

"경호를 잘하겠죠. 그리고 어지간해서는 움직이기 어려울 거예요."

주혁도 그런 소식을 들을 때마다 조금 찜찜한 생각이 들기는 했지만, 믿는 바가 있으니 큰 걱정을 하지는 않았다. 그것보다는 사람들이 과연 어떻게 영화를 받아들일지가 더 걱정되었다. 전 세계 사람들의 취향을 만족시킬 수 있는지는 확신할 수 없었으니까.

"미국 개봉관이 500개라고 했죠?"

"그래. 512개라고 들은 것 같은데? 그 정도만 되어도 대단한 거야."

미국에서는 자막이 있는 영화를 그다지 좋아하지 않는다. 익숙하지도 않고, 자막을 제대로 읽지 못하는 사람도 많았으니까. 그리고 결정적인 문제가 있었다. 아주 급하게 개봉이 결정되었다는 점이었다.

이미 영화가 개봉하기 훨씬 전부터 배급사들이 상영관을 잡아놓는다. 그런데 아저씨의 경우에는 주혁의 활약이 있었던 후 아주 급하게 개봉이 결정되었다. 그래서 상영관을 확보하는 데 어려움이 많았다.

그런데도 500개가 넘는 상영관을 확보했다는 건 그만큼 이 영화에 대한 관심이 많다는 거였다. 그리고 성적에 따라서는 상영관이 더 늘어날 수도 있었다.

"한국 영화 중에서는 기록이라고 볼 수 있겠네요."

"그렇지. 정상적으로 미국에서 수입해 간 영화로는 기록이라고 봐야지."

"좀 아쉽기는 하네요. 시간만 넉넉하게 있었다면, 좀 더 잘 준비해서 개봉할 수도 있었을 것 같은데 말이죠."

"그러니까. 너무 급하게 하는 것 같아서 좀 불안하기는 한데, 그래도 이 기회에 우리나라 영화가 얼마나 뛰어난지 제대로 한번 보여주는 기회가 되었으면 좋겠어."

주혁도 전적으로 공감하는 말이었다. 시간만 충분했다면 상영관도 2,000개 이상 잡을 수 있었고, 홍보도 훨씬 임팩트 있게 할 수 있었을 것이다. 하지만 시간이 너무 촉박했다. 그러나 그럼에도 분명히 아저씨라는 영화가 세계 사람들을 상대로도 먹힐 것이라고 자신했다.

"그것보다 빨리 움직여야 되겠어. 이러다가 인터뷰 시간에 늦을지도 모른다고."

"그래야죠. 오늘은 중국에 갔다가 내일은 인도네시아하고 태국 찍고, 모레는 일본……."

"덕분에 마일리지는 팍팍 쌓이겠어."

기재원 대표는 어색한 농담을 던졌고, 주혁은 어느 타이밍에 웃어야 하는지 몰라 눈만 껌뻑거렸다. 머쓱해진 기재원 대표는 빨리 움직이자며 자리에서 일어나서 먼저 밖으로 나갔다. 주혁도 따라서 일어서면서 중얼거렸다.

"그런데 그 서양인이 남긴 다른 단서들은 언제 나타나는 걸까?"

분명히 그가 본 미래는 좋지 않은 것 같았다. 그리고 그걸 막을 수 있는 건 자신뿐이라고 보아도 무방했다.

"빨리 다음 레벨로 올라가야겠어. 그러면 뭔가 더 알 수 있을 테지."

주혁이 나오지 않자 밖에서 기재원 대표가 소리쳤다.

"뭐해? 빨리 오라고."

"예, 지금 나가요."

주혁은 조금이라도 더 빨리 레벨업을 할 수 있는 방법이 뭘까 생각하면서 밖으로 뛰어 나갔다.

*　　　*　　　*

창욱이 침실에 들어오자 만해는 의아한 표정을 지었다. 자신의 침실이 아니라 이 집에 들어오는 것 자체를 그다지 좋아하지 않았던 창욱이었으니까. 그리고 창욱의 표정도 심상치가 않았다. 무표정한 평소와는 달리 입가에 차가운 미소를 달고 있었다.

그리고 창욱은 입을 열었다. 모든 것이 끝났다고. 이야기는 길지 않았지만, 만해는 뭐가 어떻게 돌아간다는 것을 알수 있었다.

"그러니 이제는 편히 쉬시죠."

창욱은 얼굴에 미소를 지으면서 말했다. 이제는 돌이킬 수 없으니 포기하라고 이야기하는 거였다. 실제로도 끝난 승부라고 생각하고 있었다.

"네놈이 결국 일을 벌였구나."

조만해는 노기를 띤 표정으로 창욱을 노려보았다. 하지만 누구를 탓하랴. 절대로 자신의 권위는 흔들리지 않을 것이라 자만한 것이 이런 결과를 가져온 것을. 그리고 자신의 몸이 좋지 않은 그 짧은 시간에 일이 이렇게까지 될지도 몰랐었고.

그만큼 창욱이 준비를 많이 한 결과일 터이다. 야심이 있는 놈이란 건 알고 있었지만, 설마하니 자신이 살아 있는 동안에 일을 벌이리라고는 생각하지 못했다.

"네놈 생각대로 될 성싶으냐? 넌 아직 모르는 게 많아."

"그거야 앞으로 알아가면 되지 않겠습니까. 중요한 건 지금 제가 할아버지보다 유리한 위치에 있다는 점이겠죠."

창욱은 유들유들한 말투로 이야기했다. MH 그룹의 지분은 자신이 확실하게 움켜쥐었고, 백작가의 심복들도 대부분 포섭했다. 그러니 만해가 할 수 있는 거라곤 집에서 소리를 지르는 것뿐이었다. 그 정도는 감수할 수 있었다. 그것도 곧 요양원에 갈 테니 듣지 않아도 될 터이고.

만해는 사람을 부르거나 그러지는 않았다. 어디까지나 백작가의 일은 백작가 안에서 해결해야 한다. 지금 같은 일일수록 더.

"내가 이대로 당할 거라고 생각하는 건 아닐 테지?"

"그 부분에 대해서는 저도 준비한 게 있어서 말이죠. 로저 페이튼 회장이 인맥이 참 넓더군요."

만해는 최악의 경우라고 생각했다. 어지간하면 자신이 아는 사람들을 움직여서 일을 되돌릴 수 있을 것인데, 로저 페이튼과 같은 거물이 손을 빌려준다면 쉽지 않은 일이다. 자신에게 남겨둔 한 수가 있기는 하지만, 손자와 진흙탕 싸움을 하기는 싫었다.

　자신이 목숨보다 소중하게 생각하는 백작가가 엉망이 되는 꼴을 어떻게 본단 말인가. 그럴 수는 없었다. 자신이 어떻게 지켜온 가문이던가. 하지만 그렇다고 이렇게 물러날 수는 없는 일.

　"뭐냐? 로저 페이튼 같은 자가 그냥 손을 빌려주었을 리는 없고. 도대체 어떤 걸 내주었더냐?"

　"내주다니요. 저도 그룹을 아낍니다. 그룹에 손해가 가는 일은 하지 않았으니 안심하시고 요양원에 가실 준비나 하시죠."

　"뭘 주었는지 대답이나 해라. 설마 말할 수 없는 그런 걸 내준 건 아니겠지?"

　만해는 기력이 많이 쇠했지만, 아직도 풍기는 기세가 묵직했다. 게다가 눈빛은 날카롭고 매서웠다. 창욱은 잠시 주저하다가 입을 열었다. 어차피 끝난 상황이니 말을 못 할 것도 없다는 생각에서.

　"한 명을 제거하기로 하니 많은 도움을 주더군요."

"설마 황실이나 정부의 인물을?"

"그럴 리가요. 그냥 배웁니다. 일개 배우."

창욱은 결국 주혁의 이름까지 이야기했다. 이야기를 들은 만해의 표정이 좋지 않았다.

"미친놈. 네가 우리 가문을 말아먹으려고 작정을 했구나. 그자가 어떻게 일개 배우더냐. 중국의 시진핑 주석과도 친분이 있고, 황태자와도 가까운 사이다. 게다가 이번 일로 세계적인 지명도도 얻었고."

"그래서요?"

창욱은 뭐가 문제냐는 듯한 표정으로 되물었다. 너무 태연하게 물어오자 만해는 순간적으로 할 말을 잃었다. 창욱은 손짓을 하면서 말을 이었다.

"제가 했다는 사실만 알려지지 않으면 되는 거 아닙니까. 제가 그런 것도 따져 보지 않고 일을 맡았다고 생각하시는 건 아니겠죠?"

창욱은 천연덕스럽게 말했고, 만해는 그런 창욱을 지그시 노려보다가 입을 열었다.

"말해봐라. 어떻게 준비하고 있는지."

창욱은 개인적으로 움직이는 동남아시아 킬러를 확보해 놓았다. 물론 몇 다리 건너서 확보를 한 상황이라 킬러들은 창욱의 이름도 알지 못했다. 그리고 그들에게 돈을 건네고 일을 준 사람도 그들과 마찬가지로 창욱의 존재를 몰랐다.

"일을 마치면 제가 부리는 히트맨들이 그들을 처리할 것이고, 히트맨들은 외국으로 도피할 겁니다. 아무런 종적을 남기지 않고 말이죠."

인천에서 중국으로 밀항을 한 다음, 거기서 다시 흩어지기로 되어 있었다. 총기뿐만 아니라 사제 폭탄까지 동원하니 제아무리 무술 실력이 뛰어나다고 하더라도 어쩔 수 없을 것이라고 이야기했다. 만해는 가만히 듣고 있다가 질문을 툭 던졌다.

"전에도 해본 솜씨구나."

"살다 보면 여러 가지 일을 겪는 법 아니겠습니까."

만해는 창욱의 표정을 잘 살폈다. 사람을 죽인다는 이야기를 하면서 조금도 흥분하거나 죄책감을 느낀다는 기색이 없었다. 만해는 잠시 고민하다가 몸을 일으켰다. 그러고는 자신의 책상으로 가서 무언가를 찾았다.

그르르르릉.

만해가 어디를 어떻게 했는지 몰라도 책장이 있는 곳이 서서히 갈라지면서 다른 공간이 나타났다. 창욱은 처음 보는 곳이었고, 누구로부터도 이런 곳이 있다는 사실은 듣지 못했다. 만해는 그 안으로 들어갔다.

"따라오너라."

창욱은 어리둥절한 표정으로 안으로 따라 들어갔다.

그리고 두어 시간이 지난 후, 둘은 안에서 나왔다. 안에서 나온 두 사람의 표정은 들어갈 때와 특별히 달라져 있지 않았다.

"생각보다는 놀라지 않는구나."

"놀라기는 했지만, 뭐 다 지난 일 아닙니까."

만해는 확실하게 알 수 있었다. 지금까지 책임감 강하고 지나치게 차분한 모습을 보인 것이 전부 보여주기 위해서 만들어진 얼굴이라는 사실을. 어렴풋이 느끼고는 있었다. 하지만 이제는 확실히 알 수 있었다. 이 녀석이 소시오패스라는 사실을.

"그래서 아버지가 그렇게 살아왔던 거로군요."

창욱은 아버지의 이야기를 하면서는 표정이 조금 달라졌다. 하지만 이내 원래 표정으로 돌아와서는 만해에게 물었다.

"그런데 그런 사실을 왜 저에게 보여주신 겁니까?"

"원래는 이 비밀은 내가 안고 가려고 했다. 이 비밀을 아는 자는 나와 네 아비인 기용이, 그리고 황제 정도다. 거기에서 많아도 셋을 넘지 않을 게야."

만해는 창욱을 제압하고 다시 자신이 일선에 나설 생각이었다고 했다. 자신과 인연이 있는 아주 특별한 자들을 이용해서.

"네가 이 비밀을 지켜라. 우리 백작가가 사실은 독립운동을 한 것이 아니라, 친일파였다는 사실을. 그러면 너에게 내가 힘을 보태주마."

"어려울 게 뭐 있겠습니까. 저는 그런 건 아무런 상관도 없습니다. 저는 이 백작 가문이 제 것이기만 하면 됩니다. 그리고 아시잖습니까. 제가 제 것은 끔찍하게 아낀다는 거."

창욱은 흰 이를 드러내며 웃었다. 만해 역시 만족스러운 미소를 지었다. 역시나 피는 속이지 못하는 것이구나 싶었다. 아들인 조기용은 왜 그리 물러 터졌는지 이해가 되지 않았는데, 손자인 창욱이 자신과 같았다.

"네 동생들을 잘 지켜야 한다. 형욱이와 희진이는 가문의 미래야."

"당연한 일 아니겠습니까. 형욱이야 대중적인 인기를 얻고 있는 장래가 촉망되는 국회의원이고 희진이는 2황자비 아닙니까. 저로서도 동생들이 꼭 필요하지요."

만해는 침대에 다시 누우면서 말을 이었다.

"그 아이들은 아무것도 모른다. 지금도 철석같이 가문이 독립운동을 했다고 믿고 있지. 그리고 거기에 엄청난 자부심을 가지고 있다."

창욱은 말없이 듣고만 있었다.

"너는 나와 같은 종류의 인간이다. 누구보다 위에 있어야

직성이 풀리고 그걸 위해서라면 뭐든지 할 수 있는 그런 인간. 그래서 너에게 이 가문을 맡기겠다."

만해는 창욱에게 자신이 알고 있는 모든 것을 전해주었다. 이야기를 들으면서 창욱은 깜짝 놀랐다. 만해가 숨기고 있었던 카드가 많아서, 만약에 대결이 벌어졌더라면 자신이 당할 수도 있었다. 하지만 이제는 그 힘까지도 모두 자신의 것이 되었다.

"그런데 강주혁을 처리하는 건 정말 뒤탈이 없겠느냐?"

"최대한 조심하고 있습니다. 그런데 워낙 일정이 바빠서 오히려 기회를 잡기가 어렵군요."

"서둘지 마라. 이런 일일수록 급하면 탈이 나는 법이다. 어차피 기한이 정해져 있는 것도 아니지 않느냐. 완벽한 기회를 노려라."

창욱은 고개를 끄덕였다.

"승부를 건다는 건 자신의 목숨도 내놓는다는 겁니다. 완벽하게 승리할 수 없는 판에는 승부를 걸 이유가 없죠."

만해는 창욱이 일하는 방식이 마음에 들었다. 그렇지만 이번 일은 어쩐지 말리고 싶었다. 무엇보다도 로저 페이튼과 같은 거물이 일을 맡겼다는 자체가 무슨 문제가 있는 일이라는 말이니까.

하지만 창욱은 멈출 생각이 없는 듯했다. 그만큼 돌아오는 이익이 컸으니까. 로저 페이튼이 제시한 조건은 거절하기에는 너무나도 탐스러운 열매였다. 그만큼 반대급부가 크다는 걸 알면서도 거절하기 어려운.

늙고 안정적인 걸 원하는 자신도 그런 조건이라면 받아들였을 것이다. 인생에 다시는 오지 않을 수도 있는 그런 조건이었으니까. 그리고 한 명을 지우는 건 그리 어렵지 않았으니까. 그러니 젊고 혈기왕성한 창욱이야 오죽하겠는가.

'일이 잘 풀리기만 바라는 수밖에.'

만해는 창욱에게 나가서 일을 보라고 손짓했다. 그는 침대에 누웠는데, 오늘따라 창문 너머로 보이는 석양이 더욱 붉게 보였다.

*　　　*　　　*

드디어 아저씨의 개봉이 임박했다. 이미 시사회와 홍보 활동을 통해서 기대치는 높아질 대로 높아진 상태였다. 언론에서도 흥행 돌풍이 예상된다면서 기대감을 한껏 부추겼다.

주혁은 아저씨의 개봉 직전까지 세계에서 가장 바쁜 사람 중 한 명이었다. 전 세계를 누비면서 홍보 활동을 펼치느라 시간에 대한 감각이 다 이상해질 정도였다. 시차 적응 같은 건 아예 생각지도 못할 정도로 바빴으니까.

"해가 떠 있어도 낮이라는 생각이 안 들고, 언제 자야 하는지도 헷갈리네요."

한 달 동안 미국만 세 차례를 다녀와야 했다. 원래는 없던 일정이 새로 만들어진 거라서 시간이 빡빡했다. 그래서 공항에서 내리자마자 바로 일정을 소화해야 했고, 잠은 알아서 자야 했다.

주로 이동하는 동안 잤는데, 강철 같은 체력을 가지고 있던 주혁도 항상 피곤함을 느낄 정도였다. 거기다가 시간만 나면 수련을 한다고 몸과 정신을 혹사시켰으니 지치는 것도 무리는 아니었다.

하지만 엄청난 팬들의 환호를 들으면 언제 그랬냐는 듯 피로가 가셨다. 그리고 이렇게 체력과 정신력을 많이 사용할수록 자신에게 도움이 된다는 사실을 알고 있어서 즐거운 마음으로 버틸 수 있었다.

그리고 드디어 개봉이 며칠 앞으로 다가왔다. 이제는 미국에서의 일정을 마무리하고 중국과 일본을 거쳐 다시 한국으로 돌아가면 되었다.

"개봉하고 나면 일단 하루 정도는 잠만 자야겠어요."

버티고는 있었지만, 힘들고 피곤한 건 사실이었다.

오늘도 주혁은 자신이 구해준 아이들과 만났고, 미국과 영국의 방송사와 인터뷰를 했다. 그리고 그걸 한국의 한 방송사에서 전부 촬영하고 있었다.

세계적인 스타가 탄생하는 순간일 수도 있으니 당연히 방송사에서도 구미가 당기지 않겠는가. 그래서 여러 방송사에서 접촉이 왔었다. 어차피 컨셉은 비슷비슷했다. 주혁의 일상을 찍는 거였으니까.

그래서 그중에서 가장 먼저 섭외가 온 방송사가 주혁을 밀착 취재할 수 있는 행운을 잡았다. 방송사는 행운이었지만, 주혁을 따라다니면서 촬영하는 사람들은 죽을 맛이었다. 너무 힘들어서 거의 좀비 같은 몰골로 주혁을 따라다니고 있었으니까.

주혁도 피곤에 지쳐 잠든 사람들을 보면서 잠을 청하려고 했는데, 갑자기 상자가 말을 걸어왔다.

[이봐, 상자의 주인이 있는 곳과 가까워지고 있는데, 내가 정확한 위치를 체크해 볼까?]

[괜찮아. 어차피 이렇게 사람들과 같이 움직이는데 무슨 일이 있으려고. 게다가 하나짜리 상자의 주인이라면서.]

주혁은 로저 페이튼이 있다는 걸 알고 있었지만, 크게 신경 쓰지 않았다. 주변에 언론과 방송이 늘 붙어 다녔으니 특별히 무슨 짓을 하기 어려울 것이라는 생각에서였다. 무슨 일이 있더라도 자신이 유리하다는 생각도 있었고.

그리고 로저 페이튼이 자신에게 접근하지도 않으리라 생

각했다.

하지만 그런 주혁의 생각은 보기 좋게 빗나갔다. 로저 페이튼이 자신과의 만남을 먼저 청해온 거였다. 그것도 유력 인사를 통해서 잠깐 시간을 내달라고 한 거여서 거절하기도 어려웠다.

원래 일정에서 바뀌는 건 없었다. 중간에 로저 페이튼과 대화를 하는 시간 30분이 들어가는 대신 다른 시간을 줄였으니까. 배급사에서도 동의한 사항이라니 거절할 명분이 없었다. 그리고 로저 페이튼이라는 자를 한번 보고 싶기도 했다.

"로저 페이튼입니다, 미스터 강."

"강주혁입니다. 만나서 반갑습니다."

둘은 악수를 했고, 서로를 보면서 자리에 앉았다. 주혁은 이자가 왜 자신을 만나자고 했는지 궁금했다. 혹시 자신이 상자를 가지고 있다는 사실을 모를 수도 있다는 생각도 들었다.

＊　　　＊　　　＊

'특별한 건 없어 보이는데……'

로저 페이튼은 보스가 왜 그렇게 이런 동양의 배우에게 관심을 두는지 이해할 수가 없었다. 상자의 주인인 윌리엄 바사드라면 모를까, 일개 배우에게 관심을 보일 이유가 별로 없었으니까.

'혹시 지금 키우는 자 때문인가?'

보스가 지금 키우고 있는 자도 배우였다. 그것도 이자와 같은 나라의 배우. 그러니 혹시라도 걸림돌이 될까 봐 그러는 것일 수도 있었다. 하지만 배우가 무엇을 할 수 있단 말인가. 그래서 지금 키우는 자도 별로 마음에 들지 않았다.

"이번 사건을 알고 나서 큰 감명을 받았습니다. 다른 사람을 구하기 위해서 그런 행동을 한다는 건 쉽지 않은 일이니까요."

"저 말고도 용기 있는 사람이 있었을 겁니다. 제가 먼저 나선 것뿐이죠."

둘 사이에는 아주 의례적이고 예상 가능한 대화들이 오갔다. 로저 페이튼은 계속해서 주혁을 살폈지만, 아무리 보아도 특별한 것이 보이지 않았다.

'아직 능력이 개발되지 않아서 그런 건가?'

로저 페이튼이 내린 결론은 이자는 윌리엄 바사드가 키우는 사람이라는 거였다. 보스가 오드아이 같은 심복을 키웠듯이 윌리엄 바사드도 이 남자를 키우고 있는 것으로 생각했다. 그러면 아귀가 딱딱 들어맞았다.

윌리엄 바사드가 이자를 밀어주는 것도 그렇고, 보스가 관심을 갖는 것도 그렇고. 그래서 제거하기로 마음먹었다. 물론 보스가 지켜보라고 했는데, 그걸 어길 만큼 배짱이 큰 건 아니었다. 그렇다고 손을 놓고 있을 성격도 아니었고.

백작가. 야심이 큰 인간들이 모인 곳이다. 사업하는 인간 치고 야심이 없는 족속은 없겠지만, 자신이 보기에는 백작가의 창욱이라는 자보다 욕망이 이글거리는 자는 보지 못했다.

욕망이 강한 자는 다루기가 쉽다. 그 욕망을 채울 수 있는 걸 던져 주면 무슨 일이라도 하니까. 그래서 강주혁이라는 배우의 정리는 그들에게 맡겼다. 성공하면 좋고, 실패하면 그 책임을 물어서 이득을 취하면 되니까.

그들에게 던져 주는 이권 정도는 자신에게는 있어도 그만, 없어도 그만이었다. 그들에게야 하늘에서 내려온 황금 동아줄로 보이겠지만.

"시사회에서 영화를 봤는데, 액션이 굉장하더군요. 보면서 아주 즐거웠습니다. 사람들이 이번 사건과 너무 흡사하다는 이야기를 하더군요."

"좋게 봐주셨다니 감사합니다."

로저 페이튼은 평소에 이런 영화에는 그다지 관심이 없었다. 집에 상영관을 만들어놓고 고전 명작으로 일컬어지는 작품을 즐기는 편이었다. 그런데도 이번에 본 영화는 흥미로웠다. 그리고 이번 사건이 떠올라서 더욱 몰입이 되었다.

자신이 그럴 정도였으니 일반인들은 훨씬 열광할 것 같았다. 그리고 자신이 연기나 액션에 대해서 잘 아는 건 아니었지만, 강주혁이라는 배우가 잘한다는 것 정도는 알 수 있었다. 확실히 흡입력이 있는 배우였다.

"제가 시간을 너무 뺏은 건 아닌지 모르겠군요. 그만 일어나 봐야겠습니다."

로저 페이튼은 자리에서 일어났고, 주혁도 웃는 낯으로 따라서 일어났다. 혹시라도 무슨 일을 꾸미는 게 아닐까 대화를 나누는 내내 긴장하고 있었는데, 그저 이런 일상적인 대화를 나누려고 자신을 찾아온 거라고 생각하니 허탈할 지경이었다.

로저 페이튼은 악수를 청했고, 뒤에 있던 남자를 슬쩍 쳐다보았다. 뒤에 있던 남자는 선글라스를 벗고 주혁에게 손을 내밀었다. 주혁은 악수를 하면서 그의 얼굴을 보게 되었는데, 특이하게도 눈동자의 색이 달랐다.

한쪽은 푸른색이고, 다른 한쪽은 붉은색에 가까웠다. 오드아이가 있다는 말은 들어보았지만, 직접 본 것은 처음이었다. 그런데 그의 눈을 쳐다본 순간 갑자기 온 세상이 멈춘 것 같은 느낌이 들었다.

"뭐지?"

또다시 시야가 공중으로 솟았다. 마치 유체 이탈을 한 것 같이 자신의 모습을 내려다볼 수 있었다. 그리고 자신과 악수를 하고 있는 남자의 붉은 눈에서 붉은색 기운이 나와서 자신의 몸속으로 들어가려고 하는 것이 보였다.

하지만 그것이 쉽지 않은 듯했다. 붉은색 기운은 계속해서 자신의 머리로 들어가려고 하고 있었지만, 근처를 맴돌 뿐 안으로 들어가지는 못했다. 그러는 사이에도 사람들은 돌이 된 것처럼 그 자리에 굳어 있었다.

주혁은 붉은 눈의 남자가 자신에게 무슨 짓을 하려고 한다는 걸 알 수 있었고, 그것이 생각대로 되지 않고 있다는 것도 알 수 있었다. 그리고 잠시 후 주혁의 몸에서 따뜻하고 밝은 빛이 뿜어져 나오자 붉은색 기운은 여름철 아스팔트에 얼음조각이 녹듯 순식간에 사라져 버렸다.

주혁의 몸에서 나온 빛은 오드아이의 몸을 덮쳤고, 다시 주혁의 몸으로 돌아왔다. 그런데 주혁의 몸으로 빛이 다시 들어올 때는 약간 붉은빛이 감돌았다.

"어, 어?"

그리고 빛이 주혁의 몸속으로 들어가자 갑자기 주혁의 시야가 다시 정상으로 돌아왔다. 마치 몸으로 빨려 들어오는 것 같은 느낌이 들더니 다시 정상적인 시야가 되었다. 둘은 악수를 하고 있는 상태였고, 주혁은 아무 일도 없었다는 듯 인사를 했다.

로저 페이튼과 오드아이도 인사를 하고 나갔는데, 오드아이는 밖으로 나가자마자 심하게 휘청거렸다.

"왜? 어떻게 된 거야?"

"빨리 다른 곳으로."

오드아이는 그 말을 남기고는 정신을 잃었다. 로저 페이튼은 호텔로 돌아갔고 오드아이는 한참이 지난 다음에야 자리에서 일어났다.

"어떻게 된 거야? 그 녀석의 머릿속에 있는 걸 보지 못한 거야?"

오드아이의 능력은 정신을 지배하는 거였다. 기퍼트 상원의원을 습격한 자들과 같이 완전히 세뇌하려면 제법 많은 시간이 걸렸다. 하지만 단순하게 기억을 엿보는 것이나 자신의 말을 듣게 하는 씨앗을 심는 정도는 찰나의 시간만 있어도 가능했다.

그래서 그의 기억을 엿보기로 한 거였다. 이 작전은 보스도 허락했다. 아주 잠깐의 시간만 있으면 되는 거였고, 외부적으로는 아무것도 드러나는 게 없었으니까. 그래서 혹시라도 윌리엄 바사드가 가지고 있는 상자에 대한 정보라도 얻을 수 있으면 대박이라는 생각을 하고 있었다.

"당했어. 그자의 기억으로 들어갈 수가 없었어."

"무슨 소리야? 지금까지 그런 적은 없었잖아."

로저 페이튼은 이야기를 하다가 순간 멈칫거렸다. 없지는 않았다. 오드아이의 능력이 통하지 않는 사람이 있었다. 바로 보스와 자신, 그리고 세도우. 쉽게 말해서 오드아이보다 능력이 강한 자들에게는 통하지 않았다.

"그렇다면 그 녀석에게 자네보다 더 강한 능력이 있다는 말이잖아."

로저 페이튼은 즉시 보스에게 전화를 걸었다. 이 사실을 빨리 알려야겠다는 생각에서였다. 그리고 연락을 받은 보스는 이 사실을 굉장히 심각하게 받아들였다.

─오드아이의 몸 상태가 좋지 않다고?

"그렇습니다. 잠시 기절을 했다가 일어났는데, 몸에 힘이 하나도 없다고 합니다."

보스는 굉장히 고민스러웠다. 지금 상황을 어떻게 해석해야 할지 몰랐기 때문이었다. 실패할 건 예상했다. 어차피 주혁과는 비교도 될 수 없는 녀석이었으니까. 하지만 그 과정이 문제였다.

어떤 반응을 보이는지에 따라서 주혁이 가지고 있는 능력을 가늠해 보려고 한 거였는데, 전혀 생각지도 못한 일이 벌어져서 도무지 알 수가 없었다.

"오히려 역습을 받았다, 이거로군."

—예, 그렇습니다. 스피커폰으로 바꿀 테니 직접 들어보시죠. 이봐, 오드아이.

잠시 부스럭거리는 소리가 나더니 오드아이의 목소리가 들렸다.

—보스, 죄송합니다. 그의 기억으로는 들어갈 수가 없었습니다. 마치 벽이 가로막고 있는 것 같아서 접근 자체가 불가능했습니다.

"그래? 그리고 그 이후에는?"

—갑자기 무언가가 저를 확 밀치는 것 같은 느낌이 들었고, 갑자기 몸에서 힘이 빠졌습니다.

보스는 한숨을 푹 내쉬었다. 오드아이가 자신과 셰도우, 로저 페이튼에게 능력을 사용했을 때와는 전혀 다른 반응이었으니까.

"혹시 그자가 알아챈 기색은 보이지 않던가?"

—그렇지는 않았습니다. 저희와 비슷한 반응이었습니다. 잠시 멈칫하다가 평소처럼 굴었습니다.

로저 페이튼이 이야기했다. 오드아이가 자신이나 셰도우에게 능력을 시전했을 때, 실패하면 그리되었다. 서로 순간적으로 멈칫하다가 평소처럼 돌아오는 그런 광경을 로저 페이튼은 분명히 보았다.

보스는 수고했다고 말하고는 전화를 끊었다. 그리고 아주 심각한 표정이 되었다. 주혁의 능력이 자신들과는 다른 계열의 능력이라는 생각이 들어서였다.

"예지력이면 골치가 아픈데……."

보스가 가장 우려하는 건 자신의 아버지와 같은 예지력을 주혁이 가지고 있는 거였다. 자신도 알고 있다. 만약 남남이었다면, 당하는 건 자신이었을 것이다. 하지만 마음이 약한 아버지는 그러지 못했다.

그래서 아버지의 상자를 이어받은 강주혁도 예지력을 가지고 있는 게 아닌지 걱정했다. 만약 그렇다면 그를 이기기란 굉장히 어려울 수도 있었으니까.

그나마 다행인 점은 아직은 자신보다는 능력이 약한 듯했다. 자신은 오드아이의 공격을 모두 보고 대처할 수 있었으니까. 시간이 멈춘 듯하고 눈에서 붉은색 기운이 자신을 향해 뻗어오는 것도 보였고, 자신의 의지로 그 기운을 물리쳤다.

"골치 아픈 자야. 그렇다고 손을 대기도 어려워. 최후의 경우에는 같이 손을 잡아야 할 수도 있으니까."

서로 어찌할 수 없는 그런 사이라면 차라리 적이 아닌 동료가 되는 편이 좋다. 쓸데없이 동전을 낭비하느니, 차라리 둘이서 세계를 나눠서 지배하면 된다. 물론 일단 그렇게 해놓고 뒤를 노릴 속셈이기는 했지만.

"일단은 상황을 지켜봐야겠군. 쉽사리 손을 댈 수 있는 자가 아니니."

보스는 잠시 생각을 하다가 로저 페이튼이 이상하게 생각하지는 않을까 우려되었다. 상자의 존재를 알고 있는 건 자신과 로저 페이튼 둘뿐이다. 그러니 주혁도 상자를 가지고 있지 않을까 하는 생각을 할 수도 있다.

"윌리엄 바사드가 키우는 자라고 계속 생각하게 만들어야겠군."

진실은 자신만 알고 있으면 된다. 심복이라 할지라도 진실에 너무 가까이 있는 건 위험하다. 그래서 적당한 정보만 던져 주고 나머지는 짙은 어둠 속에 묻어두는 게 보스의 스타일이었다. 상대가 어둠 속에 있는 걸 다른 것으로 상상하게 만들면서.

그리고 같은 시각, 주혁은 차량을 타고 공항으로 가면서 혼자 깨어 있었다. 어쩐 일인지 아까 일이 있었던 후로 몸에 활력이 넘치고 있었다. 그동안에는 차만 타면 잠이 쏟아졌는데, 지금은 정신이 아주 또렷했다.

'그런데 그 붉은 기운은 뭐지?'

주혁은 무슨 일이 벌어졌는지 정확하게 알 수 없어서 조금 답답했다.

'오드아이가 상자의 주인인가?'

하지만 그렇지 않다는 걸 알 수 있었다. 상자가 말을 걸어왔기 때문이었다. 자신이 생각하는 걸 듣고 있었던 모양이었다. 처음에는 조심한다고는 하는데, 이게 매번 상자를 의식해서 신경을 쓰는 게 더 귀찮았다. 그래서 이제는 굳이 생각을 감추지 않았다.

[커흠. 요즘은 드라마를 많이 안 보는 것 같던데, 나를 고려해서 좀 봐주었으면 좋겠군. 번 노티스 다음 편이 궁금하다고.]

상자는 요즘 미드에 푹 빠져 있었다. 주혁도 미국 시장 조사를 겸해서 보고 있기는 한데, 요즘 너무 바빠서 자주 보지 못했더니 그게 불만인 모양이었다.

사실 상자가 알아도 무슨 상관이란 말인가. 누구에게 이야기할 것도 아니고. 오히려 비밀 이야기를 서로 할 수 있어서 마음을 털어놓을 수 있는 친구가 생겼다는 느낌이 들기도 했다. 가끔 재수 없는 말투만 빼면 말이다.

[오드아이는 상자의 주인이 아니다. 만약 합체된 상자의 주인이었다면, 그런 형편없는 기운을 가지고 있지 않을 테니까. 그리고 오히려 너에게 선물을 주고 가지도 않았을 테고.]

[선물?]

[그자가 가지고 있던 기운의 일부가 너의 몸속으로 흡수되었다. 이질적인 기운이라서 완전히 동화되려면 시간이 좀 걸

리겠지만, 레벨업을 위한 시간이 많이 단축될 수 있으니 엄청난 선물이라고 봐야겠지.]

주혁은 깜짝 놀랐다. 어쩐지 기운이 넘치더니 그런 이유가 있었던 거였다. 이런 선물이라면 얼마든지 환영이었다. 그런데 오드아이가 그런 능력을 가지고 있다는 게 이해가 되지 않았다.

[상자의 주인이 아니라면, 초능력자라는 말인가?]

[상자와 관련이 있는 자다.]

[상자와 관련이 있는 자?]

[그래. 이 집에 있는 개와 같이 상자의 능력을 나누어 받은 자라고 설명하면 쉽겠지.]

[미래가?]

상자는 미래도 기운을 나누어 받아서 평범한 개라고 볼 수는 없다고 했다.

[마음먹고 달려들면, 호랑이도 이길 수 있을걸?]

주혁은 순하고 장난꾸러기인 미래가 그렇다는 사실을 처음 알았다. 하긴 덩치가 워낙 커서 산책을 시키러 나가면 다른 개들이 슬슬 피하기는 했다. 워낙 순하게 생기고 애교도 많아서 사람들은 좋아하긴 했지만.

[가만. 로저 페이튼과 오드아이가 같이 있다는 건, 로저 페이튼도 상자의 주인을 안다는 거겠네?]

[확신할 수는 없지만, 그럴 가능성이 높다고 봐야겠지.]

이제는 오히려 그자들이 접근을 해주었으면 하는 생각까지 있었다. 주혁은 로저 페이튼이나 오드아이의 뒤를 캐면 상자의 주인을 알 수도 있겠다는 생각이 들었다. 물론 자신이 그런 걸 하는 건 아니었지만. 주혁은 좌석에 느긋하게 몸을 기대면서 중얼거렸다.

"이따 전화해서 윌리엄 바사드에게 시켜야겠다."

CHAPTER **55**
돌풍

─로저 페이튼과 오드아이를 말입니까?

"그래, 로저 페이튼 곁에 키가 크고 눈동자색이 다른 녀석
이 하나 있을 거야."

─정확하게 어떤 걸 알아내면 되는 겁니까?

주혁은 어떤 식으로 일러주어야 할지 살짝 고민이 되었다.
윌리엄 바사드도 상자를 알고 있으니 사실대로 말해주어야
할지, 아니면 적당히 숨겨야 할지.

잠시 고민하던 주혁은 상자와 관련된 정보는 숨기기로 했
다. 상자와 관련되어 있다는 걸 알면 무슨 마음을 먹을지 모

른다. 지금이야 자신과 협조적인 관계를 유지하고 있지만, 윌리엄 바사드 자신이 상자를 얻을 수 있다는 생각이 들면 무슨 마음을 먹을지 모른다.

"어떤 자들과 손을 잡고 일하는지를 살펴보면 된다."

─알겠습니다. 사람들을 붙여서 알아보도록 하겠습니다.

그런데 생각을 하다 보니 약간 의아한 점이 있었다. 윌리엄 바사드도 로저 페이튼이 상자를 가지고 있다는 걸 알고 있었다.

'참, 그러고 보니까 왜 로저 페이튼의 상자를 빼앗으려고 하지 않는 거지?'

주혁은 넌지시 그 부분에 관해 물어보았다. 왜 상자를 가지고 있다는 걸 알면서도 빼내려고 하지 않는지.

그러자 윌리엄 바사드는 다소 허탈하게 웃으면서 말했다.

─왜 그러지 않았겠습니까. 제가 상자를 가지고 있을 때도 서로 치열하게 싸웠지요.

상자를 주혁에게 빼앗기고 난 후에도 몇 차례 시도는 했었단다. 하지만 상자를 어디에 숨겼는지 알아내지도 못했고, 작전에 투입된 요원들만 모두 잃었다는 거였다.

'하기야 상자를 그렇게 쉽게 가져갈 수 있게 놔뒀을 리가 없지.'

덕분에 윌리엄 바사드가 아직 상자에 대한 미련을 버리지 못했다는 사실을 알 수 있었다. 그러니 그가 상자를 가지게 되면 또 어떻게 될지 모른다는 생각을 했다. 사람의 마음이란 게 상황에 따라서 바뀌는 법이니까. 그래서 마음을 놓아서는 안 되겠다는 생각을 했다.

전화를 마치고 주혁은 기회가 되면 윌리엄 바사드에게 자신에게는 도저히 안된다는 인식을 심어주어야겠다고 결심했다. 물론 때가 되면, 적당한 당근도 던져 주면서.

그런 생각을 하다가 옆에서 애교를 부리는 미래를 바라보았다.

미래는 덩치에 어울리지 않게 누워서 발로 주혁을 건드리며 같이 놀아달라고 하고 있었다. 정말 덩치는 어마어마했다. 일어서면 주혁보다 컸으니까. 주혁은 조금 미안한 생각이 들었다. 워낙 바빠서 많이 놀아주지 못했으니까.

오늘도 일정이 있어서 이제 나가봐야 했다. 하지만 오늘은 돌아와서 꼭 이 녀석과 같이 놀아주리라 다짐했다. 주혁은 미래의 머리를 쓰다듬었다.

"지금은 나가봐야 하거든? 대신에 이따가 와서 같이 놀아 줄게."

"컹!"

미래는 주혁의 이야기를 알아들었다는 듯 한 번 짖었다. 주혁은 웃으면서 옷을 갈아입는데, 갑자기 상자의 소리가 들렸다.

[이봐, 바쁜 건 알겠지만, 드라마도 좀 보라고. 히어로즈는 갈수록 재미없으니까 그만 보고, 셜록 다음 편 빨리 보라고.]

[알았어. 오늘 일정 마치고 집에 와서 미래랑 놀아준 다음에 볼 테니까 조금만 참으라고.]

[이봐, 내가 개한테도 밀려야겠어? 그러지 말고 이동하는 중간에 보라고.]

[이동하는 중에는 시나리오 검토해야 해. 자꾸 이러면 확 안 보는 수가 있다.]

[어허, 알았어, 알았다고. 기다릴 테니까 대신 오늘은 꼭 봐야 하는 거 알지?]

주혁은 피식 웃으면서 알았다고 했다. 그 정도야 대수겠는가. 조금 귀찮을 때도 있었지만, 그래도 텅 빈 것 같은 이 집에 미래와 상자가 있어서 그나마 외롭지 않게 지낼 수 있었다. 그러니 기꺼운 마음으로 해줄 수 있는 거였다.

*   *   *

주혁은 먼저 아토 엔터테인먼트에 들렀다. 일정을 시작하기 전에 잠시 나눌 말이 있으니 들르라는 연락을 받아서였다.

"어서 오게. 커피?"

기재원 대표는 항상 그렇듯 자신의 책상 옆에 있는 커피메이커에서 커피를 따라 주혁에게 주었다. 그 덕분에 기재원 대표의 방은 항상 옅은 커피 향이 그윽하게 퍼져 있었다.

"요즘 바쁘시다면서요?"

"말도 말라고. 자네도 눈코 뜰 새 없이 바쁜 거 알지만, 나도 만만치가 않아.

아토 엔터테인먼트의 일만 할 때도 충분히 바빴는데, 케이블 방송과 관련된 업무도 해야 했다. 그러면서 오디션 프로그램의 심사위원도 해야 했으니 오죽 바빴겠는가. 하지만 일이 모두 잘 진행되는 탓인지 기재원 대표의 표정은 밝았다.

"심사위원은 할 만하세요?"

"좀 어색하기는 한데, 재미는 있더라고. 그런데 요즘 애들은 정말 끼가 많은 것 같아."

그는 심사를 하면서 예전과는 확연하게 달라진 걸 느낀다고 했다. 아직 어린데도 노래와 춤이 수준급인 참가자도 많았다는 거였다. 거액의 상금에 유명 기획사로 들어갈 수 있는 기회까지 주어지니 잘한다 싶은 사람들은 전부 참가 신청을 한 듯했다.

"우리 회사로 데려오고 싶은 친구들도 꽤 보이더라고."

하지만 기재원 대표가 상의하고 싶은 이야기는 다른 거였다. 바로 드림하이 캐스팅에 관한 거였는데, 아토 엔터테인먼트와 페가수스의 의견이 팽팽하게 맞서서 조율이 어렵다는 거였다.

"안수현이라고 알지? 우리 측에서는 걔를 넣었으면 하거든. 그런데 페가수스에서는 자기네 아이돌을 넣자고 그러네."

페가수스의 입장도 이해 못 하는 건 아니었다. 자기 회사의 아이돌을 출연시키려고 하는 건 당연한 일. 게다가 인기도 있는 아이돌이니 시청률이나 외국 판매에도 도움이 되지 않겠느냐는 거였다.

문제는 연기력. 주혁이 보기에는 연기력만 따지면 승부가 되지 않았다. 하지만 상대의 이야기도 일리가 있으니 쉽게 결론이 나지 않을 듯했다.

"드라마 퀄리티를 생각하면 수현이가 들어가는 게 좋다고 보이네요. 문제는 상대방을 어떻게 납득시키느냐인데……."

"그러니까. 상대가 아예 얼토당토않은 이야기를 하면 어떻게든 밀어붙이겠는데, 그쪽 이야기도 일리가 있거든."

"제작진은 뭐라고 하던가요?"

"좀 난처해하더라고. 제작비도 두 회사에서 전부 대고, 영향력도 큰 회사니까 그럴 법도 하지. 가능하면 두 회사에서 알아서 정리가 되길 바라는 눈치야."

생각해 보면 그럴 만했다. 페가수스야 엔터하이가 무너진 지금 가장 규모가 큰 엔터테인먼트 업체였고, 배후에는 세현 그룹이라는 세계적인 그룹이 버티고 있다. 거기다가 아토 엔터테인먼트는 또 어떠한가.

규모는 페가수스보다 작았지만, 영향력은 오히려 페가수스를 능가한다고 볼 수 있었다. 대한민국을 대표하는 두 엔터테인먼트 업체. 거기다가 제작비까지 모두 두 회사에서 대고 있으니 제작진이 눈치를 안 볼 수 있겠는가.

거기다가 두 회사가 아니었다면 이 프로젝트는 아예 시작조차 하지 못했다. 두 회사의 인기 아이돌들이 주축 멤버였으니까.

"어차피 두 회사에서는 양보할 마음이 없을 것 같으니까 제작진에게 일임하죠."

"그러다가 제작진이 저쪽 손을 들면?"

"운명이라고 생각해야죠 뭐. 하지만 저는 우리가 될 것 같은데요?"

주혁은 싱글거리면서 대답했다. 그동안 수현이 얼마나 노력했는지 알고 있는지라 분명히 선택을 받으리라 생각했다. 만약 되지 않더라도 다른 작품에서라도 분명히 빛을 볼 만한 녀석이었고.

기재원 대표도 잠시 생각하다가 한번 믿고 가보기로 결정했다. 그래서 페가수스 대표와 만나서 이야기를 건넸다. 페가수스의 대표 역시 이 문제가 어지간해서는 결정되지 않으리라는 사실을 잘 알고 있었기 때문에 승낙했다.

주변에서는 미리 손을 썼을지 모른다며 만류했지만, 페가수스의 대표는 피식 웃었다. 기재원이라는 사람이 그 정도였으면, 자신이 이번 프로젝트를 하자고 이야기를 하지도 않았을 거라면서.

하지만 충분히 납득할 수 있는 이유가 있어야 한다는 단서를 달았다. 그런 조건을 달고 결정권은 제작진에게로 넘어갔다. PD와 작가가 최종 결정을 하게 되었는데, 두 회사의 대표가 있는 자리에서 결정된 사항을 이야기했다.

PD는 무척 난처한 표정으로 두 회사의 대표를 쳐다보다가는 입을 열었다.

"안수현으로 결정했습니다."

결정이 되었지만, 두 대표의 표정에는 별다른 변화가 보이지 않았다. 페가수스의 대표는 조용히 입을 열었다.

"이유는?"

"제가 정글피쉬 제작 발표회에 간 적이 있습니다."

PD는 침을 한 번 삼키고는 말을 이어나갔다. 제작 발표회에서 안수현이 갑자기 울어서 다들 당황한 적이 있었는데, 그 이유가 인상적이었다고 했다. 촬영을 할 때는 자신이 작가와 PD가 요구한 것을 전부 이해한 줄 알았는데, 영상을 보니 기대에 미치지 못해서 그랬다는 거였다.

"계속해서 미안하다고 하더군요. 그런데 제가 본 영상은 그 정도는 아니었거든요. 그래서 그때 앞으로 무서울 정도로 성장할 수 있겠구나 싶었습니다. 그리고 그 후로도 계속해서 나오는 작품을 챙겨 보았고요."

그리고 작가도 말을 보탰다. 드림하이의 작가는 전에 '김치 치즈 스마일'이라는 시트콤을 썼는데, 거기서도 안수현이 나왔었다. 그런데 처음에는 발성이나 연기가 어색해서 불안했었는데, 금방 적응하면서 안정적인 연기를 선보였다.

그래서 분량도 점점 늘어났고, 나중에는 단독 에피소드까지 받을 정도가 되었다. 작가는 재능도 있고, 무엇보다도 노력하는 배우라서 강력하게 추천한다고 이야기했다.

"그럼 그렇게 갑시다."

페가수스의 대표는 아무렇지도 않다는 듯이 말했다. 오히려 PD와 작가가 너무나도 뜻밖이어서 정말 괜찮으냐고 되물었다.

"그렇게 노력하는 아이라고 하니 한번 믿고 가봅시다."

PD와 작가는 한숨 돌린 표정으로 크게 숨을 내쉬었다. 혹시라도 그가 마음에 들지 않아 하면 어쩌나 걱정을 했었는데, 다행스럽게도 흔쾌히 받아들였기 때문이었다.

하지만 페가수스 대표의 말은 끝나지 않았다.

"하지만 결과가 좋지 못하면, 책임질 각오는 해둬야 할 걸세."

"드라마 들어가기도 전부터 왜 이러십니까. 그 친구 제가 잘 아는데 분명히 잘할 겁니다. 제 안목을 믿고 지켜보시죠."

PD와 작가는 얼굴빛이 변했다가 기재원 대표의 말을 듣고 조금 안심이 되는 눈치였다.

"나도 작품만 잘된다면야 무슨 말을 하겠나. 어차피 우리 애들도 많이 들어가 있으니 작품이 잘되는 게 우선이지."

페가수스 대표는 앞으로 잘 부탁한다는 말로 상황을 마무리 지었다. 그리고 회사로 돌아온 기재원 대표는 안수현에게 이 사실을 알렸고, 안수현은 펄쩍펄쩍 뛰면서 기뻐했다. 공중파에서 방영되는 드라마의 주연을 맡았으니 오죽 기쁘겠는가.

"내가 된다고 그랬잖아. 앞으로 연기하는 데 신경 더 써서 꼭 성공해라."

옆에 있던 주혁이 같이 축하를 해주었다. 그리고 안수현은 자신의 가능성을 믿고 지원해준 주혁과 아토 엔터테인먼트 사람들에게 진심으로 감사하다는 인사를 했다. 무명이었던 자신에게 용기와 기회를 준 사람들의 기대를 저버리지 않겠다고 다짐하면서.

"열심히 하겠습니다. 그리고 꼭 주혁이 형 같은 배우가 되겠습니다."

안수현은 결의에 찬 눈빛을 선보이며 이야기했다.

* * *

아저씨, 인셉션 꺾고 박스 오피스 1위

주혁의 아저씨, 인셉션 누르고 1위. 광풍이 휘몰아치다

전 세계는 지금 주혁 앓이

사람들의 관심은 과연 인셉션과의 승부가 어떻게 될 것이
냐는 거였다. 인셉션도 독특한 소재로 호평을 받으며 전 세계
적인 흥행 돌풍을 일으키고 있는 작품이었다. 상상력의 끝을
보여준다는 평이 있을 정도였다.

드림머신이라는 기계로 타인의 꿈에 접속해서 생각을 빼
낼 수 있다니. 얼마나 기발한 아이디어인가. 하지만 뚜껑을
열어보니 인셉션도 아저씨의 광풍 앞에서는 힘을 쓰지 못했
다.

한국에서는 물론이고 아시아권에서는 개봉하자마자 일제
히 아저씨가 1위를 차지했다. 미국에서는 1위 자리를 빼앗지

는 못했지만, 무서운 기세로 인셉션을 뒤쫓고 있었다. 이런 기세라면 따라잡는 건 시간문제로 보였다.

"감성을 품고 질주하는 액션이라. 참 멋진 표현인데?"
"저는 진짜 글 잘 쓰는 사람 보면 부럽더라고요."
김중택 대표가 인터넷에 올라온 기사를 보면서 이야기하자 주혁이 맞장구쳤다. 이제는 홍보 활동이 끝나서 조금은 한가해진 상태였다.

아저씨는 남자와 여자 관객 모두를 만족시켰다. 사람들은 처음 접하는 스타일의 액션에 열광했고, 어리고 약한 소녀를 지키기 위해서 몸을 사리지 않고 활약하는 주인공에 감동했다.

"자, 우리도 보러 가야겠지?"
김중택 대표는 웃으면서 말을 꺼냈고, 주혁도 고개를 끄덕였다.

언제나처럼 둘은 변장을 하고는 영화관에 갔다. 이른 아침이라 사람이 많지 않을 줄 알았는데, 영화관은 의외로 많은 사람들로 북적였다.

"생각보다는 사람들이 많은데?"
"그러게요. 조조에 이렇게 사람이 많은 건 처음 보는 것 같은데요?"

둘은 사람들을 보면서 매표소로 향했다. 그리고 거기에 적혀 있는 붉은 글씨를 볼 수 있었다.

―매진.

아직 시간이 제법 남았는데도 매진이 된 거였다.

주혁은 조금 황당하다는 생각을 하면서도 입가에는 저절로 미소가 걸렸다. 사람들이 그만큼 자신이 주연을 한 영화에 열광하고 있다는 증거였으니까.

*   *   *

"야, 머리 깎는데 왜 웃통은 벗고 깎아?"

김중택 대표와 주혁이 변장을 하고 영화를 보고 있는데, 옆에 앉은 여자가 친구에게 수군거렸다. 조조도 매진이 되어서 기다렸다가 2회를 보아야 했는데, 그것도 상영 시간 훨씬 전에 매진이 되었다.

둘은 천연덕스럽게 안으로 들어갔는데, 언제나처럼 그들을 알아보는 사람은 없었다. 주혁과 김중택은 주변 관객들의 반응에도 촉각을 곤두세우고 영화를 보고 있었는데, 바로 옆의 여자 셋이 가장 이야기를 많이 했다.

"머리가 옷에 붙으니까 그렇지."

"어차피 몸에도 다 붙잖아."

친구 둘이 작은 소리로 속삭였는데, 맨 끝에 앉은 여자가 간단하게 상황을 정리했다.

"야, 이년들아. 벗고 깎는 게 좋아, 안 벗고 깎는 게 좋아?"

그 말에 친구 둘은 입을 다물고 머리를 깎는 장면을 마저 감상했다. 잔인한 장면도 제법 있어서 중간에 놀라는 경우도 많았지만, 그만큼 관객들이 긴장을 늦추지 않고 영화에 몰입할 수 있었다.

그리고 나오면서 하는 말은 남자와 여자를 가릴 것 없이 대박이라는 거였다. 친구들한테도 꼭 보라고 할 거라는 말도 많이 들렸다. 남성 관객과 여성 관객은 취향이 달라서 둘 다 만족시키는 건 무척 어려운 일인데, 이 영화는 둘 다 만족시키고 있었다.

"지금까지 보러 온 영화 중에서 반응은 최곤데요?"

"이것도 천만 이상 봐도 될 것 같은데? 아니지. 천만이 문제가 아니라 전 세계적으로 얼마나 히트할지가 궁금해."

흥행에는 이미 성공한 거나 마찬가지였다. 아저씨의 순제작비는 40억 원 정도였는데, 외국에서의 수익이 얼마가 될지 이제는 가늠조차 되지 않을 정도였다.

그렇게 영화 아저씨의 돌풍은 전 세계를 휩쓸고 있었다.

그리고 그 돌풍은 쉽사리 사그라지지 않을 기세였다.

한 주가 지났는데, 아저씨는 한국을 비롯한 아시아권에서는 부동의 1위를 차지하고 있었고, 미국에서도 인셉션을 턱밑까지 추격했다. 예상했던 실적을 뛰어넘자, 미국에서도 두 번째 주에는 개봉관 더 늘리겠다고 전해왔다.

하지만 일각에서는 아저씨가 과대평가되었다는 이야기도 흘러나왔다. LA 세인트 엘모 식당의 총격 사건으로 인해서 사람들의 관심이 비정상적으로 쏠려서 이런 현상이 일어났다는 거였다. 그리고 사실 그런 측면이 있기는 했다.

만약 주혁이 아이와 여자들을 구한 사건이 없었다면, 그리고 있었다고 하더라도 널리 알려지지 않았다면, 아저씨라는 영화가 미국에 동시 개봉되는 일은 없었을 테니까. 그리고 이렇게 흥행 몰이를 하지도 못했을 것이다.

"세상이 다 그런 거지. 안 그래?"

"사실 그 사건의 영향을 많이 받은 건 사실이잖아요. 그나저나 또 마일리지 쌓이겠네요."

외국에서 주혁이 와주기를 바라는 요청이 끊이지 않고 들어왔다. 흥행에 완전히 불을 붙이겠다는 생각이었다. 아무래도 주혁이 그 나라에 방문하면, 영화 흥행에 큰 도움이 될 테니까. 주혁도 그런 건 주연배우로서 당연히 해야 하는 일이라고 생각하고 있었다.

아무런 관심을 받지 못하는 게 얼마나 서럽다는 걸 잘 알고 있는 그였다. 솔직하게 말해서 주혁이 인기를 얻은 게 얼마나 되었는가. 불과 2년 남짓이었다.

추적자로 인정을 받았을 때만 하더라도 그냥 널리 알려진 정도였지, 인기가 있다고 보기는 어려웠다. 그냥 연기력이 좋은 배우라는 정도였다. 추적자가 개봉한 게 2008년 초반이니 실제로 인기몰이를 한 건 2년 정도라는 말이다.

그런 생각을 하니 반복되는 하루를 경험하면서 준비를 착실하게 한 것도 영향을 미쳤겠지만, 여러모로 행운이 따랐다는 생각도 들었다. 이렇게까지 삽시간에 유명해진다는 게 개인의 힘만으로는 불가능한 거였으니까.

"운도 다 실력이야. 자네한테 행운이 좀 몰리는 것 같은 생각은 들지만, 그만큼 좋은 일을 많이 하니까 그런 운도 따라주는 게 아닌가 싶더라고."

"에이, 무슨 전래동화에 나올 법한 얘기를 하고 그러세요. 현실은 그렇지 않다는 거 잘 아시잖아요."

그냥 주변만 보아도 알 수 있지 않은가. 착하고 법 없이도 살 것 같은 사람보다는 약삭빠르고 악랄한 사람이 오히려 잘 사는 경우를 더 많이 볼 수 있다. 동화와 현실은 다른 거다. 현실이 그렇지 못하니까 동화 속의 이야기가 아름다운 법이다.

"아무튼, 중국 갔다가 동남아시아 돌고 일본에 온 다음에 미국으로 건너가는 스케줄이야. 정말 내 평생에 이렇게 비행기 많이 타는 적은 처음이라니까."

"저도 마찬가지예요. 하지만 앞으로야 이 정도로 타는 일은 없겠죠."

하지만 김중택은 그건 두고 봐야 아는 거라면서 의미심장한 표정으로 주혁을 쳐다보았다. 이제 할리우드에 입성하는 건 시간문제였다. 총격 사건으로 유명세를 얻은 데다가 이렇게 영화까지 흥행을 했으니 가만히 내버려 둘 리가 없다.

그렇다면 조만간 할리우드 작품에서 주혁을 볼 수 있을 터. 그것도 시시한 배역은 아닐 것이다. 당연히 주연급으로 캐스팅이 된다고 보면 되었다. 그러면 지금보다 더 많이 돌아다닐 수도 있다는 생각이 들었다.

"내일부터는 세계여행 해야 하니까 오늘은 일찍 가서 좀 쉬라고."

주혁은 알았다고 대답하고는 집으로 향했다. 그는 빨리 집에 가서 미래랑 놀아주고 드라마도 좀 보아야겠다고 생각하면서 걸어갔다. 걸어서 10분 정도면 집에 갈 수 있어서 늘 걸어 다녔는데, 선글라스에 모자만 좀 눌러써도 사람들은 그를 알아보지 못했다.

그런데 집으로 오다가 눈살을 찌푸리게 만드는 광경을 보왔다. 유치원생으로 보이는 아이들이 차를 기다리는지 모여 있었는데, 바로 옆에서 어떤 남자가 태연하게 담배를 피우고 있는 거였다.

아이들이 콜록거리면서 슬슬 피하는데도 아는지 모르는지 계속 그 자리에서 담배를 피우고 있었다. 정말 저런 사람은 머릿속으로 무슨 생각을 하고 있는지 들여다보고 싶은 심정이었다.

그런데 주혁이 그런 생각을 했을 때였다.

쑤욱 하고 시야가 공중으로 떠올랐다. 주혁은 갑자기 이런 일이 벌어져서 어리둥절한 상태였는데, 아래를 보니 자신의 눈에서 붉은빛이 감도는 빛이 담배를 피우고 있는 남자를 향해서 쏘아져 갔다.

그 남자와의 거리는 대략 5미터 정도 되었는데, 오드아이가 능력을 사용했을 때와 마찬가지로 시간이 멈춘 듯 세상이 정지 화면처럼 보였다.

주혁에 머리에서 나온 빛은 이내 그 남자의 머릿속으로 들어갔고, 그러자 갑자기 여러 가지 영상이 눈앞에 펼쳐졌다.

주혁은 깜짝 놀랐다. 전혀 생각지도 못했던 일이 벌어졌으니 당황스러운 건 너무나도 당연한 일이었다. 그래서 순간적으로 멈추어야겠다는 생각을 했고, 그런 생각을 하자 다시 쑤욱 하고 시야가 정상으로 돌아왔다.

"뭐지?"

주혁은 고개를 흔들었다. 머리가 살짝 아프기도 했고, 무엇보다 당황스러웠다. 그는 걸음을 재촉해서 급히 집에 돌아왔다. 그리고 상자와 바로 대화를 했다.

[오드아이의 능력이 전이된 것 같기도 하고, 잠재되어 있던 능력이 각성한 것 같기도 하고…….]

상자도 확실한 답변을 주지는 못했다. 주혁이 생각하기에 가장 가능성이 높은 건 오드아이의 능력을 자신이 사용할 수 있게 되었다는 거였다. 오드아이의 기운을 흡수하면서 그런 능력이 생긴 게 아닌가 싶었다.

[만약 오드아이의 능력이 전이된 거라면 그 능력은 오래가지 않을 수도 있다.]

[왜 그런 거지? 능력이 전이된 거면 계속 사용할 수 있는 거 아닌가?]

[내가 전에도 얘기했지만, 오드아이의 기운은 이질적인 기운이다. 시간이 지나면 자연스럽게 중화가 되어서 너의 기운으로 흡수가 되는 거지.]

그래서 전부 흡수가 되면 그 능력을 사용하지 못하게 될 수도 있다는 거였다. 물론 그렇지 않을 수도 있었다. 오드아이의 기운이 들어와서 잠재되어 있던 능력이 각성한 것일 수도 있었으니까.

[시간이 지나야 확실하게 알 수 있겠네?]

[그렇다. 기운을 전부 흡수했을 때, 어떤지를 보면 알 수 있겠지.]

주혁은 가능하면 오드아이의 기운이 모두 사라지기 전에 유용하게 사용할 기회가 생기면 좋겠다는 생각이 들었다. 더 좋은 건 이 능력이 아예 자신의 것이 되는 것이고.

다른 사람의 생각을 들여다보거나 조종하려는 생각에서 그런 건 아니었다. 이 능력이 있으면, 다른 상자의 주인을 상대하기가 훨씬 편할 거라는 생각에서였다.

[혹시 이 능력을 사용하면 오드아이의 기운이 소모되는 걸까?]

[그럴 가능성이 높다.]

역시나 확실하지 않은 답변이었다. 하긴 이런 경우는 처음이라니까 모르는 것도 이상한 일은 아니었다.

주혁은 궁금하기는 했지만, 당분간 이 능력을 사용하지 말아야겠다고 생각했다. 중요한 순간에 사용해야 하니까.

그리고 같은 시각 창욱은 로저 페이튼과 통화를 하고 있었다.

"미스터 페이튼. 잘 아시겠지만, 지금은 때가 좋지 않습니다. 방송국에서 다큐멘터리로 제작한다고 항상 카메라가 따라다니고 있어요. 게다가 한국에 있는 시간도 길지 않습니다."

―잘 알고 있습니다. 하지만 미스터 조. 지금 제공하려고 하는 건 그런 위험을 감수하고도 충분하다고 생각되는데. 그렇지 않습니까?

"물론입니다. 그래서 더 신중하게 일을 처리하려는 겁니다. 미스터 페이튼도 일이 실패하는 걸 원하지는 않으리라 생각합니다. 그러니 믿고 시간을 조금 더 주시지요."

로저 페이튼은 실패해도 상관없었다. 실패하면 그만한 대가를 받아내면 그만이니까. 하지만 가장 좋지 않은 건 지금처럼 움직이지 않고 있는 거였다. 투자를 했는데, 결과가 나오지 않는다는 건 그의 성미에는 맞지 않는 일이었다.

―시간을 많이 주지는 못할 것 같군요.

"일단 올해까지는 시간을 주시죠. 지금은 워낙 외부로 돌아다녀서 그렇고, 조금 지나야 기회가 생길 것 같군요. 손을 쓸 곳도 많고 하니까요."

로저 페이튼은 잠시 망설이다가 입을 열었고, 기한을 두고 밀고 당기기가 이어졌다. 그러다가 결국 올해까지 시간을 주기로 결정되었다.

"좋은 소식을 들으실 수 있을 겁니다."

―그랬으면 좋겠군요. 우리의 관계를 위해서라도.

로저 페이튼은 저들이 주혁을 제거할 수 있으면 좋겠다는 생각을 했다. 하지만 어쩐지 쉽지 않을 거라는 생각이 들었다. 오드아이의 능력을 격퇴할 정도의 능력이라면 쉽게 당할 리가 없었다. 그래서 창욱이 제거하면 가장 좋고, 아니면 그룹을 빼앗아서 이익을 내면 되겠다는 생각을 하고 있었다.

창욱은 확실한 기회가 아니면 움직이지 않으리라는 생각을 하고 있었다. 굳이 위험을 자초할 이유는 없었으니까. 그리고 상황을 봐서 더 뜯어낼 생각도 하고 있었다. 무슨 이유에서인지는 모르겠지만, 주혁에게 무척 유감이 많은 듯했으니까.

"그리고 직접은 손을 대지 못하는 무슨 이유가 분명히 있어. 아니면 미국에 갔을 때, 직접 손을 쓰면 되거든."

창욱은 사무실 창문으로 석양을 바라보면서 비릿하게 웃었다. 어떤 걸 더 뜯어낼지 생각하면서.

*   *   *

아시아 일정에서 주혁은 곤욕을 겪었다. 가는 곳마다 공항이 마비가 될 지경이었고, 움직이는 곳마다 인파가 몰려서 몇 개의 일정은 취소가 되기도 했다. 사람들이 너무 몰려서 위험할 수도 있었기 때문이었다.

그래도 주혁은 항상 웃음을 잃지 않고 의연하게 대처했다. 일정이 취소되는 경우에는 직접 사람들에게 양해를 구했고, 다음에 다시 오겠다는 약속도 했다. 처음에는 불만을 터뜨리던 팬들도 주혁이 직접 나서서 이야기하면 이해를 해주었다.

그렇게 아시아 일정을 마치고 LA에 도착한 주혁은 호텔에 짐을 풀고 휴식을 취했다. 저녁에 도착해서 오늘은 쉬고 내일부터 본격적인 일정을 소화하기로 되어 있었다.

"그래도 여기서는 조금 덜하네."

LA 공항에서도 난리기는 마찬가지인데, 중국이나 홍콩에서 워낙 대단해서 상대적으로 양호하다는 생각이 들었다. 홍콩에서는 주혁이 온다는 말을 듣고는 백화점 건물이 사람으로 가득 찬 경우도 있었다. 백화점이 생긴 이래 그렇게 많은 사람이 몰린 적은 처음이라고 했다.

그리고 살짝 걸리는 일도 있었다. LA 공항에서 자꾸만 신경이 쓰여서 보면 검은 옷을 입은 남자가 자꾸 눈에 보였다. 하지만 별다른 행동은 보이지 않았다. 그저 자신을 유심히 쳐다보고 있었다.

하지만 이 공항에 그런 사람이 어디 한둘이란 말인가. 그런데 왜인지는 모르겠지만, 자꾸만 그가 거슬렸다. 주혁은 조금 피곤해서 그런 것이지, 아니면 다른 이유가 있어서 그런 것인지 신경이 쓰였다. 하지만 호텔의 푹신한 침대에 눕자 그런 건 모두 잊게 되었다.

딩동.

주혁이 쉬고 있는데, 갑자기 벨 소리가 들렸다. 지금 찾아올 사람이 없는데 누굴까 생각하며 나가보니 웬 할머니가 한 분 서 있었다. 무슨 일이냐고 물었더니 주혁의 앞으로 온 편지가 있다고 했다.

"편지요?"

"나도 정말 이 편지를 전하게 되리라고는 생각하지 못했다네."

체구는 작았지만 아주 기품 있는 할머니였는데, 낡은 편지 봉투를 주혁에게 건넸다. 봉투의 겉에는 한글로 '강주혁에게'라고 적혀 있었다.

"이 편지는 1927년에 나의 아버지에게 전해진 편지일세. 놀랍지 않은가?"

할머니는 놀랍게도 이 호텔의 소유주였다. 그녀의 아버지가 이 호텔을 지은 사람이었는데, 그 당시 어려움이 있었다고 했다.

"한 남자의 도움을 받았다고 했어. 덕분에 이 호텔이 완공될 수 있었고, 아카데미 시상식을 이 호텔에서 하도록 유치할 수도 있었지."

그 남자의 요구 조건은 단 하나였다고 했다. 바로 이 편지를 정해진 날짜에 정해진 사람에게 전달하는 것. 그것이 바로 오늘이었고, 바로 이 방이었다. 그리고 전달할 사람의 이름은 주혁 강. 한국식으로 하면 강주혁이었다.

"아버지에게 그 이야기를 듣고는 믿지 않았는데, 시간이 다가올수록 기대가 되더군. 과연 그 신비로운 남자의 편지를 받을 사람이 이 호텔로 올 것인가 말이야."

그래서 강주혁의 이름을 TV에서 듣고는 깜짝 놀랐다고 했다. 그리고 얼마 전에 이 호텔에 예약을 한 것을 확인하고는 혹시나 해서 금고에 넣어두었던 편지를 다시 꺼냈다고 했다.

"무슨 내용인지 보고 싶기도 했지만, 그러지 않았네."

노파는 웃으면서 말을 이었다.

"자네에게 전했으니 이제 내가 할 일은 끝이 났군. 이거 오래된 짐을 덜어서 그런지 홀가분하구먼그래."

노파는 정말 개운한 표정이었다. 그녀는 느린 걸음으로 문을 열고 나갔다. 그리고 문을 닫기 전에 한마디를 덧붙였다.

"아이들을 구해준 것에 대해서 감사하네. 인종과 나이를 떠나서 자네 행동은 모두에게 존경받을 만한 일이었네."

그녀는 고개를 살짝 숙이고는 문 너머로 사라졌다.

주혁은 감사를 받은 것도 좋긴 했지만, 편지가 더 신경 쓰였다. 이 편지는 상자의 전 주인이 남긴 것이라는 게 거의 확실했으니까.

*   *   *

편지에는 한국에 돌아간 후의 일이 적혀 있었다. 자신의 목
숨을 노리는 자에 대한 정보였는데, 상황이 조금 모호하게 적
혀 있기는 했다. 하지만 그 정도만 알아도 무슨 일을 당하지
는 않을 듯싶었다.

누군가가 자신을 해코지한다고 해서 두렵거나 하지는 않
았다. 믿는 구석이 있었으니까. 하지만 그로 인해서 동전이
사용되는 건 아까웠다. 사실 상자도 중요했지만, 동전도 그에
못지않게 중요한 물건이었다.

게다가 이제는 더 이상 구할 수 없을지도 모르는 물건이었
다. 그러니 하나라도 아낄 수 있으면 아끼는 게 좋았다. 그리
고 다음 편지에 대한 단서도 있었다. 그런데 왜 이런 식으로
정보를 전달하는지는 궁금했다.

"그냥 전부 이야기해 주면 되는 거 아닌가?"

솔직하게 말해서 왜 굳이 번거롭게 이런 방식을 사용해서
야금야금 알려주는지 이해가 되지 않았다. 하지만 무슨 이유
가 있으니까 그럴 것으로 생각하고는 한국에 돌아가서 어떻
게 할 것인가를 생각했다.

"미래가 한꺼번에 보이지 않고 그때그때 보이나 보지 뭐."

그리고 지금 문제는 차기작이었다. 상승세를 탔으니 이제 할리우드에 진출하겠다고 마음먹긴 했는데, 딱히 마음에 드는 시나리오가 없었다. 그리고 시나리오가 영어로 되어 있어서 한글 시나리오를 볼 때와는 느껴지는 것도 조금 달랐다.

주혁은 잠깐 시나리오를 보다가 집어던졌다. 이야기가 형편없었다. 이야기라고 할 것도 없이 그냥 무조건 때려 부수는 장면이 주로 나오는 그런 영화였다. 확실히 좋은 시나리오는 어디서든 만나기가 쉽지 않은 듯했다.

다음 날, 일행은 배급사에 들러서 사람들을 만났다. 이번 일정은 배급사의 초청으로 이루어졌기 때문이었다.

"오오~ 미스터 강. 어서 오세요."

배급사의 대표는 과장된 행동을 하면서 주혁 일행을 환대했다. 기대하기는 했지만, 아저씨는 생각보다도 훨씬 큰 반향을 일으키고 있었다. 설마하니 인셉션을 누르리라고는 생각지도 못했는데 말이다.

"일단 앉으시지요."

고층 건물에서 내려다보이는 전망은 확실히 느낌이 달랐다. 뭐라고 할까. 세상을 발밑에 두고 있다는 느낌이 든다고나 할까? 그런 느낌을 받아서 높은 층을 사람들이 선호하는 것일 수도 있겠다는 생각이 들었다.

"상영관을 1,000개까지 늘릴 생각입니다. 생각보다 사람들의 반응이 아주 뜨겁습니다."

"그런가요? 영화관에 직접 가봤으면 좋겠네요."

주혁은 현지 사람들의 반응을 직접 피부로 느껴보고 싶었다. 일정이 조금 빡빡하기는 했는데, 잘하면 시간을 낼 수도 있을 것 같았다.

배급사 대표는 처음에는 어렵겠다는 표정이었다. 실제로 일정이 아주 타이트하게 짜여 있었다. 주혁이 미국에 머무르는 시간 동안 최대한 홍보 효과를 얻어야 하니까. 그러려고 주혁을 이곳으로 부른 게 아니겠는가.

하지만 직원 한 명이 아이디어를 내자 분위기가 바뀌었다.

"히든 카메라를 하면 어떨까요?"

"히든 카메라?"

우리나라로 치면 몰래 카메라를 뜻하는 말이었다. 주혁이 변장을 하고 영화 보기 전이나 보고 난 후 사람들과 이야기를 나누는 걸 찍으면 어떻겠냐는 거였다. 그리고 그걸 유튜브 같은 곳에 공개하면 홍보 효과가 좋을 거라고 했다.

게다가 주혁은 언어적인 문제도 없지 않은가. 애초에 주혁이 영어를 잘하지 못한다면 생각할 수 없는 프로젝트였다. 하지만 그 문제가 해결되니 무척 재미있게 만들 수 있을 듯했다.

"변장을 하는 거죠. 백인이나 혼혈로 변장하면 어떨까요?"

"눈동자는 렌즈를 끼면 될 테고, 머리는 가발을 쓰든가 하면 되니까……."

아이디어가 괜찮다고 생각했는지, 사람들이 저마다 의견을 내놓았다.

"그거 좋겠는데."

배급사 대표의 표정이 대뜸 바뀌었다. 감이 딱 온 거였다. 지금 영화에 대한 평도 좋고, 화제도 되고 있었다. 몰래 카메라는 거기에다가 기름을 확 끼얹을 수 있는 아이템이라는 판단이 들었다.

사람들이 얼마나 이 영화에 대해서 기대를 하고 있는지, 그리고 영화를 보고 나서 얼마나 재미있었는지 이야기를 할 것이다. 주혁이 영화에 대해서 부정적인 말을 했을 때, 사람들의 반응도 재미있을 것 같았다.

"몰래 카메라라……."

주혁은 아직 이런 걸 해본 적은 없었다. 예능이라고 해도 열심히 운동하는 프로그램에 나가지 않았던가. 내용을 들어보니까 상당히 재미있을 것 같았다. 게다가 외국 사람들의 반응을 직접 볼 수도 있어서 좋을 것 같았고.

사실 외국 관객들은 어떤 장면을 좋아하고, 어떤 부분에서 웃는지도 알고 싶었다. 문화가 다르니까 영화를 보는 시선도 완전히 다르다.

한국 관객은 무서워하는 장면을 미국 관객은 즐거워할 수도 있고, 한국 관객들은 재미있어하는 장면을 미국 관객은 지루하게 느낄 수도 있으니까. 그리고 할리우드에서 살아남으려면 그런 것에 대한 감각은 가지고 있어야 한다고 주혁은 생각했다.

"저도 재미있을 것 같네요. 한번 해보죠."

"그러면 진행하는 걸로 하겠습니다. 저희가 일정은 바로 조정해서 알려 드리죠."

이미 짜여 있는 일정을 조정하려면 신경 쓸 게 한둘이 아니다. 하지만 더 큰 이익을 위해서 작은 이익은 포기해야 할 줄도 아는 법. 배급사 직원들은 바쁘게 움직이기 시작했다.

주혁도 기대가 되었다. 영화관 안에서도 반응을 살피고, 밖에서 몰래 카메라를 하면서도 사람들이 어떻게 반응하는지 유심히 지켜볼 생각이었다.

"미국 프로그램 보면 사람들이 굉장히 솔직하던데. 무슨 봉변이라도 당하는 거 아닌가 모르겠어? 보나 마나 멘트도 굉장히 세게 치라고 할 텐데 말이야."

"그래야 제대로 된 반응을 볼 수 있잖아요. 저는 상관없어요. 오히려 제가 그렇게 해달라고 부탁하고 싶은데요?"

주혁은 한껏 기대에 찬 표정으로 대답했다.

*   *   *

몰래 카메라가 내일로 다가왔다. 출국하기 바로 전날. 중요한 일정이 워낙 많아서 그걸 조정하기도 쉽지 않은 듯했다. 그래서 겨우 마지막 날이 되어서야 시간을 낼 수가 있었다.

"피곤하지 않아? 진짜 거기에 갔다가 와도 괜찮겠어? 내일도 상당한 강행군을 해야 할 텐데……."

"괜찮아요. 차에 타고 움직이는데 피곤할 게 뭐 있겠어요?"

주혁은 일정을 마치고 한 아이를 만나러 가는 중이었다. 주혁의 페이스북에 어떤 사람이 도움을 요청하는 글을 적었다. 내용은 한 아이가 우리나라로 치면 왕따를 당하고 학대를 받았는데, 사람들의 신고로 그 사람들을 법정에 세웠다.

그런데 아이가 워낙 그들을 두려워해서 증언하기를 꺼린다는 거였다. 그런데 그 아이가 주혁을 슈퍼 히어로와 같이 생각하고 있다고 했다. 그러니 아이를 만나서 용기를 줄 수 없겠느냐는 거였다.

아이가 있는 곳까지는 자동차로 두 시간 정도를 달려야 갈 수 있는 거리였다. 그냥 전화 통화를 할까 하다가 직접 가서 만나기로 했다.

"아이잖아요. 세상에 학대받아도 되는 아이가 어디 있겠어요."

김중택 대표는 주혁의 천성이 선한 것도 있지만, 아이에 대해서는 유독 애정을 보인다는 생각이 들었다.

"자네는 결혼 생각은 없는 건가?"

"갑자기 결혼은 왜요? 아직 만나는 여자도 없잖아요. 그리고 이제 할리우드 진출할 거니까 작품 활동하면서 천천히 생각하죠 뭐."

"아니, 자네는 애가 생기면 무척 잘할 것 같아서……."

주혁은 뜬금없이 무슨 말을 하느냐는 표정으로 김 대표를 쳐다보았다가 다시 시나리오를 읽기 시작했다. 배급사에서 새로 제공한 시나리오였다. 역시나 영어로 되어 있어서 읽는 데 속도가 잘 나지 않았다.

그리고 감정선을 따라가는 것도 만만치 않았고, 전체 작품을 파악하는 것도 시간이 더 걸렸다. 하지만 전에 봤던 작품보다는 훨씬 좋은 시나리오였다.

"확실히 시나리오가 좋긴 하네요."

"그만큼 자네가 유명해진 거야."

전에는 정말 어중이떠중이가 다 찝쩍거린 거였다. 세인트엘모 식당 사건으로 깜짝 스타가 되기는 했지만, 할리우드에

서는 아직 초짜라고 사람들이 생각했으니까. 하지만 아저씨
가 미국에서 흥행에 성공하자 완전히 분위기가 바뀐 것이다.

미국 시장에서도 성공할 가능성이 있는 배우와 성공한 걸
보여준 배우는 엄청난 차이가 있다. 이미 주혁의 몸값이 폭등
하고 있었다. 그러니 이제는 어지간한 작품은 주혁에게 내밀
지도 못하게 되었다.

"그러니까 사람은 성공하고 봐야 한다니까. 전에는 엄청난
일을 했다고 떠들면서도 들어온 작품 보면 이상한 거 많았잖
아. 그런데 이번 거는 벌써 감독하고 작가부터 다르더라고."

확실히 그런 듯했다. 전에는 B급 영화 시나리오도 꽤 들어
왔다. 스타성은 있지만, 미국 시장에서 먹힐지는 의문이었으
니까. 메이저 작품에서는 조연급 제의가 대부분이었다. 그것
도 아시아 시장에서 홍보를 위한 그런 용도로 생각하고 있는
자들이 대부분이었다.

물론 투자회사에서 움직여서 블록버스터의 주연급으로 진
행할 예정이기는 했다. 그래도 다른 힘이 끼어들어서 움직이
는 것과 자발적으로 제의가 오는 것과는 큰 차이가 있지 않은
가. 아저씨가 흥행에 성공하자 이제는 메이저급 작품에 바로
주연 제의가 왔다.

"맞는 말씀이에요. 다른 것보다 시나리오가 잘 읽혀서 좋
네요."

주혁은 시간 가는 줄 모르고 시나리오를 읽었다. 그래서 아이의 집에 도착한 줄도 몰랐다.

"감사합니다. 이렇게 직접 와주시고."

"뭘요. 그런데 아이는 어디에 있죠?"

"잠깐 옆집에 보냈는데, 제가 연락하면 돌아올 겁니다."

남자는 아이가 엄마와 같이 옆집에 있다고 했다. 아이를 깜짝 놀래주기 위해서 엄마와 미리 약속했다는 거였다. 주혁은 먼저 집으로 들어가서 아이를 기다리고 있었고, 남자는 아이의 엄마에게 전화를 했다.

"하이."

아이는 들어오다가 낯선 사람이 있자 흠칫 놀란 표정으로 엄마 뒤로 숨었다. 그러다가 고개만 쏙 내밀고는 이상하다는 듯 주혁을 쳐다보았다.

"어? 어?"

아이는 손가락으로 주혁을 가리키면서 '어' 라는 말만 반복했다. 주혁은 천천히 다가가서는 아이에게 손을 내밀었다.

"친구, 이름이 뭐지?"

"앤드류요."

바싹 마른 손으로 주혁의 손을 잡은 아이가 수줍게 말했다.

"그래, 앤드류. 이제부터 아저씨하고 앤드류는 친구야. 알았지?"

"진짜요? 그런데 정말로 아저씨가 무술을 그렇게 잘해요?"

"그럼. 보여줄까?"

앤드류는 손뼉을 치면서 보여달라고 했다. 주혁은 자세를 잡고는 꾸준히 수련한 무술 실력을 뽐냈다. 아이에게 보여주기 위해서 실전적인 것보다는 조금 화려하고 멋진 동작 위주로 시범을 보였다.

마지막으로 공중에서 몸을 틀면서 돌려차기를 하고 무릎을 꿇은 포즈로 착지하자 앤드류는 소리를 지르면서 손뼉을 쳤다.

"이제 친구가 됐으니까 서로 어려울 때 도와줘야 하는 거다. 알았지? 내가 어려운 일이 있으면 앤드류가 도와줄 거지?"

"그럼요. 아저씨도 마찬가지지요? 무슨 일이 생기면 저 도와주실 거죠?"

"그럼. 우린 친구잖아."

주혁은 가볍게 주먹을 내밀었고, 앤드류의 자그마한 주먹이 와서 살짝 건드렸다. 아이의 표정이 굉장히 밝게 보였다.

"내일 증언을 할 때도 같이 가주고 싶은데, 일이 있어서 그건 어렵겠네요."

"아니에요. 이렇게 와주신 것만 해도 정말 감사해요. 앤드류가 저렇게 밝은 표정을 한 게 얼마 만인지…….”

아이의 엄마는 말을 다 마치지 못하고 울먹거렸다. 온종일
일하느라 친척들에게 아이가 학대받고 있다는 사실도 몰랐던
게 너무 가슴에 맺힌다면서.

“앤드류, 내일 잘할 수 있지?”

“그럼요.”

앤드류는 씩씩하게 말했다. 주혁은 이야기를 더 나누다가
호텔로 돌아왔다. 몸은 피곤했지만, 마음은 푸근했다. 돈이나
다른 것으로는 얻을 수 없는 그런 감정. 주혁은 웃은 얼굴로
잠자리에 들었다.

다음 날, 앤드류는 증언을 하기 위해서 법정에 들어섰다.

“괜찮니?”

판사가 앤드류에게 물었다. 저번에 한 번 왔다가 두려움에
떨어서 증언을 제대로 못 한 적이 있어서 묻는 거였다. 만약
오늘도 별다른 변화가 없다면 심리 상담이나 다른 방법을 통
해서 안정을 먼저 취하고 오라고 할 생각이었다.

하지만 앤드류의 표정은 전과는 달랐다.

“예, 괜찮아요.”

“무슨 좋은 일이라도 있었던 모양이구나.”

앤드류의 밝은 얼굴을 본 판사가 미소 지으며 말했다. 아이

의 표정은 저래야 한다고 생각하면서.

앤드류는 웃으면서 이야기했다.

"이제는 무섭지 않아요. 무슨 일이 생기면 친구가 도와준
다고 했거든요. 그 사람들보다 훨씬 강한 친구가요."

앤드류는 활짝 웃으면서 말했다. 아이의 얼굴에 두려움이
나 떨림 같은 감정은 조금도 보이지 않았다.

CHAPTER **56**
실마리

몰래 카메라는 영화를 보고 나서 진행되었다.

　변장을 하는 데도 상당한 시간이 걸렸는데, 하고 나니 정말 다른 사람으로 보였다. 김중택 대표나 같이 온 일행도 주혁을 알아보지 못할 정도였으니까.

　덕분에 영화는 아주 편하게 보았다. 극장 안에 있는 어떤 사람도 이 영화의 주인공이 지금 같이 영화를 보고 있으리라고는 생각지 못했을 것이다.

　주혁은 주변의 반응에 신경을 쓰면서 영화를 보았는데, 확실히 한국에서와는 사람들의 반응이 달랐다. 한국에서는 액션 장면에서 숨을 죽이고 보는 편이었는데, 여기서는 액션 장면에서 사람들이 환호를 하면서 즐겼다.

그 밖에도 작은 차이들이 있었다. 그리고 이어서 진행된 몰래 카메라도 무척 즐거웠다.

"헤이, 영화 어때요? 소문만 떠들썩했지 별로라고 하던데."

처음에는 아직 영화를 보지 않은 사람으로 시작했다. 그다음은 영화를 보고 나오는 사람에게 질문을 던지고 그 사람의 답변을 보는 거였다.

사람들의 대답은 제각각이었다.

"그래요? 사람마다 다르긴 할 건데 저는 재미있게 봤네요."

"누가 그래? 그렇게 말한 사람은 아마도 이 영화를 보지 않았을 거야. 이 영화 정말 죽여준다고."

"영화를 보면 알게 될 거요. 나는 보지 않으면 후회할 거라는 데 한 표 던지지."

개중에는 별로였다는 대답도 있었지만, 재미있고 시간 가는 줄 모르고 봤다는 대답이 대부분이었다.

주혁은 그런 반응을 접할 때마다 집중력을 높여서 표정을 관리했다. 기분이 좋아졌다는 게 표정에 나타날까 봐 그런 거였다.

주혁이 하는 멘트는 수위가 점점 높아졌다. 그에 따라 사람들의 반응도 점점 격해졌는데, 확실히 미국은 감정을 표현하는 게 한국보다 솔직한 것 같았다. 영화를 깔보는 말을 했을 때는 말싸움이 나기도 했고, 큰소리로 항의하는 사람도 있었다.

주혁은 이야기를 듣다 보니 확실히 세인트 엘모 식당 사건의 영향이 크다는 걸 알 수 있었다. 사람들은 주혁을 슈퍼 히어로처럼 생각하고 있었다. 자신들이 지금까지 보아왔던 슈퍼 히어로와는 조금 다른 슈퍼 히어로로.

동양에서 온 인간적인 슈퍼 히어로라고 생각하고 있어서 영화에도 쉽게 몰입할 수 있었고, 영화 자체도 아주 즐겁게 본 것으로 생각되었다.

'만약 그 사건이 없었다면 어땠을까?'

확신할 수는 없지만, 적어도 지금과 같이 열광하고 흥행 돌풍이 불지는 않았으리라고 생각했다.

하지만 세상일에 만약이란 건 없다. 물론 주혁은 만약이란 걸 현실로 만들 힘이 있기는 했지만.

이제 몰래 카메라도 끝을 향해 달려가고 있었다. 재미있는 반응도 있었고, 격한 반응도 있었으니 제법 재미있는 영상이 나올 것 같다고 배급사 사람들이 이야기해 주었다.

이제 가장 강한 멘트를 날릴 차례였다.

주혁을 심하게 비하하면서 그런 녀석이 나온 저런 영화는 완전 쓰레기라고 하는 거였다. 사람들의 반응이 다른 어떤 말을 했을 때보다 격앙되었다. 어떤 사람은 눈살을 찌푸리며 피했고, 어떤 사람은 욕설을 퍼붓기도 했다.

"그런 말을 하다니. 이 자식아, 부끄러운 줄 알아라."

한 남자가 얼굴을 붉히면서 주혁에게 대들었다. 너무 격한 반응이라 주혁은 살짝 뒤로 물러섰는데, 그 남자는 오히려 다가서면서 당장 사과하라고 소리를 질렀다. 그래도 주혁이 별다른 반응을 보이지 않자 주혁의 멱살을 잡았다.

의도치는 않았지만, 어쩔 수 없이 주혁은 그 남자와 드잡이를 하게 되었고, 그 과정에서 변장이 망가졌다. 사실 제대로 힘을 썼으면 이런 사람 한 명을 제압하는 건 일도 아니었지만, 일반인에게 그럴 수는 없지 않은가.

"어?"

변장한 아래 실제 피부가 드러나자 그 남자는 그제야 뭔가 이상하다는 걸 알고는 주변을 둘러보았다. 워낙 순식간에 일어난 일이라 제작진도 당황하고 있었는데, 다행스럽게도 큰 사고가 생기지는 않았다.

그 남자는 자신이 멱살을 잡은 주인공이 주혁이라는 사실을 알고는 소스라치게 놀랐다. 그리고 넋이 나간 표정으로 중얼거렸다.

"OMG. 믿을 수가 없어."

그는 주혁의 활약을 알고 나서 크게 감명을 받아서 곧 태어날 아이의 이름도 주혁이라고 지으려고 했었다고 했다. 그런데 발음하기가 너무 불편해서 발음하기 어려운 혁은 빼고 주만 살려서 주드라고 이름을 지었다고 했다.

그런데 주혁을 비하하는 말을 들으니, 주혁과 자신의 아이를 동시에 욕하는 것 같아서 순간적으로 화가 치밀었다는 거였다. 주혁은 곧 태어날 아이에게 사인을 해주고 그 남자와 기념 촬영을 했다.

그렇게 일단의 해프닝을 겪으면서 몰래 카메라는 끝이 났고, 미국에서의 주혁의 일정도 모두 마무리되었다.

이제 호텔로 돌아가서 쉬다가 내일 오전에 비행기를 타면 되었다.

그런데 호텔로 돌아가려는 주혁은 갑자기 무언가 신경을 건드리는 듯한 느낌이 들었다.

이번에 공항에 오면서 받았던 것과 비슷한 느낌. 주혁은 그냥 아무렇지도 않은 듯 행동하면서 주변을 한 바퀴 둘러보았다. 그리고 공항에서와는 다른 옷을 입고 있었지만, 그때 검은 옷을 입고 있었던 그 남자가 자신을 보고 있다는 걸 알 수 있었다.

'나를 감시하는 건가?

거의 확실했다. 분명히 자신을 주시하고 있는 것이 분명했다. 파파라치나 기자일 수도 있겠다는 생각을 했지만, 이내 그렇지 않다는 걸 알 수 있었다. 파파라치라면 카메라를 가지고 있어야 할 터이고, 기자라면 이렇게 주변을 맴돌기만 할 리가 없었으니까.

"차에 안 타고 뭐해?"

"잠깐만요. 먼저 타고 계세요. 잠깐 뭐 좀 알아볼 게 있어서요."

주혁은 저 남자의 생각이 무언지 알아봐야겠다고 마음먹었다. 그래서 배급사 직원에게 다가가는 척하다가 거리가 조금 가까워지자 저 남자의 생각이 무언지 알고 싶다는 생각을 떠올렸다. 아주 집중해서 그 생각에만 전념했다.

그러자 주혁의 시선이 공중으로 붕 떠올랐다. 그리고 세상은 다시 정지 화면을 보는 것같이 멈추어 있었다. 그 남자와의 거리는 20여 미터는 되어 보였는데, 조금 먼 것 같았지만, 일단 시도해 보았다.

주혁의 눈에서 빛이 뻗어 나가서 그 남자의 머리로 향했다. 그런데 빛이 그 남자를 향해 가면서 조금씩 약해지는 게 아닌가.

아무래도 이 능력은 거리와도 상관이 있는 듯했다. 그 남자의 머릿속으로 잘 들어가지지가 않았다.

빛이 약간 들어가기는 했는데, 주혁의 눈에는 흐릿하고 툭 툭 끊기는 영상과 소리만 들렸다. 성별과 나이를 알 수 없는 목소리. 그리고 어두운 장소에서 무언가가 움직이는 게 보였다.

주혁은 기운을 거둬들였다. 지금 상태로는 무언가를 얻을 수 있을 것 같지 않아서였다. 그러자 시선이 다시 정상으로 돌아왔다. 상대를 슬쩍 살폈는데, 상대는 아무런 이상도 느끼지 못하고 있는 듯했다.

'그나마 다행이네. 조금 더 가까이 가야 뭐를 알아내도 알아낼 수가 있을 것 같은데……'

그런데 주혁이 그를 향해서 가까이 가려고 하자 그는 발걸음을 돌려 어디론가 사라졌다. 여기에서는 떠나는 모양이었다.

주혁은 안타까웠지만, 다시 차로 돌아갈 수밖에 없었다.

"무슨 일인데?"

자동차에 타니 김중택 대표가 무슨 일이냐고 물었다.

"아니에요. 그냥 뭐 좀 물어볼 게 있어서요."

"그래? 그런 그렇고 마음에 드는 시나리오는 있어?"

"글쎄요. 아직까지는 딱히 꽂히는 게 없네요. 보통 잘 어울리겠다 싶은 건 보는 순간 딱 느낌이 오는데 말이죠."

새로 보내온 것들은 작품은 좋았는데, 왠지 끌리지가 않았다. 그래서 계속해서 다른 작품을 살피는 중이었다.

"아, 그리고 이번 청룡영화상은 자네가 받을 확률이 높을 것 같아."

주혁은 그저 미소만 살짝 보였다. 사실 남우주연상은 이미 확정되었다고 보는 견해들이 많았다. 주혁과 비교될 만한 경쟁자가 없었다. 사실 주혁이 보여준 연기만 본다면 이미 남우주연상을 받고도 남았어야 했다.

하지만 데뷔한 지가 얼마 되지 않아서 남우주연상과는 인연이 없었는데, 이제는 그 누구도 이의를 제기할 수 없을 정도가 되었다.

이번에 남우주연상만 거머쥐면, 국내에서 할 수 있는 건 모두 했다는 생각이 들었다. 이제는 할리우드에서 세계를 무대로 날개를 펼치는 일만 남았다. 주혁은 어서 좋은 시나리오를 찾았으면 좋겠다는 생각을 하면서 새로운 시나리오를 손에 들었다.

"슬슬 내릴 준비를 하자고."

주혁은 김중택 대표의 말에 고개를 들었다. 시나리오에 빠져 있어서 다 온 것도 모르고 있었던 모양이었다. 창밖을 보니 호텔 전경이 눈에 들어왔다. 차는 호텔 정문을 향해 움직였고, 주혁은 내릴 준비를 했다.

그런데 주혁의 눈에 스치듯 보이는 게 있었다. 바로 아까 자신을 감시하고 있었던 그 남자였다.

'아까 먼저 사라진 게 먼저 와서 대기하고 있기 위해서였구나.'

주혁은 오히려 잘되었다고 생각했다. 이번에는 조금 더 근접해서 확실하게 정보를 캐내야겠다고 생각했다. 주혁은 차에서 내려서 호텔 로비로 들어섰다. 예상대로 그 남자는 적당한 거리를 두고 주혁의 뒤를 따라왔다.

"먼저들 올라가세요. 저는 잠깐 볼일 좀 보고 갈게요."

"무슨 일?"

"나중에 말씀드릴게요."

김중택 대표는 오늘따라 주혁이 조금 이상하게 행동한다는 생각이 들기는 했지만, 무언가 사정이 있으려니 했다. 허투루 행동할 사람은 아니었으니까. 주혁은 다시 로비를 향해 걸음을 옮겼다.

뒤를 따라오던 그 남자는 근처에 있는 의자에 앉아서 태연하게 핸드폰을 쳐다보았다. 여기서 누구를 기다리고 있다는 듯이.

하지만 주혁은 그를 쳐다보지 않고 로비를 향해서 걸었다. 그리고 거리가 충분히 가까워졌다고 생각했을 때, 다시 정신을 집중했다.

그러자 주혁의 시선이 공중으로 쑤욱 올라갔다. 그리고 모든 것이 정지한 적막한 세상이 되었다. 그 남자가 앉아 있는 의자와는 불과 5미터 정도밖에 안 될 정도로 가까운 거리였다.

주혁의 눈에서 밝고 약간 붉은 기운이 감도는 빛이 넘실거리며 뻗어 나가기 시작했다. 그리고 그 남자의 머리를 감쌌다. 이번에는 아까와는 달리 확실하게 많은 양의 빛이 그 남자의 머리를 공략하고 있었다.

그러자 머리 여기저기에서 불꽃이 튀었다. 빛이 들어오는 걸 자체적으로 방어하고 있는 모양이었다. 하지만 빛은 방어를 뚫고 안으로 들어가기 시작했고, 주혁의 눈앞에는 엄청난 영상들이 펼쳐졌다.

이 기술에 익숙하지 않아서인지 조금 어지럽다는 생각이 들기도 했는데, 아까보다는 확실히 선명하고 많은 양의 영상을 볼 수 있었다.

"지켜보다가 적당한 때를 보아서 시도해라, 셰도우."

성별과 나이를 알 수 없는 기괴한 목소리로 누군가 그에게 명령하는 영상이었다.

안타깝게도 상대의 얼굴은 보이지 않았다. 셰도우라고 불린 남자의 시선이 아래를 보고 있기 때문이었다.

그리고 다른 영상도 보였다. 불우했던 어린 시절도 보였고, 좋아하는 여인의 모습도 보였다. 그리고 주혁의 눈에 익은 장소도 보였다.

바로 철근이 쌓여 있는 공사장. 그리고 외삼촌이 사고를 당한 길가였다.

'이놈이구나.'

주혁의 시선이 다시 정상으로 돌아왔다. 갑자기 분노가 치밀어서 집중력이 깨진 탓이었다. 이놈이 자신의 목숨을 노리고 외삼촌을 죽이려고 했던 놈이라는 생각이 드니 걷잡을 수 없는 분노가 주혁을 감쌌다.

주혁은 살기가 이글거리는 눈으로 세도우를 쳐다보았다. 당장에라도 죽여 버리겠다는 그의 마음이 눈빛에 그대로 담겨 있었다.

세도우는 그런 주혁의 눈빛을 보자마자 자리에서 일어나서 밖으로 뛰어 나갔다.

무언가 잘못되었다는 걸 알았고, 그럴 경우 어떻게 행동해야 한다는 걸 잘 알고 있기 때문이었다. 그 역시 능력을 가지고 있는 자. 오드아이의 능력이 통하지 않는 자이니 절대로 자신보다 밑은 아닌 자이다.

일이 틀어지면 무조건 피하라는 보스의 명령이 있기도 했고, 자신도 잡혀서 갖은 고초를 당할 생각은 없었다. 뛰어 나가는 세도우의 움직임은 놀라울 정도로 빨랐다. 단거리 육상 선수라고 해도 믿을 정도로 탄력이 있었다.

주혁도 재빨리 움직였지만, 그가 호텔 밖으로 나가는 것을 막지는 못했다. 사람들은 호텔에서 갑자기 달리기를 하는 두 사람을 의아한 표정으로 쳐다보았고, 근처에 있던 사람들은 깜짝 놀라서 몸을 피했다.

주혁도 재빨리 밖으로 나가서 세도우가 달려간 방향을 쳐다보았다. 그런데 세도우의 모습은 어디에서도 찾을 수가 없었다.

"뭐지? 여기서는 숨을 곳도 없는데?"

세도우가 달려간 방향에는 특별히 몸을 숨길만 한 것이 없었다. 하지만 세도우는 마치 애초부터 없었던 것처럼 아무런 흔적도 남기지 않고 사라졌다. 하지만 주혁은 아직도 무언가 꺼림칙한 기운이 자신을 건드리고 있다는 사실을 알았다.

'아직 이 근처에 있는 것 같은데?'

보이지는 않았지만, 그런 것 같다는 느낌이 강하게 들었다. 하지만 그게 어디인지는 알 수 없었다.

주혁은 한참 동안 주변을 걸으면서 샅샅이 찾았지만, 도무지 알 수 없었다.

결국, 주혁은 포기할 수밖에 없었다. 언제까지 여기를 뒤지고 다닐 수만은 없는 일이었으니까.

그래서 다시 호텔로 들어갔다. 주혁이 호텔로 들어가고 난후 약간의 시간이 흐른 뒤, 갑자기 허공에서 흐릿하게 사람의 그림자가 생겨났다.

바로 셰도우였다. 그는 이빨들 드러내며 씩 웃고는 유유히호텔 밖으로 발걸음을 옮겼다.

하지만 호텔 복도의 창문에서 그 모습을 지켜보고 있는 사람이 있었다. 그 역시 하얀 이를 드러내며 웃었다.

"그런 거였구나?"

'지켜보길 잘했어.'

주혁은 쾌재를 불렀다. 계속 신경을 거슬리게 하는 느낌이남아 있었다. 그러니 아직 이 근처에 있는 것이 확실했다. 문제는 찾을 수가 없다는 점. 그래서 생각한 것이 자리를 비켜주자는 거였다. 자신이 사라지면, 어떻게든 정체를 드러낼 거로 생각하면서.

그래서 찾는 것을 포기한 척하고는 호텔로 돌아왔다. 그리고 밖에서 보이지 않는 위치로 이동해서는 재빨리 2층 창가로 가서는 밖을 유심히 살피고 있었다. 아니나 다를까. 갑자기 허공에서 사람의 형체가 스르륵 생겨났다.

"모습을 감추는 능력이라……."

주혁은 모든 걸 알 수 있었다. 왜 그동안 그렇게 시간을 되돌리면서 범인을 찾으려고 해도 찾을 수 없었는지를. 시간을 되돌린다고 하더라도 모습을 감추고 있는 자를 어떻게 찾는단 말인가. 그러니 사고 현장을 뒤져도 아무도 발견할 수가 없었던 것이다.

신기하기도 하고 한편으로는 굉장히 무서운 능력이기도 했다. 전혀 방비도 하지 못한 채 당할 수도 있는 능력이었으니까. 하지만 지금은 무슨 이유에서인지는 저 남자가 나타나면 무언가 거북하다는 느낌이 들었다.

그 느낌이 계속된다면야 좋겠지만, 그러리라는 보장은 없다. 그러니 저 남자, 세도우의 정체를 확인하고 계속 주시할 필요가 있었다.

그래서 주혁은 지체하지 않고 호텔에서 나와 그 남자의 뒤를 쫓았다.

자신이 미행을 잘할 수 있을지는 모르겠지만, 지금이 저 남자의 배후를 캘 수 있는 절호의 기회였으니 놓칠 수는 없는 일이다. 주혁은 적당한 거리를 두고 주로 어두운 그늘을 따라 걸으면서 세도우의 뒤를 쫓았다.

세도우라고 불린 남자는 안심을 했는지 주변을 잘 살피지도 않고 제 갈 길을 갔다. 덕분에 주혁은 수월하게 미행을 할 수 있었는데, 그는 얼마를 걸어가다가 주차해 놓은 차에 올라탔다. 주혁은 차가 떠날 때까지 어둠에 몸을 숨기고 있다가 재빨리 택시를 잡았다.

"저 앞에 있는 차를 따라가 주세요. 들키지 않게요."

"앞에 차를요? 어떤 걸 말하는 건지……."

자동차는 일단 출발을 했고, 주혁은 세도우가 타고 차량을 설명했다. 브랜드를 잘 몰라서 형태와 색으로 설명할 수밖에 없었다.

"앞에 있는 저 검은색 쿠페요."

"검은색 쿠페라… 아… 마세라티 말이군요. 꽤 좋은 녀석 이죠. 그런데 저 차는 왜 따라가려고 하시는 건지……."

기사는 의심스럽다는 눈초리로 백미러를 통해 주혁을 쳐다보았다. 그런데 그러다가 갑자기 눈이 커지면서 깜짝 놀란 표정을 지었다. 주혁을 알아본 것이다.

"세인트 엘모! 지금 내가 세인트 엘모의 영웅을 보고 있는 거 맞죠?"

기사는 큰 소리로 물었다. 주혁은 기사가 흥분해서 실수라도 할까 봐 그를 진정시켰다. 기사는 그래도 흥분해서는 계속 큰 소리로 떠들었다.

"앞에 가는 차에 악당이라도 타고 있나 보죠?"

주혁은 비슷한 거라고 말했고, 기사는 절대로 놓치지 않겠다는 열의를 불태우며 차를 몰았다. 주혁은 너무 티가 나게 뒤를 쫓는 게 아닐까 걱정이 되었지만, 딱히 눈치를 챈 것 같지는 않았다.

자동차 미행은 생각보다 박진감 넘치고 그러지는 않았다. 그냥 적당한 거리를 두고 차를 따라가기만 하면 되었으니까. 신호만 조심하면 차를 놓칠 일은 거의 없었다. 그리고 신호에 걸리더라도 금방 따라잡을 수 있었고.

"생각보다는 미행이 어렵지는 않은 것 같은데요?"

"여기가 길이 좀 뻥해서요. 상대가 눈치채고 이리저리 돌면 모를까, 그러지 않으면 놓칠 일은 없을 겁니다. 게다가 저차는 눈에 잘 띄잖아요."

기사의 말대로 세도우의 자동차는 눈에 잘 띄는 편이었다. 튀는 편은 아니었지만, 아무래도 흔한 자동차가 아니라서 그런 거였다. 덕분에 주혁은 거리를 조금 두고도 세도우의 자동차를 쉽게 따라갈 수 있었다.

그의 자동차가 향한 곳은 공항이었다. 주혁은 조금 난감하다는 생각이 들었다. 공항에 온 목적이 무엇이겠는가. 누군가를 만나러 왔을 수도 있겠지만, 어딘가로 가기 위해서 왔다고 생각하는 게 맞을 것이다.

마음 같아서는 같은 비행기를 타고 뒤쫓고 싶었지만, 곤란한 점이 하나둘이 아니었다. 상대방의 행선지도 모르는 상태였고, 게다가 자신은 내일이면 돌아가야 한다. 하지만 이렇게 놓칠 수는 없는 일.

주혁은 공항 안으로 들어가는 셰도우를 보면서 결심을 굳혔다.

"여기서 좀 기다릴 수 있겠어요?"

"물론이죠. 누구 부탁인데요."

"혹시 한 시간 안으로 돌아오지 않으면 그냥 돌아가셔도 됩니다."

"기다리고 있을 테니 여유 있게 일 보시고 오세요. 세인트 엘모의 영웅에게 제가 할 수 있는 작은 성의입니다."

기사의 대답에 주혁은 감사하다는 인사를 했다. 계속해서 넘치는 호의를 받는 것 같아서 조금은 부담스럽기도 했지만, 지금 같은 상황에서는 고마울 따름이었다.

인사를 한 주혁은 바로 공항 안으로 들어갔다.

주혁의 눈에 들어온 건 게이트 앞에서 누군가에게 전화를 하고 있는 셰도우의 모습이었다. 주혁은 그의 옆쪽에서 접근하면서 일단 핸드폰으로 사진부터 찍었다. 핸드폰이고 거리가 제법 있어서 좋은 사진을 기대할 수는 없었지만, 들킬 수도 있어서 거리를 조금 두고 찍었다.

주혁은 점점 접근하면서 생각을 훔쳐보려고 기회를 엿보았다. 정보를 더 캐내면 좋겠다는 생각에서였다. 그런데 셰도우가 곧바로 비행기를 타러 게이트를 통과하는 게 아닌가. 주혁은 황급히 그가 어느 비행기를 타는지 확인했다.

우여곡절 끝에 셰도우가 탄 비행기를 확인할 수 있었는데, 그는 뉴욕으로 가는 비행기에 탑승했다. 아마도 상자의 주인을 만나러 가는 것으로 보였다. 그에게 지시를 한 그 이상한 목소리를 가진 사람에게로.

'맞아. 상자의 주인이 동부에 있다고 했으니까.'

주혁은 어찌할까 생각하다가 미스터 K에게 전화를 걸었다. 윌리엄 바사드에게 연락해서 감시할 사람을 알아볼까도 생각해 보았지만, 거기는 이미 로저 페이튼과 오드아이에게 사람을 붙인다고 했으니 또 일을 주는 건 아니라고 보았다.

혹시라도 다른 방법이 없다면 모를까, 모든 일을 윌리엄 바사드에게만 맡기는 건 좋지 않았으니까.

─뉴욕에 말입니까?

"그래요. 시간이 다급하기는 한데, 내가 지금 보내는 사진 속의 인물을 뒤쫓았으면 하는데……."

주혁은 어떤 항공편을 타고 가고 있고, 자동차 번호가 어떻게 되는지도 알려주었다.

─아는 사람이 있기는 합니다만, 시간이 워낙 촉박해서 제대로 된 사람을 붙이기는 어려울 것 같습니다.

"돈은 얼마가 들어도 좋으니까 일단 사람을 붙이기만 하면 됩니다. 그 이후에 실력 있는 사람을 써도 되니까요."

─그럼 혹시 모르니 수배가 되는 사람을 여럿 붙이는 걸로

의뢰를 넣겠습니다.

미스터 K는 혹시 모르니 디지털카메라로 촬영해서 정보를 바로바로 전송하는 조건도 넣겠다고 했다. 만약에 붙잡히더라도 정보는 이쪽에서 얻을 수 있게.

"그렇게 해주세요."

주혁은 무리를 해서라도 가까이 접근해서 생각을 훔쳐보는 게 나았을까 생각했다. 하지만 딱히 그럴 만한 시간이 없었다. 주혁이 공항 안으로 들어온 후 거의 바로 셰도우가 비행기를 타러 움직였으니까. 오히려 사진을 찍을 수 있었던 게 다행이었다.

"가신 일은 잘되신 겁니까?"

"아직은 잘 모르겠네요."

다시 택시로 돌아온 주혁은 웃으면서 대답했다. 그리고 다시 자신이 묵고 있는 호텔로 향했다.

주혁은 자신을 만난 사실에 감격스러워하는 기사에게 사인까지 해주고는 방으로 와서 자리에 누웠다.

'뉴욕에서 따라붙는 사람들이 잘해줘야 할 텐데.'

주혁은 여러 생각이 머릿속을 맴돌아서 쉽게 잠들지 못했다.

*　　　*　　　*

"햄튼이라······."

—예, 그래도 다행인 게 실력 있는 팀이 붙어서 제법 일을 잘했습니다.

미스터 K는 두 팀을 붙였는데, 실력이 없는 한 팀은 중간에 걸렸고, 나머지 한 팀이 끝까지 추적해서 정보를 보냈다는 거였다.

주혁은 보내온 사진을 보고는 깜짝 놀랐다. 한국에서는 본 적도 없는 그런 어마어마한 집이어서 그랬다. 대저택이라는 말은 바로 이런 저택을 두고 하는 거구나 싶었다. 더 놀라운 건 그 동네에는 보통 집들이 이렇다는 거였다.

"엄청난 동네인가 보네."

주혁은 저런 세상도 있구나 싶었다. 저번에 파티 때문에 간 비버리 힐즈에 있는 윌리엄 바사드의 저택도 어마어마했는데, 사진 속의 저택은 그보다도 더 으리으리해 보였으니까.

—그러면 제대로 된 사람들을 붙일까요?

"그래주세요. 비용은 문제가 아니니까 다수를 고용해도 상관없습니다. 정보를 확실하게 알아내는 것에 초점을 맞추시면 됩니다."

—알겠습니다. 살피기 쉬운 곳은 아니지만, 만족할 만한 결과를 받아보실 수 있으실 겁니다.

뉴욕에서 사람을 구할 때도 너무 급하게 구하느라 상당한 금액이 들어갔고, 이번에는 그보다도 훨씬 큰 액수를 건네야 했지만, 전혀 개의치 않았다. 어차피 투자회사에 있는 계좌에서 빠져나가는 것이니까.

미스터 K는 미국에 있는 예전 동료를 통해서 확실하게 일 처리를 하겠다고 했다. 이번에 자료를 알아온 사람도 그 동료를 통해서 일을 한 거였고, 그쪽 방면으로는 능력이 뛰어난 자라고 했다. 하기야 미스터 K와 선이 닿아 있는 자들 중에서 평범한 사람이 어디 있던가.

―그 친구라면 일 처리 확실한 걸로 유명하니 믿으셔도 될 겁니다.

주혁은 그 인물이 어떤지 알지 못했지만 별다른 걸 묻지 않았다. 미스터 K는 믿을 수 있었으니까. 주혁은 그것으로 족했다. 자신이 신뢰하는 사람의 안목이니 믿는 거였다. 어차피 사람이 아무리 인맥이 넓다고 하더라도 모든 방면의 사람을 전부 알 수는 없는 일 아닌가.

주혁은 믿기로 했다. 그리고 셰도우가 들어간 집과 자동차 등 정보도 여럿 있으니 뭐라도 단서를 찾을 수 있으리라 생각했다.

"그만한 돈을 들여서라도 상자의 주인을 알아낼 수만 있다면 남는 장사지."

지금까지는 자신의 정체만 드러난 상태여서 여러모로 불편했는데, 상대의 정체를 알 수 있다면 이야기는 완전히 달라진다. 지금까지는 무조건 수비만 해야 했다면, 이제는 공격도할 수 있게 되는 거니까.

그리고 윌리엄 바사드 쪽에서 나온 정보와 미스터 K를 통해서 들어오는 정보를 합치면 더 자세한 정보를 알 수 있을것이다.

"확인만 되면 내가 훨씬 유리한 입장에서 서는 거다."

상대의 정체를 모르는 상태에서도 불리하다는 생각은 하지 않았다. 자신이 가지고 있는 상자의 능력이 더 뛰어나다고 생각했고, 동전도 자신이 많다고 여겼으니까. 그런데 상대의정체를 알아낸다? 그럼 전세는 바로 역전되는 것이다.

"그렇게 되면, 상자를 모두 모을 수도 있겠지."

상자만 모두 모아놓는다면 무슨 걱정이 있겠는가. 상자의주인들은 모두 살려줄 것이다. 전 주인의 부탁도 있었으니까.

주혁은 세계 정복을 위해서 상자가 필요한 게 아니었다. 가장 중요한 것은 자신의 안전을 위해서였다.

사실 상대가 끊임없이 자신과 주변을 노리고 있으니 그걸차단하겠다는 생각이 가장 먼저였다. 항상 자신이나 주변 사람들의 목숨을 노릴 것이라는 불안을 안고서 살아갈 수는 없지 않겠는가.

그리고 호기심도 있었다. 정말 상자를 모두 모으게 되면 얼마나 대단한 걸 할 수 있을지도 궁금했다. 그렇다고 그걸 가지고 무슨 짓을 하지는 않겠지만.

사실 주혁의 이런 심성이 상자의 전 주인인 알란이 주혁에게 상자를 넘긴 이유이기도 했다.

[이봐, 요즘 내 의견을 너무 무시하는 거 아냐?]

갑자기 상자가 말을 걸었다. 주혁은 직감할 수 있었다. 또 영화나 드라마 이야기를 하려고 한다는 것을. 드라마와 영화에 완전히 빠져서 요즘따라 부쩍 요구가 많아졌다. 하지만 영화라면 모를까 드라마는 보는 데 시간이 너무 많이 걸렸다.

[이번에는 또 뭔데?]

[저번에 보던 굿 와이프 시즌 2가 나왔다면서. 그거하고 워킹 데드가 재미있다던데. 그것도 좀 보라고. 어차피 너도 그쪽 사람들 취향을 알아야 하니까 인기 있는 건 봐둬야 할 거 아냐.]

틀린 말은 아니었다. 분명히 미국에서 히트하고 있는 영화나 드라마는 봐둘 필요는 있었다. 그쪽 감성도 알아두어야 하고, 최근 트렌드가 어떻게 되는지도 알아야 하니까. 하지만 문제는 시간이었다.

[나를 통하지 않고도 볼 수가 있잖아. 그냥 집에다가 틀어놓고 갈 테니까 보라고.]

[내가 이야기했지? 그렇게 되면 에너지 소모가 너무 크다고. 그런 걸 보려고 아까운 에너지를 다 소모하는 건 자네한테도 좋지 않을걸?]

상자와 주혁은 공생 관계 같은 거였다. 상자는 주혁에게 꾸준히 기운을 주고, 주혁이 그 기운을 받아서 능력이 개발되면 될수록 상자도 활성화가 되는 그런 구조였다. 그런데 그 에너지를 다른 데 소모하면 그만큼 서로에게 좋지 않은 것이다.

그렇다고 주혁이 하루 종일 무언가를 보고 있을 수는 없지 않겠는가. 그리고 그것보다 더 중요한 게 있었다.

[참, 이야기가 나왔으니까 물어보는 건데, 오드아이의 능력을 내 것으로 만들 수는 없을까?]

[오드아이의 능력을? 그게 무슨 소리지?]

주혁은 자세를 바로 하고 심각한 표정으로 상자와 대화했다.

[오드아이의 능력을 내가 혹시 개발할 수는 없느냐는 말이야. 지금 내가 그 능력을 사용할 수 있다는 말은 나도 그런 능력을 사용할 수 있는 소질이 있다는 게 아닐까 싶거든.]

주혁은 오드아이의 기운을 받았다고 하더라도 그 능력에 대한 소질이 없다면 사용할 수 없지 않을까 생각했다. 그래서 소질이 있으니까 오드아이의 능력을 일부라도 사용할 수 있다는 게 주혁의 결론이었다.

[소질이라. 확실히 그렇게 볼 수도 있지. 그런 방향으로 전혀 개발이 되어 있지 않다면, 그 능력을 사용할 수 없었을 테니까.]

상자는 전 주인인 알란과는 달리 주혁은 모든 부분이 골고루 개발되어서 이런 현상이 일어났다고 판단했다.

[그러면 그 능력도 분명히 개발을 할 수가 있겠네?]

[가능할 것 같기는 한데, 어떤 방식으로 접근해야 할지는 모르겠군. 혹시 모르지. 워킹 데드를 보다 보면 생각이 날 수도 있을 것 같은데.]

[됐어.]

주혁은 자신이 직접 테스트해 보기로 결심했다. 분명히 집중해서 살피다 보면, 무언가 단서가 있으리라 생각되었다. 그리고 셰도우의 능력도 어떻게 손에 넣을 수 없을까 생각했다. 정말 부러운 능력 아닌가. 자신을 숨길 수가 있다니.

그러면 위험한 상황에서 벗어나는 데 정말 큰 도움이 될 것 같았다. 그리고 그런 사실은 상대에게는 철저하게 숨겨야겠다고 생각했다.

"하나씩 차근차근 준비하자. 일단은 오드아이의 능력부터."

주혁은 오드아이의 능력은 꼭 개발해야 한다고 생각했다. 이 능력만큼 정보를 얻기 좋은 능력이 또 어디 있단 말인가.

일정 거리 안으로만 접근하면 어지간한 정보는 확보할 수가 있는데 말이다.

하지만 그 능력을 어떻게 해야 개발할 수 있는지는 좀처럼 알 수 없었다.

'우선은 내 몸에서 어떤 변화가 일어나는지부터 확인해야 겠지.'

주혁은 능력을 사용할 때, 어떤 메커니즘을 통해 발현이 되는지를 알아내야겠다고 마음먹었다. 그래야 그다음 단계로 나갈 수 있을 테니까. 그런데 그러려면 능력을 사용할 대상이 있어야 했다.

생각해 보니 지금 그런 테스트를 할 수 있는 가장 만만한 상대는 장백이였다. 주혁은 내일 일정이 끝나고 장백이를 대상으로 테스트를 해봐야겠다고 마음먹었다.

*　　　*　　　*

"할리우드에서 러브콜이 쏟아져 들어온다고 들었는데, 실제로는 어떤가요?"

저녁에 방송되는 연예 프로그램 리포터가 질문을 던졌다. 그냥 보기에는 상당히 아름다운 얼굴이었는데, 손을 많이 댔는지 웃을 때 조금 어색한 느낌이 있었다. 그리고 질문도 구체적이지 않아서 대답하기 불편했다.

"연락 오는 곳이 생각보다는 많은 것 같습니다. 시나리오도 몇 개 읽고 있는데, 아직 확실하게 정해진 건 없네요."

"주혁 씨가 작품을 고르시는 기준은 뭔가요? 지금까지 하신 작품들은 모두 다른 장르여서 사람들이 작품 선정 기준이 무언지 무척 궁금해하고 있는데요."

"별다른 건 없고, 그냥 제가 봐서 좋은 작품이라고 생각되는 작품을 하는 편입니다."

그 후로도 인터뷰가 조금 더 진행되었지만, 아주 매끄러운 진행은 아니었다고 생각되었다. 아마도 돌아가서 한소리 듣지 않을까 싶었다. 하지만 처음부터 잘하는 사람이 어디 있겠는가. 이런저런 경험이 쌓여서 경지에 오르는 것이지.

주혁은 인터뷰를 마치고 돌아오는 길에 장백이에게 같이 집에 가지 않겠느냐고 물었다.

"형님 집에요?"

"왜? 다른 일이라도 있어?"

"아니요. 지금까지 한 번도 집에 부르신 적이 없었으니까 하는 말이죠."

그러고 보니 아직까지 집에 사람을 초대한 적이 거의 없었다. 너무 바빠서 그랬던 것 같기도 하고, 상자 때문에 누가 집에 오는 걸 꺼렸는지도 모르겠다.

"그럼 이 기회에 집 구경도 하고 좋지 뭐. 집에서 맥주나 한잔하자고."

"뭐, 저야 형님 집도 구경하고 좋죠. 알겠습니다."

둘의 이야기를 들은 윤미가 냉큼 끼어들었다.

"저도 끼워줘요. 우리는 한 팀이잖아요."

거절할 만한 명분이 없었다. 그래서 셋이서 집에서 가볍게 맥주를 마시기로 했다.

그리고 주혁은 테스트를 하려고 했던 생각을 접었다. 처음에는 빨리 테스트를 해야겠다는 생각만 있어서 장백이를 대상으로 테스트하겠다고 결정했던데, 생각해 보니 이건 좀 아니다 싶었다.

일단 100% 안전하다고 볼 수 없는 일 아닌가. 자신이 알지 못하는 부작용이 있을 수도 있었으니까. 그리고 친한 사이라고 해도 몰래 기억을 엿보는 일이 영 찜찜했다.

그래서 오늘은 그냥 편하게 이야기나 나누면서 쉬기로 했다.

"컹! 컹!"

집에 도착하니 미래가 커다란 꼬리를 휙휙 흔들면서 다가왔다. 워낙 덩치가 커서 장백이도 흠칫하는 게 보였다. 주혁은 미래의 머리를 쓰다듬으면서 이야기했다.

"미래야. 오빠 친구들이야. 같이 일하는 사람들이니까 얌

전하게 있어야 한다."

　미래는 주혁의 말을 알아들었는지 두 사람을 슬쩍 쳐다보
고는 별다른 관심을 보이지 않았다. 주혁은 미래를 데리고 안
으로 들어갔고, 일행도 뒤따라 집 안으로 들어왔다.

　장백과 윤미는 뜻밖이라는 표정이었다. 집 내부가 생각했
던 것보다는 평범했기 때문이었다. 둘은 근처까지 와본 적은
있었지만, 이렇게 안에 들어온 건 이번이 처음이었다. 주혁은
항상 시간에 맞추어 회사나 약속 장소로 나와서 집에 찾아올
일이 없었던 것이다.

　"생각보다 평범한데요?"

　"그러게요. 오빠는 굉장히 멋진 곳에서 살 줄 알았는데."

　주혁은 소파에 앉으라고 하고는 사 온 맥주와 간단한 안주
를 풀어 놓았다. 그리고 미래의 발을 닦은 수건을 통에 던져
놓고는 미래의 식사도 챙겨주었다.

　"혼자 사는데 이 정도면 충분하지, 그래도 있을 건 다 있잖
아."

　둘은 고개를 끄덕였다. 사실 필요한 건 다 있었다. 하지만
무언가 더 특별하게 하고 살 줄 알았는데, 솔직하게 자신들이
사는 것과 큰 차이도 없어 보였다.

　"형님은 집에 오면 뭐하세요?"

　"집에 오면? 대부분은 쉬기 바쁘지 뭐."

둘은 저절로 수긍이 되었다. 주혁이 얼마나 바쁘고 고된 일정을 소화하는지 누구보다도 잘 알고 있었으니까. 사실 같이 다니는 자신들은 틈틈이 차에서 자기라도 하지만, 주혁은 거의 쉬지도 못하고 일을 했다.

그래서 항상 신기하게 생각하고 있었다. 어쩌면 저렇게 일정이 빡빡한데도 멀쩡하게 돌아다닐 수 있는지.

"자, 건배."

"예, 형님. 잘 마시겠습니다."

"저도요, 오빠."

셋은 차가운 물방울이 표면에 맺혀 있는 캔을 들고서 시원하게 들이켰다. 알싸한 느낌이 목을 타고 넘어갔고, 몸에 있던 피로가 식도를 타고 내려가는 액체와 함께 씻겨 내려가는 느낌이 들었다.

"캬아~ 역시 이 맛에 맥주를 먹는 거라니까."

장백이 이야기했지만, 주혁과 윤미도 같은 생각이었다. 처음에는 처음 온 장소라서 다소 어색해했지만, 술이 조금 들어가자 이내 편하게 이야기를 나누게 되었다. 사실 가족보다도 많은 시간을 같이 보내는 사이 아닌가.

주혁은 오늘 이런 자리를 가진 걸 다행이라고 생각했다. 사실 행복이라는 게 엄청난 걸 얻어야만 생기는 건 아닐 것이다. 이렇게 친한 사람들과 편하게 맥주 한잔하면서 웃으면서 떠들 수 있는 것도 인생의 큰 행복 아니겠는가.

같이 이야기를 나눈 시간은 길지 않았다. 내일 일도 있으니 다들 가서 쉬어야 했으니까. 둘이 집에서 나가자 시끌벅적했던 집이 또다시 침묵에 휩싸였다.

주혁은 그제야 알 수 있었다. 사람들을 초대하지 않은 이유가 상자가 아니라, 그들이 떠나고 난 후의 쓸쓸함을 맞이하기 싫어서라는 사실을. 그리고 그럴수록 떠난 사람들의 빈자리가 그립기만 했다.

*   *   *

셰도우가 들어간 집에 대해 조사하는 건 생각보다 쉽지 않았다.

ㅡ햄튼에서도 가장 특이한 저택 중 하나더군요. 외부와의 교류가 아예 없고, 일하는 사람들도 대부분 안에 거주한답니다.

"그러면 알아낸 정보가 아직 없다는 건가요?"

ㅡ그건 아닙니다. 일단 그 집은 지금은 회사 명의로 되어 있는데, 그 회사의 실질적인 오너가 로저 페이튼입니다.

그리고 셰도우가 몰았던 자동차도 같은 회사가 소유한 자동차였다. 미스터 K는 외부적으로 드러나는 건 로저 페이튼을 통해서 처리하는 듯하다고 말했다.

　─계속해서 정보를 캐면서 살피고는 있는데, 아무래도 시간이 좀 걸릴 것 같습니다.

　드나드는 사람도 거의 없고, 내부 사정을 아는 사람도 없다는 거였다. 안으로 들어갈 방법도 없어서 감청 같은 다른 방법을 찾고 있다고 했다. 그리고 저택과 관련된 다른 정보들도 끌어모으는 중이었고.

　─새로운 정보가 입수되는 대로 연락드리겠습니다.

　"비용은 신경 쓰지 말고 모든 방법을 동원해서 알아내도록 하세요. 무슨 일이 있으면 바로 연락하도록 하고요."

　─그렇게 하겠습니다.

　그렇게까지 보안을 철저하게 하는 걸 보면 상자의 주인이 거기에 있는 것 같았다. 그리고 윌리엄 바사드가 가져온 소식에도 비슷한 정황이 포착되었다.

　─거점이 몇 군데 있는데, 모두 폐쇄적으로 관리되고 있었습니다.

　명의는 로저 페이튼의 회사였고, 일하는 사람들을 총괄하는 건 오드아이라는 거였다. 거점들도 마찬가지로 일하는 사람 대부분이 내부에 거주하는 형태였고. 그런데 일했던 사람들과 접촉했지만, 정보를 얻기가 굉장히 어려웠다고 했다.

'이야기를 하지 않는 게 아니라 정말로 모르는 거겠지. 오드아이가 일하는 사람들을 세뇌했을 테니까. 비밀이 새어 나가지 않게 하려고.'

그러면 거기서 일하다가 나온 사람들이 내부 일에 대해서 잘 모르는 것도 이해가 되었다. 기억을 지우거나 조작한 것일 터이다. 그런 면으로 보면, 오드아이는 고용인을 총괄하는 역할로는 최적의 인물이라고 할 수 있었다.

—그리고 본부는 따로 있는 것 같습니다. 레이저 도청을 통해서 확보한 내용인데, 지금 확인 중에 있습니다.

로저 페이튼이 실질적인 오너로 있는 회사에 대해서도 조사를 했는데, 전 세계에 부동산을 소유하고 있다고 했다. 건물과 저택이 워낙 많아서 전부 조사할 수 없을 정도인데, 그 중 몇 개가 거점으로 사용되고 있다고 했다.

주혁은 통화를 마치고 내용을 정리했다. 햄튼에 본부가 있고, 거기에 상자의 주인이 있는 것으로 예상된다. 하지만 외부로는 거의 나오지 않는 것으로 보인다. 외부적으로 움직이는 건 세 사람.

'로저 페이튼과 오드아이, 그리고 셰도우.'

로저 페이튼은 자금을 비롯한 대외적인 부분을 담당한다. 오드아이는 고용인들을 관리하고, 사람들을 이용한 작전을 총괄. 그리고 셰도우는 주로 혼자 움직이면서 적을 감시하거나 제거.

"막강한 조합이기는 하네. 거기다가 상자의 주인은 어떤 능력을 가지고 있는지 모르니까."

세 사람의 능력이면 정말 못 할 게 없을 것 같았다. 게다가 그들보다 더 뛰어난 능력이 있다고 생각되는 보스까지. 주혁은 보스의 능력은 어떤 것일까 궁금했다.

정체를 드러내지 않는 것으로 보아 움직이지 않고도 정보를 얻거나, 무언가를 할 수 있는 능력일 수도 있다. 아니면 순간이동과 같이 사람들에게 들키지 않고 이동할 수 있는 능력일 수도 있고.

아니면 본부에 없을 수도 있다. 거기에 있는 척만 하고, 사실은 다른 곳에서 모든 것을 조종하고 있을 수도 있었으니까.

"캐다 보면 뭔가가 나오겠지. 언제까지 완벽하게 숨길 수는 없을 테니까."

그리고 그럴수록 오드아이의 능력을 개발하는 게 중요했다. 확실하게 정보를 캐낼 수 있는 방법이었으니까. 문제는 무슨 문제가 생길 수도 있다는 거였다. 사실 상대의 기억을 뒤지고, 기억을 바꾸거나 지우는 게 정상적인 일은 아니지 않은가.

무언가 부작용이 있을 수도 있다고 생각되었다. 물론 그런 능력을 사용해서 자신을 죽이려고 한 자들에게는 거리낌 없이 사용할 수 있었다. 하지만 아무런 관계없는 사람들에게는 조심스러울 수밖에 없는 일.

"가만. 편법이 있을 것도 같은데?"

주혁은 누구를 대상으로 테스트해야 할지 고민하다가 꼼수를 생각해 냈다. 능력을 사용하지만, 상대의 기억으로 들어가지는 않는 방법이었다.

주혁은 바로 움직였다. 밤에 길거리로 나가서 길을 가던 사람에게 능력을 사용했다. 시선이 공중으로 붕 떠오르고 눈에서 빛이 나가 그 사람의 머리로 향했다. 주혁은 그 상태에서 집중력을 높였다.

잘못해서 빛이 상대의 머릿속으로 들어가면 문제가 생길 수도 있었으니까. 주혁은 조심스럽게 능력을 사용하다가 빛이 상대에게 도달하기 전에 다시 거두어들였다. 대신 능력이 발휘되는 동안 자신의 몸에서 어떤 현상이 일어나는지 주의 깊게 살폈다.

처음에는 조심하느라 상대에게 빛이 가까이 가지도 않았는데 거두어들이곤 했다. 하지만 어떤 일이든 하다 보면 느는 법. 얼마 지나지 않아서 간격을 잘 조절할 수 있게 되었다. 그리고 주혁은 그런 연습을 하면서 한 가지 깨달은 게 있었다.

"그 상태에서도 집중력을 높이면 느려지네?"

빛이 상대의 머리를 향해 움직일 때, 집중력을 높이면 그 속도가 느려졌다. 주혁은 그 부분을 집중적으로 연습하면서 몸의 어떤 부분이 어떻게 반응하는지 느끼려고 노력했다.

처음에는 별다른 느낌이 없었다. 하지만 집중력이 높아질수록 몸의 상태도 민감하게 느껴졌다. 그래서 조금씩 느낌이 왔다. 몸의 어떤 부위에서 어떤 식으로 기운이 움직이는지가. 며칠 동안 연습을 하자 확실하게 감이 왔다.

그런데 오드아이의 기운이 많이 없어졌는지 점차 능력이 약해지는 게 느껴졌다. 그래서 연습은 그만두기로 했다.

"느낌은 오는데, 이걸 확인할 수가 없네."

맞는지 틀리는지 확인을 하려면 직접 테스트를 해봐야 하는데, 아무한테나 그걸 할 수는 없었다.

주혁은 누구한테 능력을 사용해야 하나 고민하다가 한 명을 떠올렸다. 자신의 재산을 가지고 외국으로 도망친 그 인간을.

주혁의 인상이 살짝 일그러졌다.

"하는 사업이 제법 괜찮다고 했던가?"

주로 밀수를 하는데, 지금은 마약까지 손을 댄다고 했다. 언젠가 복수를 하리라 생각하고 있었는데, 마침 적당한 기회라는 생각이 들었다. 다른 사람들의 피눈물로 호의호식하는 사람이 있어서는 안 된다.

"그런 자는 반드시 대가를 받아야지."

주혁은 이번에 그를 단죄하면서 테스트를 하기로 결심했다. 그리고 생각대로라면 오드아이의 능력도 자신의 것이 되리라 생각했다.

CHAPTER **57**
트리플 크라운

대한민국에서 가장 큰 영화제라고 한다면 셋을 꼽을 수 있다. 대종상, 대한민국 영화대상, 그리고 청룡영화상이 바로 그것이다. 그리고 셋 중 가장 먼저 열린 대종상 시상식에서 주혁은 남우주연상을 거머쥐었다.

　하지만 그토록 원했던 상이었지만, 생각보다는 덤덤했다. 상을 받은 당일에도 격정적인 감정이 들기보다는 그냥 상을 받았구나 하는 정도였다. 오히려 자신을 보러 전 세계에서 몰려든 팬들의 환호에 더 기분이 고조되었다.

　그리고 다음은 대한민국 영화대상. 돌아오는 목요일에 세

종문화회관에서 시상식이 열릴 예정이었다. 주혁이 남우주 연상 후보에 오른 것은 물론이었고, 유력한 수상 후보로 거론되었다. 그리고 사람들은 그것을 아주 당연하게 받아들였다.

하지만 정작 당사자는 수상과 관련해서는 신경을 쓰지 않고 있었다. 시상식을 앞두고는 일이 손에 잡히지 않는다거나 하는 경우도 있었는데, 주혁에게는 해당 사항이 없는 말이었다.

"생각보다 작품을 고르기가 쉽지는 않구만."

"그러게요. 이게 아무래도 제작 환경이 다르다 보니까 쉽게 결정하기가 어렵네요."

주혁은 김중택 대표와 할리우드 진출 작품에 대해서 논의를 하기 위해서 그의 사무실에 와 있었다. 그동안 살핀 시나리오도 상당히 많았다. 그래서 지금은 많이 추려내고 다섯 개정도로 후보군을 압축한 상태였다.

"자네 수상 소감 말이야, 사람들이 너무 차분한 것 같다고 하던데?"

"이상하게 덤덤하더라고요. 뭔가 울컥하고 그럴 줄 알았는데, 그렇지는 않던데요?"

"그래? 사람마다 조금 다르기는 한데, 워낙 큰일을 많이 겪어서 그런 건가?"

김중택 대표는 최근에 미국에서 있었던 사고도 있었고, 전 세계적으로 인기몰이를 하고 있어서 그럴 것이라고 했다. 하지만 주혁의 생각은 조금 달랐다. 분명히 그런 일도 영향은 있을 것이다. 하지만 그런 것보다는 다른 이유가 더 크다고 느끼고 있었다.

'결과보다는 과정이 중요하지.'

이미 상을 받고 안 받고는 중요한 문제가 아니었던 것이다. 하루가 반복되는 기연을 얻어서 오랜 시간 준비를 했다. 그리고 단역부터 차근차근 하나씩 쌓아 올렸다. 그사이에 행운도 많이 따랐지만, 주혁이 준비가 되지 않았더라면 기회가 왔어도 아무 소용 없었을 것이다.

그러니 상은 중요한 게 아니었다. 힘든 시기를 이겨내고 꿈을 하나씩 이뤄나간 그 과정 자체가 더 소중했다. 상은 그저 보너스로 따라오는 정도라는 생각이 들었던 것이다.

"그래서 수상 소감은 별다른 화제가 되지 않고 오히려 식사 대접을 한 게 기사가 더 많아."

"멀리서 왔는데 밥은 사야죠."

주혁은 가볍게 웃었다. 이번 시상식에도 전 세계에서 많은 팬들이 몰려들었다. 개중에는 작년에 청룡영화상에 와서 주혁과 같이 식사를 한 팬들도 있었는데, 주혁을 보고는 무척이나 감격스러워했다.

그리고 이번에는 주혁도 준비를 했다. 시상식이 끝나고 함

께 식사를 할 수 있는 자리를 미리 마련했던 거였다. 팬클럽
과 미리 연락을 주고받았기 때문에 가능한 일이었는데, 장소
는 넓은 곳으로 빌려서 미처 모르고 온 팬이라도 올 수 있게
배려했다.

비록 시간은 길지 않았지만, 주혁과 팬 모두 즐거운 시간이
었다. 그렇게 주혁이 팬들과 교감을 잘하는 탓인지 주혁의 팬
중에는 열성적인 팬이 많았다.

"아예 세 시상식을 모두 보고 간다는 분들도 있더라고요."

"거의 한 달을 있는 거잖아? 보통 사람은 생각지도 못하겠
는데?"

김중택 대표는 보통 정성이 아니라며 놀라워했다. 그리고
주혁이 남우주연상을 휩쓸 테니 보러 온 팬들에게도 큰 선물
이 될 것 같다는 이야기를 했다.

"틀림없다니까. 자네 말고 누가 탈 사람이 있다고 그래."

김중택 대표는 호언장담했다. 나머지 두 시상식에서도 남
우주연상은 주혁의 것이 될 거라면서. 사실 올해는 주혁이 너
무 강력했다. 좋은 연기를 선보인 다른 배우도 있었지만, 주
혁이라는 벽을 넘기에는 역부족이라는 생각이 들었다.

그래서 주혁이 남우주연상을 탄 것이 큰 뉴스가 되지 못하
는 것일 수도 있었다. 대부분 그렇게 예상하고 있었으니까.
오히려 다른 사람이 남우주연상을 수상하면 그게 화제가 될

것이다. 그럴 일은 그다지 없어 보이기는 했지만.

"하기야 그런 거야 발표 나면 자연스럽게 알게 되겠지. 자네는 어떤 게 마음에 들어?"

"이거다 하는 건 아직 없어요. 땡기는 게 두어 개 있긴 한데……."

주혁은 시리즈물로 제작되던 작품과 새로운 히어로물 등을 언급했다. 하지만 아직은 감도 잘 오지 않고, 무언가 부족한 것 같아서 망설이고 있었다. 할리우드에서 찍는 첫 작품이니 최대한 신중하게 고를 생각이었다.

둘은 주로 캐릭터가 얼마나 매력적인지, 그리고 그 캐릭터가 주혁과 잘 어울리느냐를 두고 의견을 나누다가 결국은 결론을 내리지 못했다.

"당분간은 다른 시나리오도 살펴보자고."

"그래야겠어요. 아직은 서두르지 않아도 되죠. 제가 급할 건 없으니까요."

오히려 애가 단 건 상대방이었다. 할리우드 제작자들은 가능하면 주혁의 인기가 시들해지기 전에 영화를 제작하고 싶어 했다. 그래서 가능하면 내년 초에는 크랭크 인에 들어가서 내년 말에는 개봉하는 걸 원했다.

하지만 그건 그쪽 사정이고, 주혁은 확실하게 이거다 싶은 작품이 나올 때까지 기다릴 작정이었다. 만약의 경우지만, 국

내에 있는 좋은 시나리오를 할리우드 스타일로 만드는 것도
염두에 두고 있었다.

*   *   *

주혁의 집은 홍대 번화가에서는 조금 떨어진 주택가였다.
번화가야 한밤중에도 대낮같이 훤하지만, 조금만 벗어나도
상당히 어둑어둑했다. 실제로 그런 것일 수도 있었고, 번화가
와 비교가 되어서 상대적으로 그리 보이는 것일 수도 있었다.

그리고 그런 어둠 속에서 사람들이 자신에게 접근한다는
생각이 들면 꺼림칙한 기분이 들게 마련이다. 주혁도 같은 기
분을 느끼고 있었다. 앞에 두 사람이 걸어오고 있었는데, 자
신을 향해서 오고 있다는 느낌이 들었기 때문이었다.

하지만 주혁은 상자의 기운 덕분에 보통 사람들보다 감각
의 조절이 뛰어나다. 비록 어둠이 짙기는 했지만, 주혁에게는
큰 문제가 아니었다. 주혁은 이상한 낌새를 느끼자 바로 상대
를 살피기 시작했고, 무언가 이상하다는 걸 느꼈다.

동남아시아 사람으로 보이는 둘이 자신을 힐끔힐끔 쳐다
보는 것도 이상했고, 점점 자신이 있는 방향으로 움직이는 것
도 수상했다. 보통 길을 갈 때, 앞에서 다가오는 사람과 부딪
치지 않게 움직이는 게 정상이다. 하지만 저 사람들은 마치

부딪치겠다는 듯 자신을 향해서 움직이고 있었다.

그리고 어두운 밤이라 자신들의 행동이 잘 보이지 않으리라고 생각하는 것 같았는데, 주혁에게는 그들이 자꾸 손으로 주머니와 품을 더듬는 게 보였다. 그 광경을 보자 주혁의 신경이 아주 예민해졌고, 곧바로 시선이 조금 위로 붕 떠올랐다.

'이것들이?

앞에서 오는 녀석들만이 아니었다. 뒤에서 살금살금 접근하는 사람이 둘이나 더 있었다. 생각해 보니 여기 오면서 이들을 본 적이 있는 것 같았다.

'보는 사람이 없는 기회를 노렸다, 이거네?

주혁은 시선을 유지하면서 사방을 경계했다. 아니라면 다행이겠지만 상대의 움직임을 보면 그럴 확률은 낮았다. 아니나 다를까, 적당한 거리가 되었다고 생각했는지 뒤에서 접근하던 녀석들이 후다닥 뛰어왔다.

그들은 나름대로 기습을 한다고 했겠지만, 주혁은 이미 그 상황을 주시하고 있었다. 그리고 앞에서도 한 녀석이 달려들었다. 앞뒤로 먼저 달려오는 놈들이 손에 흰 가루가 든 봉지 같은 걸 들고 있었는데, 뭔지는 확실하게 알 수 없었다.

하지만 저 물건은 결코 자신에게 유익한 물건은 아닐 터. 주혁은 점점 집중하기 시작했고, 시간이 점점 느리게 흐르기 시작했다.

주혁은 이미 많은 경험을 통해서 시간 조절을 하는 데 익숙해져 있었다.

중요한 건 자신의 움직임이었다. 상대가 느려졌듯이 자신의 움직임도 그만큼 느려졌으니까 그 점을 항상 염두에 두어야 했다.

한때는 그런 걸 생각지 못해서 상대의 공격을 피하지 못하는 일도 있었다. 너무 늦게 대처하면 그런 일이 벌어지는 거였다.

하지만 이제는 그럴 일은 없다. 시간의 흐름에 따라서 어떻게 움직여야 하는지 완벽하게 알고 있었으니까. 그래서 그들이 무언가를 자신에게 던지자마자 바로 옆으로 움직였다.

가만히 있었다면 얼굴과 몸 전체에 가루를 뒤집어썼겠지만, 안전하게 피할 수 있었다. 그러자 오히려 당황한 건 상대였다. 원래 예상대로라면 가루를 뒤집어쓰고 정신을 차리지 못하는 주혁의 몸을 칼로 쑤시고 있어야 했는데, 주혁이 피해 버리자 당황했던 것이다.

그래서 칼을 들고 뛰어오던 놈들이 멈칫거렸다. 그리고 그 잠깐의 멈칫거림이 그들에게는 재앙이었다.

팍. 턱. 빠각.

주혁은 손속에 사정을 두지 않았다. 배려의 아이콘과 같은 사람이 주혁이었지만, 자신의 목숨을 노리는 자들에게는 악마가 될 수도 있는 것도 바로 주혁이었다. 손목을 내려쳐 칼을 떨구고는 울대를 손날로 치고 팔을 잡아 꺾어버렸다.

"끄으아악~"

주혁에게 당한 녀석은 바닥에 벌레처럼 꿈틀거리면서 비명을 질러댔다. 다수를 상대할 때는 상대의 기를 꺾어놔야 한다. 마음 놓고 달려들게 하면 아무래도 다수가 유리하니 상대를 최대한 위축시켜야 한다.

그리고 그런 방법 중 하나가 동료를 눈앞에서 잔인하게 처리하는 거였다. 이런 경우에는 심한 부상을 입히는 편이 좋다. 동료의 비명 소리만큼 전의를 상실하게 하는 것도 없으니까. 게다가 팔이 이상한 방향으로 꺾인 채 비명을 지르고 있으니 효과는 더 좋았다.

벌써 상대의 움직임이 둔해진 게 보였다. 주혁은 틈을 놓치지 않고 또 한 명에게 달려들었다. 그리고 순식간에 그놈도 한쪽 팔과 다리를 제대로 사용할 수 없는 상태가 되어 바닥에서 꿈틀거렸다.

둘은 도망을 치지도 못하고, 그렇다고 덤비지도 못한 채 어찌할 바를 모르고 있었다. 설마하니 칼로 무장한 네 명을 상대로 이런 모습을 보일 거라고는 생각지도 못했으니까. 하지만 주혁은 그들에게 시간을 주지 않았다.

요란한 사이렌 소리가 들렸을 때는 주혁이 한 명을 더 눕히고 마지막 놈과 대치를 하고 있을 때였다. 아마도 비명 소리를 듣고는 누군가가 신고를 한 모양이었다. 그놈은 달아나려고 했지만, 주혁에게 가로막혀 그럴 수가 없었다.

결국, 그놈은 경찰이 도착하기 전에 차가운 시멘트 바닥에 얼굴을 긁히게 되었다. 도착한 경찰은 상황이 심상치 않자 경계를 하면서 조심스럽게 다가왔는데, 주혁의 얼굴을 알아보고는 어찌 된 일인지 물었다.

"아니, 영화배우 강주혁 씨 아니십니까? 아니, 이게 어떻게 된 일입니까?"

주혁은 자초지종을 설명했다. 집에 가고 있는데 이들이 갑자기 덤벼들었으며, 어쩔 수 없이 싸우게 되었다고.

"대단하시네요, 네 명을 상대로. 그런데 이 칼은……."

주혁은 사실대로 말해야 할지, 아니면 조금 각색을 해야 할지 고민하다가 그대로 이야기했다. 처음부터 자신을 노리고 있었는지 칼을 빼 들고 덤볐다고. 그래서 손을 조금 과하게 쓰게 되었다고 이야기했다.

"이런 놈들은 당해도 쌉니다. 돈 몇 푼만 주면 이런 짓 하는 놈들이거든요. 아주 질이 안 좋은 녀석들입니다."

경찰은 오히려 주혁에게 괜찮으냐며 물었다.

일단 다친 걸 치료해야 해서 구급차가 왔고, 주혁은 간단한 진술을 하고 나서야 집으로 돌아올 수 있었다. 그리고 회사와 아는 사람들에게 연락해서 가능하면 이 일이 퍼지지 않게 해 달라고 했다.

"저놈들은 의뢰를 한 사람이 누구인지 몰라. 그냥 지시를 받고 움직이는 조무래기."

주혁은 녀석들의 머리를 뒤졌다. 하지만 알아낸 건 거의 없었다. 지저분한 녀석들의 과거와 누가 그들에게 지시했는지 정도였다. 의뢰를 한 사람에 대한 건 아무것도 없었다.

"아주 작정을 하고 누가 손을 쓴 것 같은데……."

주혁은 놈들에게 지시한 자를 잡아서 누가 이런 짓을 시켰는지 캐내야겠다고 마음먹었다.

"아무래도 미스터 K에게 연락을 하는 편이 좋겠지?"

이런 일은 자신이 나서서 움직일 수는 없다. 하지만 미스터 K라면 확실하게 일을 처리할 것이다. 잡아만 오면 그 녀석의 머리를 뒤져서 어떤 놈이 이런 짓을 시켰는지 알아내리라 생각했다.

"상자의 주인인가?"

범인이 정체가 밝혀지지 않은 보스일까 생각했지만, 이내 고개를 저었다. 만약 보스라면 이런 자들을 쓰지 않았을 것 같았다. 오드아이나 세도우도 당했는데, 겨우 이런 자들을 보냈을 리가 없었다.

주혁은 어떤 놈인지 몰라도, 자신을 건드린 놈은 절대로 가만두지 않겠다고 생각하면서 대문을 열고 집 안으로 들어갔다.

"컹! 컹!"

미래가 꼬리를 흔들면서 자신에게 뛰어왔다. 주혁은 머리를 쓰다듬어 주고는 안으로 들어가서 미스터 K에게 전화를 걸었다. 그리고 자신이 원하는 대상이 어떤 놈인지 설명을 해주었다.

─그 정도 정보면 어렵지 않게 찾을 수 있을 겁니다.

"일단 확보만 해놓으면 됩니다. 몇 가지 확인만 하면 되니까요. 얼마나 걸리겠습니까?"

─가능한 한 빨리 확보하도록 하겠습니다.

주혁이 통화를 마치고 미스터 K가 그놈을 잡아 오면 머릿속에 있는 걸 모조리 끄집어내겠다고 결심했다.

*   *   *

대한민국 영화대상을 앞두고 기쁜 소식이 전해졌다. 외국에서의 흥행 성적이 나왔던 거였다. 중국에서는 2억 3천만 달러의 수익을 올렸고, 미국에서도 이와 비슷한 2억 5천만 달러의 수익을 냈다.

미국에서 이전까지 가장 많은 수익을 낸 외국어 영화는 중국 영화인 와호장룡이었다. 1억 3천만 달러에 조금 못 미치는 수익을 냈으니, 거의 그 두 배에 가까운 금액을 벌어들인 거였다.

그리고 중국의 기록도 경신했다. 지금까지 가장 수익을 많이 낸 외화는 아바타였다. 2억 2천만 달러가 조금 넘는 수익을 냈는데, 그 기록을 근소하지만 넘어선 거였다.

사실 이런 결과는 이미 예견된 거였다. 영화 아저씨는 외국의 박스 오피스에서 1위를 차지하면서 심상치 않은 행보를 보였었다.

할리우드 블록버스터가 아닌 영화가 세계적으로 박스 오피스 1위를 차지한 것은 전례 없는 일. 그래서 세간에 큰 화제가 되었었다.

물론 특정 사건으로 인해서 흥행한 점도 있었고, 주혁의 개인적인 인기가 반영된 부분도 있었지만, 영화 자체의 매력이 없었더라면 절대로 이렇게까지 흥행할 수는 없었을 것이다.

"좀 아쉽지 않아?"

"돈이야 앞으로 벌면 되죠."

회사로 돌아오는 길에 주혁은 차 안에서 김중택 대표와 이야기를 나누었다. 김중택 대표는 아쉽지 않으냐고 물었다. 영화 흥행의 가장 큰 공로자는 주혁이었지만, 금전적인 이득은 별로 얻지 못했으니까. 그나마 특별 보너스로 챙겨준 것도 주혁은 모두 불우 아동을 위해서 기부했다.

하지만 주혁은 정말 괜찮았다. 사실 가장 큰 이득을 본 건 바사드 투자회사였는데, 가장 많은 제작비를 대서 그만큼 수익도 많이 거두어들였다. 주혁은 어차피 그 돈이 자기 돈이나 마찬가지였으니까 아쉬워할 이유가 없었다.

그리고 주혁은 돈은 그저 생활할 수 있을 정도만 있으면 충분하고 생각하고 있었다. 세상을 살면서 벌어지는 갈등의 대부분이 돈 때문에 일어난다. 예전의 뼈아픈 경험도 있지 않은가. 그래서 돈에 연연하면서 살지는 않기로 결심했고, 지금까지 그렇게 살아왔다.

오죽하면 살인을 하게 되는 이유는 세 가지밖에 없다고들 하지 않는가. 권력, 사랑, 그리고 돈.

그래서 주혁은 그런 걸 움켜쥐려고 아등바등하기보다는, 베풀면서 다른 사람들과 함께 살아가는 삶을 꿈꾸고 있었다.

"수고했고, 내일 또 보자고."

"예, 들어가세요."

주혁은 김중택 대표와 작별인사를 나누고는 집으로 향했다. 일전에 있던 사건 때문에 경호원을 붙이겠다는 이야기도 나왔었는데, 주혁이 거절했다. 은밀하게 움직여야 할 때도 있는데, 경호원이 붙으면 그러기 어려웠으니까.

그리고 총을 사용하지 않는 이상에는 어떤 경우라도 대처할 수 있다는 자신감도 있었고. 총알이야 피할 수 없겠지만, 사람을 상대하는 건 얼마든지 자신 있었다. 그런 생각을 하며 걷고 있는데, 벨 소리가 울렸다. 미스터 K였다.

―확보했습니다.

"그래요? 알겠습니다. 바로 가죠."

주혁은 걸음을 돌려 미스터 K의 아지트로 향했다. 그 녀석의 머리를 속속들이 파헤쳐 주겠다고 생각하면서.

"조창현은 어떻게 되었나요?"

아지트에 도착한 주혁은 자신의 돈을 빼돌린 놈에 관해서 물었다. 그놈도 데려와 달라고 부탁을 했기 때문이었다. 그런데 미스터 K가 재미있는 말을 했다.

"조만간 한국에 들어온답니다."

한국으로 배달해 달라고 의뢰를 넣었는데, 그쪽에서 정보를 보내왔다는 거였다. 한국에서 누군가가 접촉을 해왔고, 삼합회 간부와 함께 한국으로 들어갈 예정이라고.

"어떻게 하시겠습니까? 그냥 예정대로 배달하라고 할까요, 아니면 한국에 들어왔을 때 손을 볼까요?"

주혁은 잠시 고민하다 일단 한국에 들어온 후에 손을 쓰기로 결정했다. 오드아이의 능력을 테스트할 인물도 필요해서 겸사겸사 의뢰를 한 거였는데, 이제는 그리 급하지 않았다.

다른 테스트 대상이 있었으니까.

"한국에 들어오면 움직이는 걸로 하죠. 그런데 삼합회하고 같이 온다는데 문제없을까요?"

"문제가 없는 일은 없습니다. 문제가 없게끔 만드는 게 저 같은 일을 하는 사람들의 몫이죠."

주혁은 고개를 끄덕였다. 언제나 믿음직한 사람이었다. 주혁은 그의 안내를 받아 안으로 들어갔고 거기에는 중년 남자가 의자에 묶여 있었다.

"우어으으웅. 우으으?"

입에 테이프가 붙여져 있어서 웅얼거리기만 했는데, 아직도 눈빛이 날카로운 걸 보니 독기가 덜 빠진 듯했다. 하지만 주혁에게 이제 그런 건 상관없었다.

"제가 혼자 봐도 되겠습니까?"

"괜찮으시겠습니까? 정보를 알아내는 거는 제가 하는 편이……."

"그냥 제가 보죠. 방법이 있어서 그렇습니다."

"알겠습니다. 어차피 단단히 묶여 있으니 위험할 일은 없을 겁니다. 만약 묶인 게 풀린다고 해도 위험할 것 같지는 않지만 말이죠."

미스터 K는 고개를 살짝 숙이고는 자리를 피해주었다. 주혁이 다가오자 중년 남자는 의아하다는 표정을 지어 보였다.

주혁은 입에 붙은 테이프도 뜯지 않고 의자를 가져다가 남자의 앞에 앉았다.

"자, 그럼 시작해 보자고."

주혁은 정신을 집중했다. 그러자 시선이 공중으로 붕 떠올랐고, 시간이 멈추었다. 주혁의 눈에서 밝은 빛이 나와 남자의 머리를 향해 날아갔고, 그의 머릿속으로 들어갔다.

주혁은 최대한 집중해서 어떤 변화가 일어나는지 하나도 놓치지 않으려고 애썼다. 정보도 중요했지만, 능력이 어떤 식으로 발현되는지를 알아내는 게 훨씬 중요했다.

다행스럽게도 자신이 생각했던 것과 큰 차이는 없었다. 그래서 기억을 살펴보고 나니까 조금 감이 오는 것 같았다. 하지만 뭐든지 몸에 익는 게 중요하다. 그래서 계속해서 능력을 사용하는 걸 연습했다.

'이제 능력이 약해지지 않는다.'

얼마나 연습을 했을까. 셀 수도 없이 반복했는데, 그때마다 조금씩 능력이 약해지는 걸 느끼고 있었다. 오드아이의 기운이 점점 사라지면서 일어나는 현상이었다. 하지만 어느 순간부터인지 능력의 강도가 그대로 유지되었다.

'능력이 자체적으로 개발된 거야.'

주혁은 남자가 알고 있는 모든 정보를 다 알아냈을 때보다도 훨씬 기뻐하는 표정이었다. 이제 오드아이의 기운과는 상관없이 능력을 사용할 수 있다는 느낌이 들었기 때문이었다. 그것을 확인하는 방법은 간단했다.

'계속 사용해 보면 확실하게 알 수 있겠지.'

주혁은 계속해서 테스트했고, 상대의 기억을 확인하는 것에 점점 능숙해졌다. 그리고 점점 더 빨리, 더 많은 정보를 볼 수 있었다.

남자는 아주 이상한 경험을 했다. 여기가 어딘지는 모르겠지만, 각오를 단단히 하고 있었다. 자신을 이렇게 데려다가 놓을 정도면 좋은 일 때문은 아닐 테니까. 이럴 때는 처신이 중요했다.

너무 쉽게 보이면 곤란하다. 상대가 자신이 하는 말을 믿지 않을 테니까. 그래서 버틸 때까지는 버텨야 한다. 그러다 못 이기는 척하고는 정보를 내주면서 거래에 들어가야 한다. 자신이 원하는 장소로 가자고 하면서.

거기에는 자신의 부하들이 단단히 채비를 하고 기다리고 있을 것이다. 그러니 거기까지 가기만 하면 전세는 역전. 그걸 위해서 어지간한 고문은 참고 버틸 생각이었다. 하지만 상대는 아주 이상했다.

자신의 앞에 의자를 가져다 놓고 앉더니 계속해서 표정만 바뀌었다. 심각한 표정이었다가 어느 순간에는 갑자기 웃었다가 그랬다. 미친놈이 아닌가 싶었다.

어떤 신체적인 접촉도 없었고, 약물을 먹이거나 주사하지도 않았다. 심지어는 입에 붙은 테이프도 떼지 않았다. 그냥 앞에 앉아만 있었다. 표정만 계속 변하면서. 그러더니 만족스러운 표정을 하고는 자리에서 일어나서 밖으로 나가 버렸다.

'저 미친놈은 뭐지?

남자의 생각과는 상관없이 주혁은 아주 만족스러운 표정으로 밖으로 나왔다. 그 표정을 본 미스터 K가 가벼운 미소를 보이면서 말했다.

"성과가 있으셨나 봅니다."

"알아야 할 건 대부분 안 것 같네요."

"그럼 저자는 어떻게 처리할까요?"

"전에 거기로 보내죠. 그냥 끝내는 건 지은 죄에 비해서 너무 가벼운 처벌 같네요."

살인 청부를 수도 없이 한 놈이었다. 그러고도 양심의 가책을 받지 않는 아주 흉악한 놈이었다. 그러니 전에 백정우를 보낸 곳으로 보내는 게 좋겠다는 생각이었다.

"그렇게 조치하겠습니다."

이런 자들이 어떤 일을 하는지 잘 아는 미스터 K는 당연한 일이라고 생각했다.

*　　　*　　　*

2관왕. 주혁은 대한민국 영화대상에서도 남우주연상을 받았다. 이제는 모든 사람들의 시선이 일주일 정도 후에 열리는 청룡영화상에서 주혁이 트리플 크라운을 달성할 수 있을지에 쏠렸다.

하지만 주혁은 다른 일로 골머리를 앓고 있었다.

"그러니까 MH 그룹과 연관이 있는 자라는 거군요."

─그런 것 같습니다. 자세한 정보는 직접 잡거나 시간을 더 들여야 알 수 있을 것 같습니다.

의뢰를 한 사람이 누구인지 확인하는 것까지는 어렵지 않았다. 인상착의에서부터 무어라 불리는지까지 자세한 정보를 주혁이 알고 있었으니까. 하지만 문제는 그자가 지금 한국에 없다는 점이었다.

조사해 보니 그자는 일이 실패하자 바로 외국으로 나갔다. 그러니 조사가 진척되기 어려울 수밖에. 그나마 알아낸 건 그가 MH 그룹의 일을 주로 처리했다는 정도. 하지만 이상했다. 지금 이 시점에 MH 그룹에서 왜 자신을 해치려고 하는지 이해가 되지 않았던 것이다.

"알겠습니다. 계속 알아봐 주세요."

잡는 게 먼저이든, 정보를 알아내는 게 먼저이든 일단 뭔가가 더 있어야 했다. 주혁은 통화를 마치고 거실 소파에 푹 기댄 채 생각에 잠겼다.

"일단은 MH 그룹이 가장 유력한 용의자이기는 한데……."

만약 MH 그룹이라고 한다면, 지시를 한 사람은 창욱이 가장 유력했다. 자신과 악연이 몇 차례 있었으니까. 하지만 과연 자신을 죽이라고 할 만큼 심각한 일이 있었는가를 생각하면, 그렇지는 않았다.

악연이라고 해도 주로 백정우와 같은 그의 수하와 문제가 있었던 거였지, 창욱과 직접 충돌한 적은 없었다. 그리고 시기도 이상했다.

"엔터테인먼트 쪽은 아예 손을 뺐고, 지금은 그룹 일에 바쁘다던데……."

이번에 조사하면서 알게 된 거였는데, 창립자인 만해의 건강이 나빠져서 창욱에게로 지배 구조가 이동하는 중이라고 했다. 그런 시기에 굳이 위험을 감수하면서까지 이런 일을 벌일 이유가 없어 보였다.

자신을 해치고 얻을 수 있는 게 뭐란 말인가. 오히려 발각되었을 때 감수해야 할 대가가 너무 컸다. 어렵게 차지한 그룹 총수의 자리에서 내려와야 할 테니까.

그래서 주혁은 혹시나 다른 사람의 의뢰를 받은 것이 아닌지도 의심이 되었다. 하지만 지금 있는 정보로는 아무것도 결론 내릴 수 없었다.

"당사자를 잡아서 확인하는 것 외에는 딱히 방법이 없는 건가?"

아니다. 방법이 없지는 않다. 의심되는 사람을 만나서 기억을 뒤져 보면 된다. 하지만 그놈의 부작용이 마음에 걸려서 그러지 못하고 있었다. 안전하다는 것만 확실하면 의심되는 사람들의 기억을 보았을 텐데 말이다.

사실 확인하고 싶은 욕망이 강했다. 하지만 그들과 똑같은 사람이 되기는 싫었다. 무슨 문제가 있을지도 모른다는 걸 알면서도 능력을 사용한다면 자신이 그렇게 경멸하는 자들과 다를 바가 없지 않은가.

그래서 참고 있었다. 그리고 안전하다는 게 확실해지기 전까지는 보통 사람들에게는 사용을 자제할 생각이었다. 편한 길을 두고 공연히 어려운 길을 가는 듯한 느낌도 들었지만, 그것이 당연하다고 생각했다.

일상생활을 하면서는 그 사람의 신념이 잘 드러나지 않는다. 하지만 중요한 순간, 선택의 기로에서 무언가를 결정해야할 때, 그 사람이 어떤 신념을 가지고 있는지가 드러난다. 그리고 지금 주혁이 한 선택이 바로 그의 신념이었다.

그리고 적어도 자기가 옳다고 생각하는 신념대로 살지 못하는 건 제대로 사는 게 아니라고 여기고 있었다.

주혁은 옆에 조용히 앉아 있는 미래의 머리를 쓰다듬으면서 말했다.

"신념대로 사는 게 좋은 거지. 미래야, 너도 그렇게 생각하지?"

미래는 컹 하고 소리를 내고는 꼬리를 휙휙 흔들었다.

*　　　*　　　*

"글쎄요. 저는 방재영이 보여준 연기도 충분히 남우주연상을 받을 만하다고 봅니다만."

"물론 인상적인 연깁니다. 저도 동의해요. 하지만 강주혁이 보여준 것이 비하면 손색이 있는 게 사실 아닙니까. 그리고 한국 영화를 세계적으로 흥행시킨 공로도 있고요."

청룡영화상 수상자를 정하는 자리에서 심사위원들 간의 이견이 좀처럼 좁혀지지 않았다. 다른 부분은 모두 정해졌는데, 유독 남우주연상을 놓고 의견이 갈렸던 거였다. 아저씨의 강주혁이냐, 아니면 이끼의 방재영이냐를 놓고 심각한 토론이 이어졌다.

"이미 두 번이나 받았으니까 하나 정도는 다른 사람에게 돌아가는 것도 좋지 않겠습니까."

"아니, 남우주연상이 무슨 나눠 먹기 하는 자립니까?"

"그런 말이 아니라는 거 잘 아시잖습니까. 영화계 전반적인 부분을 고려할 때, 방재영이 받는 게 모양새가 더 좋다는 거지요. 한 작품이 너무 독식을 하면 보기에 좋지 않아요."

한쪽에서는 주혁이 아직 경력도 얼마 되지 않으니 앞으로도 기회가 충분히 있지 않겠느냐면서 그동안의 공로도 생각해야 한다고 주장했다. 틀린 이야기는 아니었다. 수상자를 선정할 때는 여러 측면을 고려하는 게 사실이었으니까.

하지만 반대쪽의 이야기도 틀린 건 아니었다. 받을 만한 사람에게 돌아가야지 그렇지 않으면 아무도 영화제의 권위를 인정하지 않을 거라는 말도 맞는 말이었다. 곤란한 건 심사위원장이었다. 사실 이런 경우에는 심사위원장의 의견이 큰 영향을 미친다.

하지만 양측이 너무 팽팽해서 자신이 의견을 피력한다고 하더라도 쉽게 수긍할 것 같지 않은 눈치였다. 그래서 그는 중재에 나섰다.

"아직 시간이 좀 있으니까 생각들을 더 해봅시다. 내일까지만 결정하면 되는 거 아닙니까."

심사위원들은 위원장의 말에 따라서 오늘은 이만하기로 결정했다. 사람들은 오랜 시간 선정 작업에 피로함을 느꼈는지, 다들 지친 표정으로 방에서 나갔다.

심사위원장은 평소 친분이 있던 사람이 나가려는 걸 잡았다. 잠깐 이야기 좀 하자면서.

"무슨 일이야? 혹시 뭐 아는 거 있어?"

"글쎄요, 저도 조금 당황스러워서……."

사실 심사위원장은 당연히 강주혁이 남우주연상을 받아야 한다고 생각하고 있었다. 그리고 심사위원들도 당연히 그럴 줄 알았다. 그래서 수상자 선정 중에서 가장 손쉽게 결론이 나리라 생각하고 있었다.

오히려 남우조연상이나 여우주연상의 수상자 선정에 골머리를 앓으리라 생각하고 있었는데, 전혀 뜻밖의 일이 벌어졌다. 그래서 도대체 무슨 일인지 알아보기 위해서 이야기를 해 보려는 거였다.

"둘은 이해가 되는데, 나머지 둘은 왜 그러는 거야?"

심사위원도 사람인지라 취향과 생각이 모두 다르다. 그래서 영화제마다 같은 사람이 후보에 오르더라도 다른 결과가 나오기도 한다. 그리고 방재영을 미는 사람들 중에서 두 명은 이해가 되었다.

원체 한 사람이 독식하는 걸 싫어하는 사람들이었다. 영화계의 발전을 위해서 좋은 연기를 한 사람들에게 골고루 상이 돌아가야 한다고 평소에도 주장하는 사람들이었으니 그럴 수 있었다. 맞고 틀리고를 떠나서 한 사람의 가치관이니 뭐라고 할 생각은 없었다.

"하지만 별수 있겠습니까. 네티즌 투표가 있는데요."

"그렇긴 한데 영 찜찜한 생각이 들어서 말이지."

하지만 결국에는 강주혁으로 결정되리라 생각했다. 흐름이란 건 몇 사람의 힘으로는 막을 수 없는 거였으니까.

그리고 같은 시각, 한 명의 심사위원이 조창욱과 통화를 하고 있었다.

"아무래도 어려울 것 같습니다."

—그래요?

"네티즌 투표가 워낙 압도적이라서 결국은 강주혁에게 돌아갈 것 같습니다."

전화를 한 사람은 조창욱이 왜 이런 일에 신경을 쓰는지 이해할 수가 없었다. 그리고 그가 보기에는 조창욱이 아주 적극적으로 움직이는 것도 아니었다. 자신에게도 적당히 분위기만 잡으라고 했으니까.

"조금 더 적극적으로 나서볼까요? 생각보다는 방재영을 미는 위원들이 많던데요."

—아니, 그럴 필요는 없습니다.

조창욱은 무리하게 움직일 생각은 없었다. 사실 지금 창욱은 상당히 곤란한 상황에 처해 있었다. 로저 페이튼에게 올해 안에 주혁을 처리하겠다고 약속했는데, 이번에 벌인 일이 실패로 돌아갔으니까.

시간도 얼마 남지 않았고, 이미 일이 한 번 벌어져서 상대는 더욱 경계를 할 테니 상당한 위기였다. 하지만 이럴 때일수록 침착하게 대처해야 한다. 급하게 굴면 될 일도 실패하는 법. 그러니 계속 참으면서 결정적인 순간을 노려야 한다.

그래서 어떻게 방법이 없을까 하고 여기저기 찔러보는 중이었다. 뭐라도 틈이 보이면 거길 집중적으로 공략해서 끝장을 볼 생각으로. 영화제도 그런 이유로 건드려 본 거였는데, 이미 수를 내기 어렵다고 판단이 섰다. 그러니 무리할 필요는 없었다.

"하긴 상을 받는 편이 더 좋을 수도 있지."

창욱은 오히려 주혁이 상을 받아야 자신에게 더 유리하다는 생각을 했다. 자신은 주혁의 허점을 노려야 한다. 그런데 지금같이 바짝 경계를 하고 있으면 기회를 잡을 길이 없다. 그러니 오히려 트리플 크라운을 하고, 그런 상태에서 연말을 맞이하는 게 좋다고 판단한 거였다.

대한민국에서 연말은 평범한 사람에게도 엄청나게 바쁜 시간이다. 그리고 술독에 빠져 지내는 시간이기도 했고.

그런데 주혁과 같이 엄청난 일을 겪은 사람이라면 어떨까? 보나 마나 모임이라는 모임에는 전부 불려 다닐 것이다.

"그러다 보면 기회가 생기겠지."

만약 그렇지 않다고 하더라도 상관없다. 가장 중요한 건 자신의 안전이다. 그걸 위태롭게 하면서까지 주혁을 노리지는 않을 것이다. 로저 페이튼이 난리를 치겠지만, 적당히 협상을 하면 되는 일이다.

물론 그렇게 되면 많은 손해를 보아야 한다. 하지만 손해를 보더라도 후일을 기약하는 편이 무리하다 나락으로 떨어지는 것보다는 나은 일이다. 그렇지만 손해를 보는 것도 기분 좋을 건 없는 일. 그래서 다른 준비를 하고 있었다.

"삼합회라면 일을 깔끔하게 처리하겠지."

어차피 국내에는 이런 일을 제대로 처리할 만한 자들이 없다고 생각되었다. 그래서 창욱은 삼합회의 손을 빌리기로 작정하고 선을 댔다. 삼합회 중에서도 이런 일을 전문으로 하는 진짜배기에게.

"분명히 저번에 일을 망친 그 어설픈 녀석들과는 차원이 다르다고 했지."

돈이 조금 많이 깨지기는 하겠지만, 이번에는 확실하게 끝을 낼 수 있으리라 생각했다.

그들은 직접 접촉한 자신의 심복에게 아주 인상적인 말을 했다. 확실하게 처리할 수 있겠느냐는 말에 심장과 머리에 총알이 박히고도 살아남을 수 있는 사람은 없다는 말을.

그 정도라면 확실하다고 생각했다. 자신에게 불똥이 튀지 않으면서 확실하게 일을 마무리할 수 있는 기회였으니까. 그리고 조금 더 사건을 자연스럽게 만들기 위해서 따로 준비하고 있는 것도 있었다.

"그것만 제대로 되면 옴짝달싹 못하고 끝장나는 거야."

창욱은 비릿하게 웃었다. 어차피 그에게 중요한 건 자신의 성공밖에는 없었다. 그러니 그걸 위해서는 어떤 일도 할 수 있었다. 그리고 그런 걸 아주 당연하게 여겼다.

이번에 삼합회의 간부를 직접 만나지 않는 것도 다 그런 이유에서였다. 자신은 안전해야 하니까. 이번 실패로 인해서 더욱 조심할 필요가 있었으니까. 그래서 자신의 심복에게 일을 맡기기로 했다.

하지만 만약 이번에 일이 잘되면, 그들과 좋은 관계를 이어나갈 필요는 있다고 생각했다. 앞으로도 이런 일이 필요할 수 있었으니까.

"확실하게 일 처리를 할 수 있는 자들이라면 알아두는 편이 좋겠지."

*   *   *

"그것보다는 조금 더 역할이 명확한 편이 좋을 것 같은데요?"

"하긴, 지금은 롤이 조금 애매하지?"

"약간은요. 그런데 제가 왜 이런 일을 해야 하는 거죠?"

주혁은 두 대표와 기획안에 대한 최종 검토를 하고 있다가 물었다.

"자네도 어엿한 이사 아닌가. 이런 일 하는 게 당연한 거라고."

"그렇지. 그리고 작품 보는 눈도 좋잖아. 이런 거 해두면 나중에 제작할 때 좋단 말이야. 자네도 이런 쪽에 관심이 아예 없는 건 아니잖아."

기재원 대표와 김중택 대표는 미리 입을 맞춘 것처럼 말을 했다.

"뭐, 관심이 없진 않은데요, 그래도 아직 멀었죠. 이제 연기 제대로 한 지 얼마나 되었다고 그러세요."

하지만 두 대표는 그렇게 생각하지 않고 있었다.

"나는 같이 하는 것도 좋다고 봐. 일단 자네는 재능이 있거든. 그러니까 기회가 되면 굳이 그걸 늦출 필요는 없어."

"그리고 제작이나 연출을 해보는 것도 연기에 도움이 될 거야. 다른 시선으로 보게 되면 깨닫게 되는 게 있거든."

김중택 대표는 선수로 뛸 때와 감독으로 경기장에 나설 때는 완전히 다르다며, 가능하면 제작이나 연출도 해보라고 권유했다. 지금까지 보아온 주혁의 능력으로 보면, 충분히 가능하다는 생각에서였다.

그리고 지금 그럴 수 있는 환경도 아주 좋았고. 케이블 방송을 가지고 있으니 좋은 작품만 있으면 선보일 수가 있었고, 바사드 투자회사에서 자금은 충분히 지원할 수 있다고 했으니 얼마나 좋은 기회인가.

"일단은 할리우드 작품부터 해야죠. 지금은 다른 데 신경 쓸 여유가 없어요."

"뭐 생각하고 있는 거라도 있어?"

"확실하지는 않아서요……."

주혁은 말을 흐렸다. 다들 조금씩 아쉬운 부분이 있었다. 그래서 다른 작품들도 계속 받아보고는 있었는데, 별다른 건 없었다.

"그럴 수밖에 없지. 할리우드는 전 세계를 상대로 하니까."

물론 알고 있었다. 할리우드 블록버스터는 전 세계를 대상으로 한다. 그러니 나라와 인종을 초월해서 먹힐 수 있는 그런 것을 추구한다. 그러니 너무 복잡하거나 촘촘한 구성보다는 시원하게 터지고 화끈한 액션이 나오는 걸 선호한다.

화려한 볼거리로 사람들의 눈을 사로잡겠다는 전략인 것이다. 그것이 나쁜 건 아니다. 분명히 효과가 있었으니까. 하지만 그렇다고 하더라도 지금 시나리오보다는 훨씬 더 매력적인 부분을 넣을 수 있다는 게 주혁의 생각이었다.

"아무래도 직접 가서 이야기를 해봐야 할 것 같아요."

계속해서 시나리오를 보면서 마음에 드는 게 나올 때까지 기다릴 수도 있지만, 다른 방법도 생각해 볼 필요는 있었다. 주혁은 자신이 원하는 방향으로 수정이 가능한지 확인할 생각이었다.

"언제 가보려고?"

"영화제 끝나면 바로 갔다가 오려고요."

"영화제 끝나고 바로? 찾는 곳이 굉장히 많을 텐데?"

사실 그런 이유 때문에 할리우드에 가려고 마음먹은 것도 있었다.

쓸데없이 자신을 부르는 곳이 너무 많았다. 그중에서 가장 가기 싫은 자리는 무슨 자리에 있는 사람들이 과시하기 위해서 자신을 오라고 하는 경우였다.

주혁은 당연히 갈 생각이 없었지만, 그러면 기재원 대표가 굉장히 곤란해졌다.

그런 사람들에게 잘못 보여서 좋을 게 없다. 그런 사람들일수록 자존심은 또 왜 그렇게 강한지, 두고두고 그 일을 잊지 않고 딴죽을 걸 테니까.

그래서 아예 미국에 가서 연말을 보낼 생각을 하고 있었다. 한국에 있다면, 어떻게든 참석하라는 압력이 있을 테지만, 할리우드에 일 때문에 가서 참석을 하기 어렵다는데 누가 뭐라고 할 것인가.

그리고 다른 이유도 있었다. 자신을 노리고 있는 자들에 대해 좀 더 알아보려는 생각에서였다. 그리고 기회가 된다면, 그들의 생각을 읽어볼 요량이었다. 아직 저들은 자신이 이런 능력을 가지고 있는지 모르니 주혁이 생각하기에 지금이 적기였다.

"아쉬워하는 사람들이 많겠는데?"

"친한 사람들하고는 가기 전에 미리 만나두려고요. 그리고 다녀와서 보면 되죠."

기재원 대표는 은근히 좋아하는 눈치였다. 사실 아쉬운 소리를 해야 할 처지라서 스트레스를 많이 받고 있었는데, 이렇게 주혁이 해결해 주니 얼마나 속이 후련한지 몰랐다.

"그래, 이야기할 곳은 생각해 두었고?"

"일단은 두 곳은 점찍어 두었고, 나머지는 살펴보는 중이에요. 한 곳이나 두 곳 정도 더 포함시킬 생각인데, 그건 확실치는 않네요."

주혁은 검토를 마치고 집으로 돌아와서는 수련에 박차를 가했다. 이번에 미국에 가서는 확실하게 얻을 건 얻어야겠다고 생각해서였다.

"보스는 확인하지 못하더라도 적어도 로저 페이튼의 머릿속은 한번 봐야지."

보스를 확인하고 그의 생각을 읽을 수 있으면 좋겠지만, 그
건 확신할 수 없는 일. 하지만 로저 페이튼은 무조건 어떻게
해서든 만나리라 생각하고 있었다. 그가 가지고 있는 상자를
어디에 보관하고 있는지 확인하기 위해서.

"기회가 된다면 그 상자도 가져올 수 있으면 좋고 말이지."

세 개의 상자. 그렇게 되면 존재하는 상자의 절반 이상을
자신이 갖게 되는 것이다. 한 가지 문제는 저번에 오드아이와
의 일이 있었고, 셰도우와의 사건도 있었으니 그들도 주혁을
경계하고 있을 거라는 점이었다.

"정 어려우면 지나가다라도 만날 수 있게 만들면 되지 뭐."

주혁은 이 능력만 잘 키우면, 앞으로 상자의 주인과의 대결
에서 자신이 절대적으로 유리하게 되리라 생각했다. 그래서
어느 때보다도 집중해서 수련에 매진했다.

*   *   *

"그러니까 보스라고 의심이 가는 사람이 지금까지 세 명이
라……."

─지금까지 살펴본 바로는 그렇습니다.

햄튼에 있는 저택을 감시하는 자들이 보내온 정보에 따르

면, 일하는 사람들과 심복이라고 알려진 자들을 제외하면 용의자는 모두 세 명으로 좁혀진다고 했다.

하지만 확실한 건 아니라는 말도 덧붙였다.

—아직 나온 적이 없을 수도 있고, 외부에 있을 수도 있어서 확실하지는 않습니다.

"혹시 상대방이 눈치채지는 않았을까요? 그럴 가능성도 염두에 두어야 할 것 같은데……."

—알아챈 것 같지는 않답니다.

확신할 수는 없는 거였지만, 상대방의 움직임으로 보아 아직 감시를 눈치채지는 못한 듯하다고 했다.

그리고 용의자는 셋 다 건장한 체격의 남자였는데, 모두 특별한 직업은 없는 상태라고 했다.

"나이는 제각각이군요. 30대부터 50대까지."

—그렇긴 합니다만, 어디까지나 서류상의 나이입니다. 신분 세탁을 했을 수도 있으니 실제 나이는 가늠하기 어렵습니다.

당연히 그럴 것이다. 상자의 영향으로 실제 나이보다 보기에는 훨씬 젊어 보일 테니까. 그렇게 생각하면 셋 다 가능성이 있었다.

그런데 나오는 시간은 특별하게 정해져 있지는 않은 듯했다.

"정기적으로 나오는 건 아니고, 내부에서 정보를 얻기도 거의 불가능하고⋯⋯."

—거의 외부 출입이 없습니다. 하지만 계속 지켜보고 있으니 무언가 단서가 나올 겁니다.

아직은 지켜본 시간이 짧아서 규칙성을 찾아내기가 어려웠다. 하지만 시간이 지나고 데이터가 쌓이면 뭐라도 나올 터. 하지만 가능하면 그렇게 오래 기다리지 않았으면 좋겠다는 게 주혁의 생각이었다.

그래서 이번에 미국 일정 중에 그자들과 마주칠 수 있으면 좋겠다고 생각했다.

하지만 일정을 알 수 없으니 행운을 바라는 수밖에 없었다. 지금까지 행운이 많이 따르는 편이었으니 이번에도 기대를 해도 좋지 않을까 기대가 되었다.

하지만 행운만 바라고 있을 수는 없는 법. 확실하게 공략할 수 있는 사람은 놓치지 않을 생각이었다.

주혁이 생각한 사람은 바로 로저 페이튼이었다. 상자를 가지고 있는 게 거의 확실하니 이번에 어떻게든 만나서 정보를 빼낼 생각이었다.

주혁은 곧바로 윌리엄 바사드에게 연락을 했다. 그에게 로저 페이튼과의 만남을 성사시키라고 이야기했기 때문이었다.

"로저 페이튼과의 약속은 어떻게 되어가고 있나?"

―답변을 기다리는 중입니다. 하지만 거절하지는 못할 겁니다. 제가 먼저 만나자고 했으니까요.

윌리엄 바사드는 자신감이 묻어나는 목소리로 이야기했다. 주혁은 로저 페이튼과 만나기 위해서 기퍼트 상원 의원에게 부탁을 할까도 생각해 보았지만, 그것보다는 윌리엄 바사드가 나을 듯했다. 그래서 얼마 전에 이야기를 해놓았다.

"내가 미국에 가 있는 동안 가능하겠지?"

―물론입니다. 일정을 잡아서 며칠 내로 연락드리겠습니다, 마스터.

윌리엄 바사드와 로저 페이튼이 실제로 만난 적은 거의 없다. 모임 같은 데서 잠깐씩 얼굴을 본 적이 있었지만, 둘이 따로 만난 적은 딱 한 번뿐이었다. 예전에 윌리엄 바사드가 한창 떠오르고 있을 때의 일이었다.

그것이 벌써 10년도 더 된 일. 그 당시에는 로저 페이튼이 먼저 보자고 이야기했고, 사회적인 위치나 모든 면으로 볼 때, 윌리엄 바사드가 거절할 수 없는 위치였다. 하지만 이제는 상황이 바뀌었다.

윌리엄 바사드의 청을 거절할 수 있는 사람이 누가 있겠는가. 어지간한 나라의 장관도 그가 보자고 하면 일정을 바꿔야 할 정도였다. 로저 페이튼도 마찬가지였다. 힘의 우위가 확실한 지금, 거절할 수는 없는 일이었다.

　―그런데 미국에는 얼마나 계실 생각이십니까?

　"한 달 정도 생각하고 있다."

　―날짜를 알려주시면 제가 맞추어 준비를 해놓겠습니다.

　"정해지면 연락하지."

　주혁은 12월 초에 가서 내년 1월 초에 돌아올 생각을 하고 있었다. 가기 전에 친분이 있는 사람들과 만나고 가려고 모임 일정을 잡고 있어서 아직 언제 갈지는 확정하지 못한 상태였다.

　"그럼 그쪽 일은 그렇게 맡겨두고……."

　주혁은 통화를 마치고 책상으로 가서 시나리오 뭉치를 들고 나왔다. 그는 테이블에 그것들을 던져 놓고는 소파에 기댄 채 하나씩 다시 살펴보기 시작했다. 어떤 작품을 선택해서 일정을 잡을지 확정하기 위해서였다.

　사실 연말에는 대부분 휴가 기간이어서 일정을 잡기 어려웠지만, 그것은 을의 경우나 그런 거였다. 지금 주혁이 작품에 관해서 이야기를 하고 싶다고 하면, 당장에라도 한국으로 날아올 사람들이 수두룩했다.

　이번에 상품성을 확실하게 어필했다. 자막이 나오는 영화를 보는 걸 싫어하는 미국 사람들도 주혁에게 열광했다. 그리고 전 세계적으로 흥행할 수 있다는 걸 보여주었다. 흥행 수익이 모든 걸 말해주는 것이다.

　그러니 할리우드 관계자들이 주혁을 캐스팅하기 위해서 안달이 난 것도 무리는 아니었다. 그리고 최근에 동양의 영화 시장이 급격하게 커진 것도 주혁의 가치를 더욱 높여주었다.

　예전에야 일본 정도가 큰 시장이었다. 세계 2위의 영화 시장이었으니까.

　하지만 이제는 중국과 동남아시아 시장도 무서울 정도로 커지고 있었다.

　그리고 그런 아시아권에서 가장 티켓 파워가 있는 배우는 현재 강주혁이었다.

　그래서 오히려 할리우드 관계자들이 제발 와서 만나달라고 애를 태우는 입장이었다. 때문에 주혁은 작품을 선정하는 데만 신경을 쓰면 되었다.

　그런데 막상 작품을 고르다 보니까 쉽지 않았다. 자꾸만 아쉽다는 생각이 들어서였다. 최고의 작품을 고를 때는 모든 부분을 다 따지게 되니까 마음에 쏙 드는 작품이 없었다. 대부분 어떤 부분이 좋으면, 어떤 부분은 만족스럽지 않았으니까.

　하지만 수정할 수도 있다는 걸 가정하고 작품을 보면 완전히 다른 이야기가 되는 거였다. 단점이 있지만, 확실한 장점이 있는 작품들에 먼저 손이 갔다. 평균적으로 90점 정도인 작품보다는 다른 부분이 80점 정도라도 하나의 부분이 95점

이상 되는 그런 작품을 뽑았다.

그것이 캐릭터가 되었든, 소재나 설정이 되었든, 관객에게 확실히 어필할 수 있는 포인트가 있는 게 더 좋다는 생각에서였다. 어차피 부족한 부분은 고치면 되니까. 하지만 전반적으로 괜찮은데 확 끌리는 것도 없는 그런 작품은 오히려 포기하게 되었다.

"그렇게 보니까 생각보다 작품이 너무 많은데?"

생각 같아서는 가능성이 있다 싶은 작품은 모두 의견을 타진해 보고 싶지만, 그랬다가는 시간이 모자랄 터. 그래서 신중하게 작품을 선택했다.

선택한 작품은 관계자들과 만나서 이야기를 들어볼 생각이었다. 자신이 미처 생각하지 못한 부분이 있을 수도 있었으니까. 그리고 자신이 생각하고 있는 영화의 문제점에 대해서도 의견을 나눌 것이다.

할리우드 제작자들은 서구적인 마인드로 접근했다. 당연한 일이다. 지금까지 그렇게 영화를 만들어왔으니까.

하지만 이제는 아시아 시장도 생각하지 않을 수 없다. 그래서 주혁은 그 부분을 심도 있게 이야기 나눌 생각이었다.

"일단 미션 임파서블하고 리얼 스틸은 만나기로 하고, 토르하고 브레이킹 던도 괜찮을 것 같고……."

지금 상태로는 문제가 있다고 생각되었지만, 수정이 잘되면 아주 매력적으로 바뀔 수도 있다는 생각이 드니 작품이 또 달라 보였다. 그래서 선뜻 버리기가 아쉬운 작품들이 자꾸만 눈에 밟혔다.

하지만 사람은 살아가면서 언제나 선택의 기로에 서게 된다. 그리고 거기서 어떤 선택을 하느냐에 따라서 인생이 바뀌기도 한다. 주혁은 그런 생각을 하면서 신중하게 작품을 선정했고, 일정을 포함한 내용을 윌리엄 바사드에게 알려주었다.

그리고 윌리엄 바사드는 바로 관계자들에게 이 사실을 알렸고, 할리우드 관계자들의 스케줄이 대거 조정되는 일이 벌어졌다.

*   *   *

"정예진 님."

"네, 축하드립니다."

인기상 수상자가 한 명 한 명 호명되었다. 같이 작품을 했던 정예진이 호명되자 주혁은 눈으로 살짝 축하한다는 표시를 했다.

"강주혁 님."

하지만 곧이어 주혁의 이름이 사회자의 입에서 나왔다. 주혁은 자리에서 일어나서 단상으로 걸어 나갔다.

"너무나도 그림 같은 분들에게 상이 돌아가게 된 것 같습니다."

타짜에서 인연이 있었던 여배우 유혜수가 멘트를 했다. 네 명이 수상을 하게 되었는데, 모두 선남선녀들이어서 단상이 환해지는 느낌이었다. 그 어느 때보다도 멋지고 화려하다는 말이 절로 나왔다.

"강주혁 씨, 영화 개봉하는 날 조조로 봤어요."

유혜수는 친근한 미소를 지으면서 주혁에게 알은척을 하며 축하를 건넸다. 주혁도 한껏 밝은 표정으로 답했다. 이렇게 인기상까지 받게 될 줄은 몰라서 더욱 즐거운 마음이었다.

자리로 돌아온 주혁은 축제 분위기에 푹 젖어서 즐겼다. 상을 타고 말고는 큰 상관이 없었다. 이미 보상은 받았다고 생각하고 있었으니까. 그저 이 자리에 있다는 것만으로도 충분히 기쁜 일이었다.

그래서 아주 편안한 마음으로 축하 공연도 즐겼고, 수상자들도 축하해 주었다.

그리고 드디어 남우주연상이 발표될 차례. 주혁은 아주 편안한 표정이었지만, 오히려 주변에서 다소 긴장한 모습을 보였다.

짧게 후보자가 연기를 한 모습이 보이고 드디어 호명의 순간이 되었다. 다들 주혁이 트리플 크라운이라는 위업을 달성

할지에 관심이 쏠리고 있었다. 사실 주혁이 수상하리라는 예상이 많기는 했지만, 막상 발표의 순간이 되니 사람들도 조금 긴장하기 시작했다.

아까 인기상을 받은 정예진이 카드에 적힌 이름을 확인하고는 이름을 불렀다.

"이분을 아저씨라고 불러도 되는지 모르겠네요. 축하드립니다. 강주혁 씨."

주혁은 환하게 웃으면서 단상으로 올라갔다. 감사를 전해야 할 사람들에게 모두 인사를 한 후, 주혁은 차분하게 말을 이었다.

"제가 이야기하고 싶었지만, 미처 다 이름을 말하지 못한 분들도 계십니다. 현장에서 정말 고생하면서 함께 영화를 만드는 분들이 바로 그분들이십니다. 저는 그분들을 대표해서 이 상을 받았다고 생각합니다."

주혁은 잠깐 말을 쉬었다가 다시 이야기를 시작했다.

"여러분들의 노고와 성원 잊지 않겠습니다. 절대로 멈춰 있는 배우가 되지 않겠습니다. 감사합니다."

주혁은 환호를 받으면서 단상에서 내려왔다. 사실 그 이후로는 정신이 없어서 기억도 잘 나지 않았다. 워낙 많은 사람들의 축하가 쏟아져서 인사하기에 바빴기 때문이었다. 그리고 정말 오랜만에 코가 삐뚤어질 때까지 술을 마셨다. 하지만 상자의 영향인지는 몰라도 끝까지 정신은 멀쩡했다.

정말 수많은 사람들이 주혁의 트리플 크라운을 축하하기 위해서 찾아왔다. 팬들은 물론이고, 그동안 같이 작품을 했던 사람들도 거의 모습을 볼 수 있었다.

주혁은 오랜만에 한껏 웃는 표정으로 잠이 들었다. 본인은 모르겠지만, 그가 이렇게 밝은 표정으로 잠이 든 것은 정말 오랜만이었다. 오늘만큼은 수많은 사람들과 함께하는 그런 기분이 들어서 더할 나위 없이 행복했던 것이다.

＊　　　＊　　　＊

"이제는 당분간은 보기 힘들겠구만."

"뭐, 금방이죠. 자주 연락드릴게요."

주혁은 공항에서 기재원 대표와 작별 인사를 나누었다. 이번에는 장백이하고 둘이만 가게 되었다. 윤미도 가겠다고 했는데, 집에 일이 생겨서 안타깝게도 다음번으로 기회를 미루어야 했다.

"그래, 시간 다 된 것 같으니까 어서 가보라고."

"좋은 소식 가지고 올 테니까 염려 마세요."

주혁은 비행기에 탑승하기 위해서 장백이와 함께 움직였다. 그리고 그가 게이트로 나가는 순간 저 멀리에 있는 다른 게이트에서는 오랜만에 한국에 들어오는 한 남자가 중국 사람들과 같이 나오고 있었다.

"이거 한국은 오랜만인데?"

창현은 킬킬거리면서 사방을 둘러보았다. 자신을 맞이하러 나온 사람이 있을 테니 그를 찾기 위해서였다.

"그나저나 그 뚱땡이 주혁이 배우가 되리라고 누가 생각이나 했겠어?"

사실 창현은 주혁이 유명해지자 살짝 불안한 생각이 들기도 했었다. 자신을 찾아서 소송을 걸면 어쩌나 싶어서였다. 하지만 그러지 못할 것이라고 생각했다. 이미지로 먹고사는 배우가 소송에 휘말리는 것 자체가 마이너스였으니까.

그는 저 멀리 주혁이 비행기에 오르기 위해서 움직이고 있다는 사실을 모른 채, 자신의 이름이 적힌 종이를 들고 있는 사람에게 다가갔다.

"아, 조창현 씨."

그는 얼굴을 알고 있는 듯, 다가오는 창현에게 먼저 말을 걸었다. 그는 손을 내밀었는데, 창현은 피식 웃고는 말했다.

"호텔로 가죠. 피곤해서 좀 쉬어야겠네요."

창현은 중국 사람들에게 가서는 머리를 살짝 숙이면서 말을 했고, 그들을 데리고 공항 밖으로 나갔다.

안내를 맡은 창욱의 수하는 황당하다는 표정을 지었지만,

급히 그들을 따라 나섰다. 그들을 안내하는 것이 자신의 임무였으니까.

그렇게 주혁과 적대자들의 운명과 행보는 공항에서 엇갈린 채 잠시 공백기를 갖게 되었다.

CHAPTER **58**
새로운 단서

"헤이, 제프리. 진짜 이렇게까지 해야 하는 거야?"

"브라이언. 지금 그의 주가가 어떤지 잘 알면서 그러나. 그리고 아시아 시장은 이제는 옵션이 아니야. 반드시 고려해야 할 필수 사항이 되었다고."

할리우드 제작자인 제프리와 브라이언은 사무실에서 주혁을 기다리고 있었다. 사실 기분이 썩 좋지는 않았다. 거물 제작자인 그들이 언제 이런 일을 겪어보았겠는가. 정말 할리우드의 톱 배우나 되어야 이런 자리를 요구할 수 있을 것이다.

그런데 아시아의 배우가 이런 것을 요구한다니. 어지간한 배우였다면 들은 체도 하지 않았을 것이다. 하지만 어쩌겠는가. 강주혁은 지금 어지간한 할리우드 배우보다도 더 인기가 있었다. 아니, 인기로만 따진다면 비교할 사람이 없을 것이다.

세인트 엘모 식당 사건으로 엄청난 화제가 된 것도 모자라서 영화까지 열풍을 일으켰다. 사람들은 당연히 다음 작품은 할리우드 작품이 될 것으로 생각하고 있었다. 그리고 이미 여러 곳에서 상당한 금액의 개런티를 제시했다는 소문이 돌았다.

그런 상황이니 그의 제안을 거절할 수 없었다. 자존심을 세우다가 그를 다른 작품에 빼앗긴다면 두고두고 후회를 할 것 같아서였다. 하지만 기분이 유쾌하지는 않았다. 그래서 전문적인 이야기를 하면서 기를 좀 죽여놓을 생각을 하고 있었다.

—손님이 도착했습니다.

인터폰으로 연락이 왔다. 제프리와 브라이언은 자리에서 일어났고, 잠시 후, 주혁이 투자회사의 임원과 함께 안으로 들어왔다.

"반갑습니다, 미스터 강. 오시는 데 불편한 점은 없었는지요?"

"차량까지 보내주셔서 아주 편하게 왔습니다."

방에 모인 넷은 서로 인사를 나누고는 자리에 앉았다. 그리고 가벼운 이야기부터 풀어놓으면서 분위기를 부드럽게 이어나갔다.

"미스터 강의 액션은 할리우드에서도 굉장히 화제입니다. 그런데 정말 대역 없이 직접 하셨다면서요?"

"따로 시간을 들여서 배웠습니다. 시간도 상당히 오래 걸렸죠. 훈련받은 걸 생각하면 지금도 아주 끔찍합니다."

주혁이 코믹한 표정으로 진저리를 치자 가벼운 웃음이 나왔다. 제프리와 브라이언은 주혁과 이야기하면서 무척 스마트하면서 유쾌한 인물이라는 느낌을 받았다. 둘은 처음보다는 호감이 담긴 시선으로 주혁을 바라보았다.

둘은 사람과 만나서 이야기를 해보면, 어떤 사람인지 대충 파악할 수 있었다. 말과 행동에는 그 사람의 인생이 배어 나온다. 둘은 오랜 경험을 바탕으로 그런 걸 잘 캐치하는 편이었다. 그리고 주혁과 이야기를 해보니 확실히 매력이 있었다.

진솔하지만 심각하지는 않았고, 유쾌하지만 경박스럽지는 않았다. 차분했지만 따분하지는 않았고, 명석했지만 젠체하지는 않았다. 이야기를 할수록 호감이 가는 그런 사람이었다.

"그런데 작품에 대해서 이야기를 할 것이 있다고……."

"예, 제가 좀 궁금한 부분들이 있어서요."

지금부터가 진짜 대화였다. 주혁은 자신이 생각하는 작품의 장점과 단점에 관해서 이야기하기 시작했다. 그리고 제프리와 브라이언은 대화를 하면서 점점 놀라고 있었다.

'배우 수준이 아닌데?'

그저 자신이 연기를 하게 될 캐릭터나 장면 중에서 문제가될 만한 걸 이야기할 줄 알았는데, 그게 아니었다. 작품 전체를 파악하고 그걸 바탕으로 이야기하고 있었다. 그들은 주혁이 단순히 그냥 배우가 아니라는 걸 알 수 있었다.

게다가 주혁이 작품을 보는 시선은 무척 날카로웠다. 그리고 자신들이 보는 것과는 미묘하게 시야가 달랐다. 약간 다른 관점에서 작품을 보고 있었다. 그리고 이야기를 하다 보니 그것이 동양인과 서양인의 정서 차이에서 오는 것이라는 사실을 알 수 있었다.

제프리와 브라이언은 이야기를 하면서 점점 흥이 생겼다. 주혁이 오기 전까지만 해도, 영화가 어떤 것이라는 걸 제대로가르쳐 주겠다는 생각이 있었다. 아시아 배우라고 살짝 깔보는 마음도 있었다.

하지만 이제는 그런 생각은 조금도 남아 있지 않았다.

주혁의 이야기는 정말 신선한 경험이었고, 새겨들을 만했다. 그래서 오늘 이 자리를 만든 것이 정말 다행이라고 생각했다.

"확실히 동양과 서양은 감성적인 차이가 있군요."

"저도 이야기를 듣고 깨달은 게 많았습니다."

서로에게 유익한 시간이었다. 주혁도 이야기를 나누다가 얻은 게 많았다. 미처 몰랐던 것도 많이 알게 되었다.

그렇지만 상대방만큼은 아니었다. 제프리와 브라이언에게는 정말 충격적인 시간이었다.

"벌써 시간이 이렇게 되다니. 너무 아쉽군요."

제프리는 약속된 시간이 벌써 다 흐른 것이 원망스러울 정도였다.

"그러지 말고 한 번 더 만나는 게 어떻겠습니까?"

제프리가 먼저 다시 만날 것을 제안했다. 애초에는 없던 일이었다. 미팅은 오늘 한 번밖에 잡혀 있지 않았으니까. 그리고 원래 이런 제안을 잘 하지 않는 제프리라서 브라이언은 꽤 놀란 표정이었다.

"좋습니다. 저도 많이 아쉬웠는데, 잘되었군요. 3일 뒤 같은 시간이면 어떻겠습니까?"

"3일 뒤라… 예, 좋습니다."

제프리는 수첩을 뒤적이더니 대답했다. 그 날짜에는 약속이 있었지만, 뒤로 미룰 생각이었다. 주혁과의 만남이 더 중요하다고 판단했기 때문이었다.

주혁도 비슷한 생각을 했다. 이런 만남이라면 얼마든지 환영이었다.

하지만 모든 제작자가 제프리와 브라이언과 같은 생각을 가지고 있는 건 아니었다. 다음 날 만난 사람은 정말 거만하고 귀가 닫혀 있는 사람이었다. 자신이 최고이고, 무조건 옳다는 생각을 가진 그런 사람.

그는 스타 제작자였고, 히트작도 많이 만든 사람이었다. 하지만 그게 뭐 어떻단 말인가. 그의 이력은 과거의 일일 뿐이다. 과거에 히트작을 만들었다고, 새로 만드는 작품이 흥행한다는 보장은 없다.

엔터테인먼트 업계와 같이 빨리 변하고 트렌드에 민감한 곳에서 어떻게 저런 사람이 살아남을 수 있었는지 신기할 지경이었다.

'시대의 흐름과는 동떨어진 사람.'

주혁은 그를 그렇게 평가했다. 이럴 거면 왜 자신과 만나겠다고 했는지 이해할 수가 없었다.

입 밖으로 내뱉지만 않았을 뿐이지 그는 대놓고 주혁을 무시하고 있었다. 그리고 자신의 말만 되풀이했다.

입만 살아 있고 귀는 닫힌 사람. 주혁은 대충 이야기를 정리하고 자리를 나왔다. 다른 조건이 아무리 좋다고 하더라도 저런 사람과는 일하기 싫었다. 그리고 저런 사람은 오래지 않아 도태되리라 생각했다.

아마도 그동안 자신의 스타일을 고수한 작품들이 계속해서 성공하자 거기에 완전히 갇혀 있는 듯했다. 아마도 행운도 많이 따랐을 것이고. 하지만 그런 게 언제까지 이어지겠는가. 주혁이 점쟁이는 아니었지만, 그의 미래는 알 것 같았다.

"그러고 보면, 어제 만난 제프리와 브라이언이 정말 괜찮은 사람들이야."

주혁은 그들과의 다음번 만남이 더욱 기대가 되었다.

*　　　*　　　*

무척 흥미로웠던 만남도 있었지만, 주혁의 관심사는 오로지 로저 페이튼과의 만남에 쏠려 있었다. 지금 상황에서 그것보다 중요한 일은 없었으니까. 그들은 계속해서 주혁의 생명을 노리고 있었다. 그러니 다른 어떤 것보다 상자의 주인들을 정리하는 게 우선이었다.

─정말 괜찮으시겠습니까?

"신경 쓰지 않아도 된다."

주혁은 간단하게 대답했다. 주혁은 윌리엄 바사드와 로저 페이튼이 만나기로 한 호텔 객실의 바로 아래 있는 방에 자리를 잡았다. 만약 방이 비어 있지 않았다면 약속을 늦추었을 것인데, 행운이 따르는 모양이었다.

—그럼 저는 약속 장소로 가보도록 하겠습니다.

윌리엄 바사드와 통화를 마친 뒤, 주혁은 혼자서 마지막으로 테스트를 해보았다. 정신을 집중하자 시선이 공중으로 붕 떠올랐고, 그 상태에서 더욱 집중하자 시선이 조금씩 위로 올라갔다. 그리고 천장을 넘어 위에 방까지 보이게 되었다.

그리고 가로막고 있는 천장은 반투명하게 보여서 아래 있는 자신의 모습이 그대로 보였다. 위에는 검은 양복을 입은 사람들이 기계를 가지고 이런저런 검사를 하고 있었다. 주혁은 그 모습을 잠시 지켜보다가 한 명을 향해서 능력을 사용했다.

갑자기 시간이 정지했고, 눈에서 나온 환한 빛이 그 남자의 머리를 향해 날아갔다. 주혁은 빛이 머리에 닿기 전에 기술을 중단했다. 이미 테스트를 통해서 확인한 것이었지만, 혹시나 하는 마음에 확인을 해본 거였다.

주혁은 다시 시선을 정상으로 되돌리고는 차분하게 때를 기다렸다. 로저 페이튼은 워낙 조심성이 많아서 무척이나 까다롭게 굴었다. 약속 장소도 자신이 잡겠다고 했고, 한 층을 모두 비웠다.

그러고도 모자라는지, 사람들이 계속해서 구석구석 검사를 했다. 하지만 바로 아래에 주혁이 있으리라고는 생각지도 못했을 것이다.

그렇게 잠시 휴식을 취하고 있는데, 주혁에게 신호가 왔다.

윌리엄 바사드가 로저 페이튼과 만나기 직전에 신호를 보내온 거였다.

주혁은 잠시 기다렸다. 엘리베이터에서 내리면 몸수색을 할 테고, 만나서 의례적인 인사를 나누고는 본격적인 대화가 시작될 것이다. 그러려면 아무래도 시간이 좀 걸릴 터.

주혁은 적당한 시간이 흐른 뒤, 위치를 잡고 능력을 사용했다. 그리고 시선이 계속 올라가도록 정신을 집중했다. 그리고 위층의 상황이 보이기 시작했다.

'뭐야? 이 테이블에 앉아서 대화하는 게 아니었나?'

주혁은 테이블과 의자가 세팅되어 있어서 당연히 거기에서 대화가 이루어지는 줄 알았는데, 이곳에는 부하로 보이는 사람들만 서성이고 있었다. 주혁은 시선을 돌려서 둘이 어디에서 이야기를 하는지 찾았다.

'저쪽 방에서 하는 모양이네.'

문이 닫혀 있고, 앞에 남자들이 서 있는 것으로 보아 그 방에서 대화가 이루어지고 있는 듯했다.

주혁은 시선을 다시 정상으로 되돌리고는 위치를 옮겼다. 이상하게도 시선은 자신의 머리에서 바로 위쪽으로만 떠올랐다.

자유롭게 이동도 할 수 있었으면 좋을 텐데, 아직까지는 방법을 찾지 못했다. 그래서 자리를 로저 페이튼이 있는 장소의 아래로 옮기는 방법밖에는 없었다.

주혁은 다시 위치를 잡고 정신을 집중했다. 시선이 공중으로 붕 떠올랐고, 천장을 뚫고 위로 올라갔다. 그리고 작은 테이블에 앉아서 이야기를 나누고 있는 윌리엄 바사드와 로저 페이튼을 볼 수 있었다.

둘은 웃는 얼굴로 편안하게 대화를 하고 있는 것처럼 보였다. 하지만 마음속으로는 서로 시퍼런 칼을 품고 있을 터. 물론 둘이 어떤 마음가짐으로 대화를 하든 주혁은 상관없었다. 로저 페이튼이 능력의 사정거리 안에 있다는 사실만이 중요했다.

주혁은 곧바로 능력을 발휘했다. 갑자기 모든 움직임이 멈추었고, 아래에서 환한 빛이 로저 페이튼의 머리 쪽으로 움직였다. 그리고 곧 로저 페이튼의 머리가 밝은 빛으로 물들었다.

주혁은 살짝 긴장이 되었다. 로저 페이튼의 머리에는 정말 엄청난 정보가 들어 있을 것이고, 그걸 지금부터 볼 수 있다는 생각을 하니 흥분도 되었다. 그런데 로저 페이튼의 기억은 생각보다 쉽게 보이지 않았다.

일단 머릿속으로 잘 들어가지지 않았다. 그동안 꾸준히 수련을 했지만, 아직 능력의 사용이 미숙한 모양이었다. 하지만 이런 기회를 놓칠 수는 없는 일. 주혁은 계속해서 정신력을 쏟아부어서 그의 기억을 보고자 애썼다.

로저 페이튼의 머리 부분에서는 불꽃이 튀었고, 단단했던 방어막도 조금씩 뚫리는 듯했다. 빛이 아주 조금씩이지만, 그의 머릿속으로 들어가는 게 보였으니까. 하지만 주혁은 극심한 피로감을 느꼈다.

일반인의 기억을 볼 때와는 비교도 할 수 없을 정도의 에너지가 소모되었다. 갑자기 눈앞이 흐려지고, 정신이 혼미해지는 게 느껴졌다.

하지만 여기서 멈출 수는 없는 일. 주혁은 이를 악물고 더더욱 집중했다.

그리고 그의 기억이 하나둘 보이기 시작했다. 하지만 모든 것이 선명하게 보이지는 않았다. 잘 보이는 것도 있었지만, 거의 보이지 않는 것도 있었다. 본인이 숨기고 싶은 것일수록 잘 보이지 않는 듯했다.

하지만 계속해서 애를 쓴 결과, 일부 기억을 확인할 수 있었다.

'보스에게 충성을 하고 있는 게 아니었어.'

로저 페이튼은 놀랍게도 기회만 생기면 보스를 제거하고 그의 상자를 차지할 생각을 하고 있었다. 하지만 이런 생각을 들키면 자신이 위태로우니 잘 숨겨야겠다고 생각하고 있었다. 그는 보스를 굉장히 두려워하고 있었다.

하지만 안타깝게도 보스에 대한 정보는 잘 보이지 않았다. 그가 얼마나 보스를 두려워하는지를 알 수 있는 대목이었다. 다른 부분은 어떻게든 접근을 할 수 있었는데, 보스와 관련된 내용을 보려고 하면 강력한 저항에 직면했다.

'조금만 더.'

주혁은 자꾸만 정신이 흐려졌다. 하지만 아직 보지 못한 기억들이 훨씬 많았다. 주혁은 다른 것보다 상자와 관련된 정보를 보기 위해서 노력했다. 그것이 가장 중요했으니까. 하지만 상자와 관련된 정보도 반발이 엄청났다.

결국은 보스나 상자와 관련된 정보는 포기하고 다른 기억을 뒤지기 시작했다. 다른 기억은 그래도 조금 나았다. 저항이 있기는 했지만, 볼 수는 있었으니까.

그렇게 기억을 뒤지는 동안 주혁의 정신은 점점 흐려져 갔고, 이내 눈앞이 하얗게 변하더니 그대로 정신을 잃었다.

그러자 다시 시간이 정상적으로 흘렀고, 로저 페이튼은 잠시 이상한 느낌이 들었다.

"무슨 일이라도 있습니까?"

로저 페이튼의 표정이 변하자 윌리엄 바사드가 차를 조금 마시면서 물었다.

로저 페이튼은 이내 웃는 표정으로 바뀌면서 대답했다.

"아닙니다. 그러니까 그 지역의 이권 문제를……."

로저 페이튼은 말을 이어나갔고, 그들의 아래에 있는 방에는 주혁이 정신을 잃은 채 누워 있었다.

＊　　　＊　　　＊

주혁이 깨어난 것은 반나절 정도 지나서였다. 윌리엄 바사드와 로저 페이튼이 미팅을 시작할 때는 밖이 아주 환했었는데, 지금은 온통 어둠으로 물들어 있었다. 주혁은 정신이 들자 가장 먼저 느낀 것은 머리가 지끈거린다는 거였다.

"머리가……."

주혁은 관자놀이를 꾹꾹 눌렀다. 쑤시고 따끔거리고 아주 불쾌한 기분이 들었다. 이런 경우는 처음이라 어떻게 표현해야 할지 생각이 잘 나지 않았지만, 굳이 예를 들자면, 머릿속에 고슴도치가 들어 있는 것 같은 느낌이었다.

그리고 자리에서 일어나자 머리가 핑 돌았다. 현기증이 나서 제대로 서지 못하고 몸이 비틀거렸다. 간신히 의자에 걸터

앉은 주혁은 정보를 얻겠다고 너무 무리를 했다며 자책했다.

"확실히 일반인들하고는 뭔가 달라."

기억을 살피는 게 쉽지 않았다.

보통 사람들의 기억을 살피는 것이 평지를 걷는 것 같다고 한다면, 상자의 영향을 받은 사람들의 기억을 살피는 건 갯벌에서 움직이는 것 같았다. 굉장히 힘이 들었다.

그리고 능력이 강할수록 더욱더 힘이 드는 것 같았다. 오드아이보다는 세도우가 어려웠고, 세도우보다는 로저 페이튼이 힘들었다.

이렇게 되면 생각을 조금 바꿔야 할 것 같았다. 로저 페이튼이 이런 정도면 보스란 자는 훨씬 더 어려울 것 아닌가. 로저 페이튼은 자신과 레벨 차이가 나는데도 이 정도였는데, 보스는 자신과 같은 레벨. 그것도 훨씬 먼저 그 경지에 오른 사람일 것이다.

"보스의 기억을 보는 건 어렵겠지?"

그리고 만약 어떻게 기억에 접근했다 하더라도 큰 성과는 없을 듯했다. 별다른 의미가 없는 기억은 보기 쉬웠지만, 중요한 정보, 자신이 숨기고 싶은 사실은 확인하기 어려웠으니까. 하지만 조금만 바꿔 생각하면 활용할 수 있는 길은 있었다.

"보스가 누구인지 확인하는 데 사용할 수는 있겠네."

굳이 그자가 보스인지 기억을 찾아서 확인하지 않더라도, 기억을 보기가 어려운 자가 있으면 바로 보스라고 보면 된다. 지금 로저 페이튼보다 더 강한 자는 보스밖에 없을 테니, 누가 보스인지는 확실하게 알 수 있을 듯했다.

하지만 그것만으로는 뭔가 아쉬웠다. 상자의 위치라거나 가지고 있는 능력과 같은 중요한 정보를 알고 싶었으니까.

하지만 만약 더 큰 성과를 얻으려면, 지금보다 능력이 대폭 강화되어야 한다. 지금 능력으로는 어림도 없었다.

"정말 해도 해도 끝이 없구나. 기억을 볼 수 있으면, 모든 게 끝날 거라고 생각했는데……."

아쉬운 생각이 들었다. 이번에 로저 페이튼의 상자도 얻고, 보스가 누구인지도 확인해서 상황을 마무리 지을 수 있겠다고 생각했었으니까.

하지만 역시나 세상일은 자신이 뜻한 대로만 돌아가지는 않는다는 걸 깨닫게 되었다.

정신이 좀 돌아오자 핸드폰의 진동 소리가 들렸다. 얼른 확인해 보니 윌리엄 바사드에게서 온 전화가 있었다. 주혁은 바로 연락을 했다.

―아, 전화를 받지 않으셔서 걱정하던 중입니다, 마스터.

방에 들어갈까 생각도 했었는데, 혹시라도 다른 이유가 있을까 봐 연락을 기다리던 중이라고 하면서.

"잠시 정리할 것이 있어서 그랬다. 로저 페이튼이 딱히 이상하게 생각하지는 않았겠지?"

─물론입니다. 그럴싸한 사안을 가지고 만나자고 해서인지 의심하지는 않는 눈치였습니다.

둘이 그냥 차나 마시자고 하면서 만날 사이는 아니지 않은가. 그래서 서로 가지고 있는 이권을 교환하는 내용을 가지고 이야기를 나누었다. 서로 윈윈이 될 수 있는 내용이어서 로저 페이튼도 상당한 관심을 보였다고 했다.

주혁은 혹시 다시 만날 일이 있느냐고 물었는데, 던진 미끼가 제법 먹음직한 것이라서 다시 만날 일이 있을 거라고 대답했다. 둘이 자연스럽게 만나게 되면 자신에게는 좋은 일이다. 문제는 지금 상태로는 다시 시도해 봐야 별것 없겠다는 거였다.

주혁은 능력을 강화하는 데 시간을 많이 투자해야겠다고 생각했다. 아직 상대가 눈치채지 못하고 있었지만, 가능하면 빨리 상황을 정리하는 편이 좋았다. 보스의 능력이 무엇인지도 몰라 불안한 것도 있었고, 상대도 놀고만 있지는 않을 테니까.

"알겠네. 수고했어. 내가 다시 연락하지."

─도움이 되셨다니 다행입니다. 저도 정보가 들어오면 바로 연락드리겠습니다.

통화를 마친 주혁은 고개를 흔들어 정신을 차리고 자신이 본 것을 정리했다.

로저 페이튼이 보스를 제거할 기회만 노리고 있다는 사실을 안 건 가장 큰 수확이었다. 오드아이와 셰도우는 그런 생각을 가지고 있지 않았기 때문이었다.

둘은 보스에게 거의 절대적인 충성을 바치고 있었다. 그리고 보스를 굉장히 두려워했다. 보스를 두려워하는 건 로저 페이튼도 마찬가지였다. 어떤 일이 있어서 그렇게 두려워하는 것인지는 볼 수 없었지만, 극도로 무서워하고 있다는 건 알 수 있었다.

하지만 로저 페이튼은 둘과는 달랐다. 그런 공포를 느끼면서도 기회를 엿보고 있었다. 주혁은 그것이 상자의 존재를 아는 자와 모르는 자의 차이라고 생각했다.

"로저 페이튼은 상자의 능력을 아니까……."

그래서 셋 다 보스를 두려워하고 있었지만, 로저 페이튼만이 기회를 엿보고 있는 거였다. 자신이 상자를 가지게 되면 보스만큼 강한 힘을 가질 수 있다고 생각했을 테니까.

오드아이와 셰도우는 보스가 초능력자라고 생각하고 있었다. 하긴 초능력이라고 생각해도 틀린 말은 아닐 것이다.

하지만 로저 페이튼은 보스의 능력이 어떻게 만들어진 것인지 잘 안다. 그래서 다른 자들과는 생각의 차이가 있는 것이다.

그리고 그건 보스도 마찬가지일 것이다. 끊임없이 자신을 노리고 있는 이유도 다 상자를 독식하기 위해서 아닌가. 만족하지 못하고 끊임없이 탐욕을 채우기 위해서 움직이고 있는 것이다.

"그 할아버지가 우려한 게 이런 거였구나."

아마도 상자의 발견자인 알란은 자식이 인간답고 행복하게 살기를 원했을 것이다. 그것이 자식을 가진 부모의 마음 아니겠는가. 하지만 그의 자식이 상자를 가지고 있는 한, 절대로 그렇게 되지 못하리란 걸 안 것이다.

그리고 자신은 그걸 막을 수 있었지만, 차마 자식이라서 손을 쓰지 못한 것이다. 그래서 세상을 떠돌면서 자식을 막을 수 있는 사람을 찾은 거였고. 얼마나 기구한 운명인가. 자식을 피해서 세상을 떠도는 신세라니.

주혁은 자신이 처음 얻은 상자가 특이한 것인지, 아니면 알란과 자신이 특이한 것인지 모르겠다고 생각했다. 적어도 둘은 상자를 가지고도 자신의 욕심을 채우기 위해서 살인까지도 불사하는 괴물이 되지는 않았으니까. 우연인지, 아니면 상자의 영향인지 모를 일이었다.

주혁은 상대가 먼저 건드리지 않았다면, 굳이 다른 상자를 차지하고 싶은 마음은 없었다. 하지만 상자를 가진 다른 사람들은 그렇지 않았다. 다른 상자를 차지하기 위해서 얼마나 흉악해질 수 있는지 이미 겪지 않았던가.

그러니 가만히 있을 수가 없었다. 자신이 상자를 가지고 있다는 게 밝혀진 지금, 자신은 가만히 있으려고 해도 상대가 자신을 놔두질 않을 것이다. 그래서 차라리 자신이 움직여서 문제의 싹을 잘라 버리겠다고 생각한 거였다.

'이렇게 되는 게 어쩌면 상자를 가지고 있는 자들의 숙명일지도 모르지.'

어차피 이제 상황은 되돌릴 수 없는 상태. 오로지 앞으로 나아가는 방법밖에는 없었다. 그리고 지금 같은 상황에서 상대에게 순순히 당해줄 생각은 조금도 없었다. 기왕 이렇게 된 것, 자신이 모든 상자를 차지하고 상황을 정리하리라 마음먹은 지 오래였다.

"문제는 보스인데……."

아직까지는 보스의 정체도, 그가 어떤 능력을 가지고 있는지도 모르는 상태였다. 그나마 다행인 점은 상대도 주혁에 대해서 알지 못한다는 거였다. 사실 상대가 무작정 공격해 왔다면, 주혁은 크게 낭패를 볼 수도 있었다.

보스가 주혁의 정체를 알게 되었을 당시에는 주혁에게 특별한 능력도 없었고, 동전도 그리 많지 않았으니까. 하지만 상대가 신중하게 접근하는 통에 오히려 득을 본 거였다.

하지만 보스의 선택도 틀렸다고 할 수는 없는 일이다.

모든 것을 알고 있으면 당연히 어떻게 하는 것이 가장 좋다는 걸 알겠지만, 정보가 없는 상태에서는 조심하는 게 당연한 일이었으니까. 그것도 예지력을 가진 아버지가 남긴 상자의 주인이라면 더욱 그럴 것이다.

"그래도 성과가 없지는 않았지."

비록 많은 정보를 얻지는 못했지만, 그래도 성과는 있었다. 상대가 왜 그렇게 조심스럽게 움직이고 있는지 확실하게 알아냈으니까. 상대는 자신의 능력이 어떤 것인지 모르고 있어서 조심스러운 거였다.

그래서 그걸 알아내기 위해서 이런저런 테스트를 해온 것이다. 분명히 강한 능력을 가지고 있을 것 같은데, 한 번도 보여준 적은 없으니까. 주혁은 혹시 상황이 이렇게 된 것도 상자의 최초 발견자인 알란의 안배가 아닐까 생각했다.

"윌리엄 바사드도 완전히 마음을 놓고 있을 수는 없겠어……."

그러고 보면 윌리엄 바사드도 안심할 것만은 아니라는 생각이 들었다. 지금은 자신이 어찌할 수 없다고 생각하니 주혁을 따르고 있었지만, 약간의 기회만 보이면 다른 마음을 먹을 수도 있을 것 아닌가.

그도 상자를 얻기 위해서는 어떤 짓도 할 수 있는 인물이었

다. 과거에 자신을 노린 적도 있지 않았는가. 그러니 상황이
정리될 때까지는 안심할 수가 없었다.

"그런데 단서를 알려준다고 했는데, 언제 받을 수 있는 거
지?"

주혁은 알란이 남긴 단서를 빨리 확인했으면 좋겠다는 생
각을 하면서 방을 나섰다. 단서를 얻게 되면 지금보다는 나아
질 테니까.

주혁은 밖으로 나가면서 방문을 닫았고, 그가 방을 나서자
한 치 앞도 알아볼 수 없는 어둠이 방 안을 뒤덮었다.

＊　　　　＊　　　　＊

제작자들과 만나보니 참 여러 종류의 사람이 있다는 걸 알
수 있었다. 그리고 아직은 동양인에 대한 편견이 있다는 사실
도 여실히 느낄 수 있었다. 주혁을 바라보는 시선이 생각보다
는 호의적이지 않았다.

그저 운 좋게 뜬 아시아 배우라며 폄하하는 사람도 있었
고, 거품 인기라며 수군대는 사람도 있었다. 그리고 이런 자
리를 요구했다는 걸 굉장히 시건방지다고 생각하는 자도 있
었다.

물론 그의 앞에서 이야기를 한 건 아니었다. 하지만 직접

새로운 단서　285

말하지 않는다고 그런 분위기를 느낄 수 없는 건 아니었다.

"저는 잘 모르겠던데요?"

"장백아, 배우는 어떤 걸 잘해야 할까?"

"배우요? 배우야 당연히 연기를 잘해야겠죠."

주혁은 웃으면서 이야기했다. 연기를 잘하려면 어떻게 하는 게 좋겠냐고.

장백은 감이 잘 잡히지 않는다는 듯 고개를 갸웃거렸다.

"관찰이 중요하지. 관찰 없이는 연기도 없는 거야."

주혁은 좋은 배우가 되려면 관찰력이 좋아야 한다고 말했다. 적극적인 사람, 대범한 사람, 소심한 사람. 같은 상황이라도 사람에 따라서 반응이 다른 법이다. 그리고 그런 것의 차이점을 알고 연기에 녹여내야 좋은 연기가 나오는 거라고 했다.

"그래야 사람들이 정말 저 캐릭터는 있을 법한 인물이라고 생각을 하거든. 가장 중요한 건 관객들이 스크린 속의 인물이 진짜라고 믿어야 한다는 거야."

드라마나 영화를 보면서 사람들이 캐릭터가 이상하다고 생각되면 몰입이 되겠는가. 그래서 캐릭터를 제대로 살리려면 관찰력이 바탕이 되어야 하는 거였다.

그제야 장백은 고개를 끄덕였다. 완전히 이해가 되었으니까.

그리고 자신에게는 보이지 않았지만, 주혁은 미세한 것으로부터 그 사람의 생각과 감정을 읽었다는 걸 납득했다.

하지만 주혁이 이야기한 게 틀린 말은 아니었지만, 아무나 할 수 있는 건 아니었다. 주혁도 많은 경험이 있었기에 가능한 거였다.

"그렇군요. 저는 배우는 못하겠네요. 대련할 때 움직임을 관찰하는 건 잘하겠는데, 사람 심리나 행동 같은 건 영 모르겠거든요."

"사람마다 잘하는 게 있고, 못하는 게 있고 그런 거지."

장백은 고개를 끄덕이다가 생각이 난 듯 질문을 던졌다.

"생각해 두신 작품은 있으신 거예요?"

"아직 확정은 아닌데, 많이 좁혀졌어."

이야기를 나눠보니 확실하게 제외할 것들은 정해졌다. 내용보다는 눈요깃거리에만 집중한다거나, 생각이 너무 달라서 주혁과는 맞지 않는 작품들이 있었던 것이다.

"한국으로 가기 전에는 어느 정도 결정을 할 생각이야."

장백은 거의 결정이 되었다는 사실을 알 수 있었다. 저런 이야기를 할 때는 한쪽으로 거의 기운 상황이라는 거였으니까. 아마도 마지막으로 확인할 게 있어서 확정을 못 하는 정도일 것이다.

장백의 생각대로 주혁은 거의 다음 출연작에 대한 생각을 굳힌 상태였다. 다소 위험 요소가 있기는 했지만, 그만큼 매력도 있는 작품이었다. 그리고 무엇보다도 사람들과 이야기가 통했다.

소통은 무엇보다도 중요하다. 서로 의견이 다르더라도 이야기가 잘 통하면 어떻게든 문제를 해결할 수가 있다. 그래서 한 가지만 더 확인하고 결정할 생각이었다.

─통화 가능하십니까?
주혁이 윌리엄 바사드의 전화를 받은 건 호텔에 도착해서 막 샤워를 하려고 할 때였다.
"무슨 이야기지?"
─햄튼에 있는 자들로부터 연락이 왔는데, 용의자 중에서 두 명이 이번 주말에 있는 자선 파티에 참석한다고 합니다.
"두 명이?"
자선 파티 참석자 명단을 미리 구할 수가 있어서 알아낸 정보라고 했다. 주혁은 그 자리에는 무조건 가야겠다고 생각했다.
"나도 참석할 수 있게 조치하고, 아무래도 특수 분장을 해야겠지?"
─제가 알아서 처리하고 필요한 사람들을 미리 보내겠습

니다.

통화를 마치고 주혁은 드디어 보스의 정체를 알아낼 수 있을지도 모른다는 생각에 숨이 거칠어졌다.

*   *   *

햄튼은 완전히 다른 세계였다. 처음에는 다른 곳과 별다른 차이가 없다고 생각했다. 하지만 그것이 오해라는 걸 깨닫는 데는 많은 시간이 필요하지 않았다. 시가지를 벗어나 부호들의 사유지가 있는 곳으로 가니 정말 상상을 초월하는 저택들이 보였다.

"한화로 치면 천억 원이 넘는 저택도 많습니다."

투자회사 임원이 옆에서 설명했다. 천억 원. 정말 어마어마한 금액이다. 주혁도 돈에 구애받는 사람은 아니었지만, 이곳에 있는 저택들은 정말 차원이 다른 부를 보여주고 있었다.

"비버리 힐즈에 있는 저택들도 대단했는데, 여기는 더한 것 같네요."

"두 곳이 미국의 대표적인 부촌이라고 보시면 될 겁니다. 아, 이 저택도 유명하죠."

임원은 지금 보이는 저택은 주인이 발명가이자 작가인데,

프랑스풍의 아름다운 저택이라고 이야기했다. 그 이야기를 마쳤는데도 차가 아직 그 저택의 소유지를 벗어나지 못하고 있었다.

"검은 대리석 장식과 지하에 있는 포도주 저장실이 유명합니다."

주혁은 그런 걸 어떻게 아느냐고 묻자 임원은 싱긋 웃으면서 대답했다. 대부분 사생활이 드러나는 걸 꺼리기는 하지만, 주인이 파티를 좋아하고 아는 사람들을 많이 초대해서 잘 알려진 주택도 있다는 거였다.

"저 주택도 유명하죠. 전망이 아주 좋답니다. 그리고 개인 해변이 아주 아름답다고 하는군요."

그뿐이랴. 주인이 말을 좋아해서 마구간과 승마 시설도 있었고, 수영장에 테니스 코트까지 있었다. 개인의 취향에 따라 안에 볼링장이 있는 저택도 있었다.

"개인 해변이라니. 부럽기는 하군요."

"그렇습니까? 적당한 해변이 있는 저택으로 하나 장만하시는 게 어떻겠습니까?"

투자회사 임원은 당장에라도 말만 하면 하나 사겠다는 식으로 이야기했다. 주혁은 웃으면서 슬며시 고개를 저었다. 그런 식으로 산들 무슨 의미가 있겠는가. 게다가 그 큰 저택에서 혼자 지내는 건 더 끔찍할 것 같았다.

"이곳에 윌리엄 바사드의 별장은 없습니까?"

"왜 없겠습니까. 하지만 개인 해변은 없습니다만……."

주혁은 고개를 절레절레 저었다. 윌리엄 바사드가 엄청난 부호라는 걸 알고는 있었지만, 재산이 어느 정도인지는 감이 오질 않았다. 일반인이 상상할 수 있는 범위를 벗어난 부를 가지고 있는 사람이었으니까.

"그나저나 변장은 잘된 것 같죠?"

"물론입니다. 아무도 미스터 강이라고는 알아보지 못할 겁니다."

주혁은 40대 중반의 동양 남자로 변장한 상태였다. 특수 분장을 통해서 바뀐 터라 얼굴을 쥐어뜯기는 일만 없다면 들킬 염려는 없을 것이다.

"지금 가는 저택은 유명한 투자자가 산 것인데, 죽으면서 파트너였던 건축가에게 상속이 된 겁니다. 그 건축가는 이곳에는 잘 들르지 않고 그의 딸이 주로 머물고 있죠."

그의 딸이 자선 사업에 관심이 많아서 이런 자선 파티가 자주 열린다고 했다. 주혁은 고개를 끄덕였다. 둘이 이야기를 하는데, 운전기사가 목적지에 도착했다고 말을 했다.

"아, 여기군요. 여기서 잠시만 기다리세요."

주혁은 차에서 내리면서 핸드폰을 걸었다. 벨이 몇 차례 울리자 바로 끊었는데, 문에서 사람이 나와서 주혁을 안으로 안내했다.

"이렇게 의뢰주를 만나게 되어서 영광입니다."

라틴계로 보이는 남자와 백인 여자가 보였는데, 남자가 다가와서 인사를 건넸다.

"정보가 통합되니 일하기가 조금 더 수월해지더군요."

주혁은 효율성을 위해서 윌리엄 바사드가 의뢰한 자들과 미스터 K를 통해서 의뢰한 자들을 통합했다. 주혁이 각각의 정보를 받아서 분석하고 정리하는 게 불필요한 작업이라는 생각이 들어서였다.

확실히 정보가 합쳐지자 서로 작업하기가 편해졌다. 그리고 작업도 적절하게 배분해서 효율성도 높아졌고. 윌리엄 바사드에게는 상자의 주인이 아니라 자신을 노리는 세력이라고만 이야기해 두었다.

상자와 관련된 인물이라고 눈치를 챌 수도 있었지만, 윌리엄 바사드가 할 수 있는 일은 없었다. 오드아이나 셰도우 같은 자들이 있는데, 그가 할 수 있는 게 뭐가 있겠는가. 그런 부분에 대해서도 지나치다 싶을 정도로 강조해서 쉽사리 다른 마음을 먹지는 못할 것이다.

"여기는 어떻게 얻은 거지? 컨트롤 타워에서 내준 자금으로는 턱도 없었을 텐데."

주혁은 여기저기 널려 있는 장비들을 보면서 물었다. 여기에 아예 살림을 차린 것 같은 모양새였으니까.

주혁의 말에 여자가 휘파람을 불었다.

"다 방법이 있죠."

이곳에 있는 별장에 계속 사람이 머무는 곳은 흔치 않다. 휴가철에만 주인이 머물고, 나머지는 관리인이 관리를 하는 곳이 대부분이다.

개중에는 관리인이 유혹에 약한 경우도 있는 법이다.

"여기 관리인은 한 달간 남미로 여행을 떠났어요. 물론 남미 아가씨들과 진탕 놀 정도의 돈을 가지고 갔으니 아주 즐거운 시간을 보내겠죠?"

백인 여자는 주혁에게 다가와서 은근한 눈빛을 보내면서 이야기했다. 라틴 남자가 백인 여자의 말을 받았다.

"우리는 거점과 작업의 편의성을 확보할 수 있어서 좋고, 관리인은 인생을 즐길 수 있으니 좋고. 이런 게 윈윈이죠."

주혁은 피식 웃었다. 하기야 이런 일을 하면서 어떻게 정상적인 방법만 사용하겠는가. 이런 식으로 융통성 있게 작업을 하는 걸 보니 오히려 믿음직하다는 생각이 들었다.

"어떻게 일하는지야 내가 상관할 바는 아니고, 오늘 파티에 참석하기로 한 두 사람에 대한 정보는?"

"이쪽을 보시지요."

남자가 커다란 화면을 손으로 가리켰다. 거기에는 두 사람의 외모와 지금까지 알아낸 정보가 담겨 있었다. 주혁은 두 사람으로부터 그들에 대한 정보를 빠짐없이 듣고, 파티에서 신경 써야 할 내용도 새겨들었다.

"저희가 이야기할 내용은 여기까집니다."

주혁은 고개를 끄덕였다. 무척 신경 써서 준비를 한 게 느껴졌다. 하지만 정보가 있다고 무조건 작전에 성공하는 건 아니다. 현장에서는 항상 임기응변이 필요하다. 촬영에서도 애드립이란 게 있듯이 말이다.

그런 점을 두 사람은 이야기했고, 주혁은 가만히 고개를 끄덕였다. 그런 거야 익히 알고 있는 거였으니까. 그래도 연기자 아닌가. 그런 문제는 큰 문제가 되지 않으리라 생각했다.

"그럼 계속 수고하게."

주혁은 인사를 하고는 밖으로 나왔다. 그리고 자신을 기다리고 있는 자동차로 향하는데, 문가에서 두 남녀가 이야기하는 게 들렸다. 거리는 상당했지만, 주위가 워낙 조용해서 신체적인 능력이 남다른 주혁은 그 소리를 들을 수 있었다.

"의뢰주 정말 멋지지 않아요? 목소리도 그렇고, 카리스마도 있고. 40대 중반 정도?"

"다른 건 그런 것 같은데 나이는 모르지. 얼굴은 가짜니까."

"어머, 설마 그걸 내가 모를 거라고 생각하고 지금 이야기하는 거야? 내가 당신보다 이쪽 일에는 선배라는 거 잊었어?"

"그냥 그렇다는 말이야. 아마도 50대 중반은 넘었겠지."

"하긴, 그런 느낌은 세월이 아니고서는 빚어낼 수 없는 거니까."

주혁은 졸지에 50대의 중후한 동양인으로 인식되었다. 그런 착각은 얼마든지 환영이었다. 의뢰를 한 입장에서 상대가 자신에 대해서 제대로 알고 있지 않은 편이 좋으니까. 그래서 오늘도 변장을 해서 그들의 앞에 모습을 드러낸 거였다.

"갑시다."

주혁은 차 문을 닫고는 조용히 이야기했다. 기사는 차를 출발시켰고, 자동차는 조용히 도로를 미끄러지듯 움직였다.

*　　　　*　　　　*

"어서 오세요. 미스터 제프리, 미스터 왕."

투자회사의 임원인 제프리는 주혁을 중국 투자가로 소개했다. 서양 사람들이야 한국인과 중국인을 어떻게 구별하겠는가. 그러니 주혁의 얼굴을 베이스로 해서 변장을 했는데도 전혀 의심하지 않고 있었다. 오히려 거물 투자가라고 생각했는지 상당한 관심을 보였다.

하기야 유명 투자회사의 임원이 특별히 소개를 하는 정도이니 가볍게 보아 넘길 인물은 아니라고 생각했을 터이다. 그래서인지 더듬더듬 중국어로 인사도 했다. 미국의 부유층에 중국어 배우기가 열풍이라더니 정말인 듯했다.

주혁은 유창한 중국어로 대답해 주었고, 사람들이 주혁에게 더욱 관심을 표했다. 덕분에 주혁은 파티를 주최한 주인공과 상당한 시간을 같이 보내야 했다. 그녀가 주혁에게 관심을 보여서 쉽게 놔주지 않았기 때문이었다.

"무슨 사업을 하시는지 여쭤봐도 될까요?"

"엔터테인먼트 분야에서 일을 하고 있습니다."

"아, 그래서 제프리와 친분이 있었던 거군요."

주혁은 잔잔한 미소를 보이면서 고개를 끄덕였다. 자신이 엔터테인먼트 분야에서 일하고 있는 건 사실이었다. 배우였으니까. 그리고 제프리와 친분이 있는 것도 사실이었다. 그들이 생각하고 있는 것과는 조금 다른 종류의 친분이었지만.

그리고 파티에 온 사람들이 주혁에 대해서 관심을 갖는 건, 제프리와 주혁의 관계를 보았기 때문이었다. 완벽하게 동등한 관계라는 건 존재하지 않는다. 똑같아 보여도, 누군가는 위이고 누군가는 아래다.

그리고 그런 관계는 은연중에 나타난다. 아무리 그렇지 않게 행동하려 해도, 무의식까지 컨트롤할 수는 없는 법이다. 그리고 이곳에 있는 사람 중에는 그런 정도까지 세밀하게 살필 수 있는 눈을 가진 사람들이 있었다.

많은 돈을 벌고 유지한다는 건, 치열한 경쟁에서 승리한 사람이라는 뜻이다. 수많은 사람과 관계하고, 그 안에서 경쟁하고 살아남은 사람. 그들의 눈에는 누가 우위에 있는지 보였다. 그래서 주혁에게 다가가서 이야기를 나누었다.

제프리 정도 되는 사람을 밑에 깔고 있는 사람이라면 반드시 알아두어야 할 사람이라는 뜻이었으니까. 하지만 주혁은 그렇게 사람들이 몰려들수록 귀찮기만 했다. 그렇다고 대놓고 그런 걸 표시할 수도 없는 일이고.

주혁은 자연스럽게 이야기를 나누면서 용의자 두 사람의 위치를 파악했는데, 둘은 거의 움직이지 않고 있었다. 그리고 자신이 있는 방향으로 올 생각도 전혀 없는 듯했다.

주혁은 기회를 보다가 슬쩍 그들이 있는 곳 근처로 움직였다. 굳이 그들에게 말을 섞을 필요도 없었다. 근처까지만 가면 되었으니까.

중간에 여자들이 웃으면서 그에게 말을 걸어왔지만, 난처한 표정을 지으면서 정중하게 양해를 구했다. 잠시 후에 이곳으로 오겠다고 하면서. 그리고 드디어 두 남자가 있는 근처까지 움직일 수 있었다.

'누가 보스냐?'

주혁은 바로 능력을 사용했다. 시끌벅적하던 파티장은 갑자기 침묵에 휩싸였고, 사람들은 동상처럼 그 자리에 굳어 있었다. 그리고 주혁의 눈에서 나간 빛이 용의자들의 머리로 행했다. 주혁은 일단 가까이 있는 남자의 기억부터 살펴보았다.

"뭐야?"

주혁은 기억을 살피다가 깜짝 놀랐다. 우선 이자는 보스가 아니었다. 일반인이어서 기억을 살피는 데 어려움이 없었다. 주혁은 곧바로 능력을 거두어들였는데, 그러던 와중에 이상한 걸 발견했다. 기억이 군데군데 없었던 것이다. 기억이 이어지다가 중간에 아예 하얗게 된 부분이 있었다.

'누군가가 기억을 지웠어.'

그리고 그다음 남자도 마찬가지였다. 혹시라도 무슨 부작용이라도 있을까 봐 얼른 거두어들였는데, 기억이 지워졌다는 건 확실하게 알 수 있었다. 하지만 이들은 일반적인 고용인과는 조금 다른 것 같았다.

저택에 장기간 머무르고 있었고, 특별한 일을 하는 것도 아니었으니까. 주혁은 다시 기억을 자세하게 살펴볼까 생각하다가 그만두었다. 일반인이라는 걸 안 이상 부작용 걱정도 되었고, 어차피 중요한 기억은 모두 지워진 상태인 것 같았으니까.

주혁은 대신 파티에서 자신에게 몰려드는 사람들을 상대하느라 진을 빼고 밤늦게나 돌아올 수 있었다. 그리고 그날은 햄튼에서 하룻밤을 보냈다.

다음 날, 주혁은 바로 LA로 이동하기 위해서 움직였다. 제작자들과 미팅이 잡혀 있어서였다.

"식사를 할 시간은 되겠죠?"

"물론입니다. 어디로 모실까요?"

원래는 비행기에 타고 가볍게 식사를 할 생각이었는데, 이상하게도 배가 고팠다.

비행기 시간까지는 여유도 있어서 중간에 가볍게 뭔가 먹고 가야겠다는 생각에서 주변을 둘러보았다. 그리고 아주 분위기가 좋은 곳을 발견했다.

"저기서 간단하게 먹죠."

주혁은 더 아메리칸 호텔이라고 적힌 곳을 가리켰다. 흔히 생각하는 호텔이라기보다는 그냥 자그마한 건물이었다. 1846년에 지어졌다니 그럴 만도 하다는 생각이 들었다. 하얀 색으로 칠해진 테라스가 무척 깔끔해 보였고, 벌써 사람들이 앉아서 식사를 하고 있었다.

주혁 일행은 테라스에 앉아서 메뉴판을 보았다. 아무래도 바닷가와 가까워서 그런지 해물이 메인 요리인 듯했다. 주혁은 애피타이저로 신선한 굴을 주문하고는 기지개를 켜면서 천장을 보다가 깜짝 놀랐다.

나무로 된 구조물 구석에 희미하게 새겨진 한글을 보았기 때문이었다. 잘 보이지 않아서 눈을 찌푸리면서 살펴야 했는데, 거기에는 메리에게 물건을 달라고 하라는 말이 적혀 있었다.

주혁은 애피타이저를 가지고 온 종업원에게 여기에 메리라는 사람이 있느냐고 물었는데, 자신은 잘 모르겠다고 대답했다.

"그런가요? 분명히 여기 있는 사람일 텐데."

그녀는 잠시 안으로 들어갔는데, 50대로 보이는 남자와 함께 나왔다. 그는 자신을 이곳의 주인이라고 소개하면서 이야기했다.

"저희 어머니를 찾으셨다고요?"

"혹시 어머님을 좀 뵐 수 있을까요?"

"어머님을요? 무슨 일 때문에 그러신지……."

나무에 한글이 적혀 있어서 그런다고는 말할 수는 없는 일이다. 주혁은 잠시 궁리하다가 예전에 맡긴 물건을 찾아달라는 부탁을 받았다고 설명했다. 그러자 주인은 신기한 듯 주혁을 쳐다보았다.

"정말 어머니가 이야기한 대로군요. 올해 맡긴 물건을 찾으러 오는 사람이 있을 거라고 그렇게 이야기를 하시더니……."

주인은 어머니가 지금은 몸이 불편해서 집에 계신다고 이야기했다. 그는 안으로 들어가더니 잠시 후 옷을 갈아입고 나왔다.

"가시지요. 제가 집까지 안내하겠습니다."

"이렇게 자리를 비워도 괜찮습니까? 굳이 이러실 것까지는 없는데……."

"동생하고 아내가 있으니까 상관없습니다. 가끔은 이런 핑계로 쉬기도 하면서 사는 거 아니겠습니까."

주인은 껄껄 웃더니 자기 차를 따라오라고 했다.

주혁은 일행과 함께 주인의 차를 따라갔는데, 호텔에서 그리 멀지 않은 곳에 집이 있었다. 집은 그리 화려하지는 않았다.

"어머니, 손님이 오셨어요."

남자는 집으로 들어가면서 큰 소리로 이야기했다. 아마도 어머니의 귀가 잘 들리지 않는 모양이었다.

주혁도 안으로 들어갔는데, 밖에서 본 것과는 달리 정갈하면서도 고풍스러운 느낌이 들었다. 그리고 아들의 부축을 받으면서 걸어 나오는 노파도 상당히 기품 있어 보였다.

노파와 아들, 그리고 주혁은 거실에 있는 소파에 앉았다.

아들은 어머니의 귀에 대고는 큰 소리로 주혁이 왜 왔는지 이야기했다.

"뭐?"

노파는 인상을 찌푸리면서 되물었다. 아들은 허탈한 웃음을 웃었다.

"죄송합니다. 어머님이 귀가 갑자기 안 좋아지셔서요."

"괜찮습니다. 저는 상관없으니까 신경 쓰지 않으셔도 됩니다."

노파는 아들이 다시 이야기하니 그제야 알아듣고는 주혁을 쳐다보았다. 무척이나 따스하고 자애로운 눈빛이었다.

"드디어 온 겐가? 기다리면서도 정말 찾아올까 항상 의문이 들었었는데 말이지. 그래, 자네가 그 사람이 말한 사람인 게로군."

노파는 반가워하면서 주혁의 손을 잡았다. 젊었을 때는 남자들을 설레게 했을 아름다운 손이었겠지만, 지금은 주름이 자글자글했다. 하지만 노파의 손은 무척이나 따뜻하고 친근하게 느껴졌다.

"알란을 잘 아세요?"

주혁은 소리를 높여서 말했다. 아들이 낸 소리보다는 작았

는데, 노파는 오히려 주혁의 목소리는 잘 알아들었다. 그녀는
알란의 이름을 듣자 입가에 엷은 미소가 지어지더니 살짝 볼
이 상기되었다.

"잘 알지. 내가 본 사람 중에서 가장 멋진 신사였으니까."

노파는 알란이 얼마나 자상하고 훌륭한 사람인지 이야기
했다. 그 당시에 이 마을에 있던 처녀들이 모두 그를 보면서
가슴을 설레었다면서.

"그분이 남긴 물건을 받으러 왔는데요."

"아, 그 물건."

주혁은 이야기를 듣다가 가만히 있으면 끝이 나지 않겠다
고 생각해서 물건 이야기를 꺼냈다. 노파는 고개를 끄덕이더
니 아들에게 자신의 방에 있는 작은 보석함을 가지고 오게 했
다.

남자는 방에 가더니 잠시 후 자그마한 보석함을 가지고 나
왔다.

그가 함을 내려놓자 노파는 보석함을 가볍게 손으로 쓰다
듬었다. 아련한 눈빛으로 보석함을 바라보면서. 그녀의 표정
을 보고 있자니 애틋한 감정이 느껴졌다.

"이 물건도 그가 준 선물이지."

노파는 잠시 지난 일을 생각하는 듯 보석함을 바라보다가
뚜껑을 열었다. 그리고 그 안에 곱게 접혀 있는 종이를 주혁

에게 건넸다.

"자네도 무척 깊은 눈을 가졌군. 마치 알란의 눈을 보는 것
같아."

사실 주혁은 바로 일어서려고 했다. 하지만 노파의 이야기
를 들으니 차마 발걸음이 떨어지질 않았다. 그래서 잠시 노파
와 이야기 상대를 해주었다. 노파는 주혁과의 대화를 무척이
나 즐거워했다.

하지만 둘의 대화는 그리 길지 않았다. 할머니가 이내 지쳤
는지 쉬어야겠다고 말했기 때문이었다. 노파는 아들의 부축
을 받으면서 방에 들어갔다. 보석함을 꼭 쥐고서.

주혁은 할머니가 방으로 들어가는 걸 보고나서 아들과 함
께 밖으로 나왔다.

주혁은 공항으로 향하는 차 안에서 종이를 펼쳐 보았다. 종
이에는 두 가지 내용이 있었다.

─조선에 도착하기 전까지는 여자가 건네는 음료수를 조심하라.

주혁은 고개를 갸웃거렸지만, 적혀 있는 대로 여자가 주는
음료수는 조심하리라 생각했다. 다 무슨 이유가 있어서 그런
것일 테니까.

─상자의 주인과 맞서기 위해서는 또 다른 힘이 필요하다. 그 힘을 얻기 전까지는 상자의 주인과 만나는 것을 피해라. 또 다른 힘의 단서는 살벌한 결혼식에서 얻을 수 있으리라.

주혁은 고개를 갸웃거렸다. 지금까지는 그래도 직접적인 언급이었는데, 이번에는 수수께끼 같은 말들이 적혀 있었기 때문이었다.

'힘이 약해졌을 때 예지력을 사용한 건가?'

가장 신경이 쓰인 말은 상자의 주인을 피하라는 말이었다. 물론 여기서 상자의 주인이란 건 로저 페이튼이 아닌 보스를 뜻하는 것일 터이다. 주혁은 보스의 정체를 확인하고 싶었는데, 이 글을 보고 나니 고민이 되었다.

'정체를 확인하는 것 정도는 괜찮지 않을까? 적당한 거리를 두고서도 가능할 것 같은데.'

하지만 알란의 예지력은 지금까지 주혁에게 큰 도움을 주었고, 틀린 적이 없었다. 그래서 일단은 알란의 편지를 믿고 조심하기로 했다. 무언가를 보아서 이런 경고를 남겼을 테니까. 무엇보다 조심해서 나쁠 건 없지 않겠는가.

그리고 또 다른 힘을 얻게 된다는 것도 끌리는 내용이었다. 또 다른 힘을 얻는다면, 지금보다는 확실히 보스를 상대하기

가 수월할 테니까. 그리고 그 힘은 도대체 어떤 것일까 궁금
했다.

"그런데 살벌한 결혼식이란 건 뭐지?"

"예? 살벌한 결혼식이요?"

주혁이 무심코 중얼거린 걸 옆에서 들었는지, 제프리가 말
을 했다.

"아니에요. 그냥 시나리오 생각하다가 중얼거린 거니 신경
쓰지 않아도 됩니다."

제프리는 그런 거냐면서 고개를 끄덕였다. 영화야 워낙 상
상 밖의 상황을 연출하니 어떤 장면이라도 놀랄 건 아니었으
니까.

주혁은 긴장을 풀고 푹신한 의자에 등을 기댔다. 그러자 얼
굴이 간지러웠다.

'특수 분장을 한 거나 빨리 떼어버렸으면 좋겠네.'

주혁은 뺨을 긁으면서 생각했다.

*   *   *

"소속사와 이야기를 하겠지만 특별한 일이 없는 이상 문제
는 없을 겁니다."

주혁이 만나고 있는 건 미국에 와서 가장 처음 만난 제프리

와 브라이언이었다. 그들의 작품이 가장 자신에게 적합하다고 생각해서였다. 생각해 보니 햄튼에 갔던 투자회사의 임원과 이름이 똑같았다.

'제프리라는 이름이 특이한 건 아니니까.'

주혁의 말을 들은 할리우드의 제작자인 제프리와 브라이언은 주먹을 꽉 움켜쥐었다. 지난번에 시리즈가 영 신통치 않아서 고민이 많았었는데, 이번에 새로운 전기를 마련할 수 있겠다는 생각에서였다.

시리즈를 끝내자는 말을 하는 사람들도 있었지만, 주혁이 새로이 주연을 맡게 된다면 사람들의 생각이 달라질 것이다. 지금 그보다 이 영화의 주인공에 어울리는 사람은 없다고 생각되었으니까.

"그러면 정식 계약은 한국에 돌아간 이후가 되겠군요. 그럼 저희가 한국을 한번 방문하는 것으로 하죠."

제프리가 적극적으로 나섰다.

서로 잘 맞는다는 생각을 하는 사이라서 주혁과 둘의 대화는 아주 순조롭게 진행되었다.

이야기를 하고 있는데, 비서가 음료수를 가지고 들어왔다. 열띤 이야기를 하고 있던 터라 목이 말라서 브라이언이 이야기를 한 거였다.

주혁은 무심코 음료수를 마시려고 하다가 멈칫했다.

"무슨 문제라도 있습니까?"

제프리가 음료수를 시원하게 마시다가 주혁의 행동이 이상한 것을 보고는 물었다.

"아닙니다. 생각할 게 좀 있어서요."

주혁은 무언가를 생각하는 시늉을 했다. 여자가 건네는 음료수를 조심하라는 말이 불현듯 떠올라서였다. 여기서는 특별한 문제가 없으리라 생각하고는 있었지만, 그래도 조심하는 게 좋겠다는 생각에서였다.

주혁은 잠시 더 이야기를 나누다가 음료수를 마시지 않은 채 밖으로 나왔다. 하지만 워낙 자연스럽게 행동해서 제프리와 브라이언은 그런 부분에 대해서는 알지 못했다. 그걸 치우는 비서만이 고개를 살짝 갸웃거렸을 뿐이었다.

주혁은 일정을 마치고 한국으로 돌아가는 비행기에 탑승했다. 그는 1등석에 타 편안하게 휴식을 취했다.

같은 시각, 한국에서는 조창현, 원래는 지재우라는 이름을 가지고 있었던 인물과 삼합회의 인물이 창욱의 심복과 이야기를 나누고 있었다.

"준비는 잘됐겠지요?"

"물론입니다. 이중 삼중으로 덫을 놨으니 문제없을 겁니다."

창욱의 심복은 그들의 작전이 마음에 들었다. 원래는 단순하게 암살을 하려고 했었다. 하지만 창욱이 가능하면 그를 가장 비참하게 파멸시켰으면 좋겠다는 뜻을 전해서 작전이 조금 바뀌었다. 작전을 바꾸기에 충분한 돈을 지불하기로 했으니까.

그리고 그들이 친 덫은 아주 치밀했다. 정말 이대로만 된다면 강주혁이라는 배우는 순식간에 나락으로 떨어질 것으로 보였다. 의외의 변수가 있다손 치더라도 그들의 함정을 모두 피하지는 못할 것으로 보였다.

"그러면 저는 그렇게 알고 있겠습니다."

"살펴 가시죠. 배웅은 하지 않겠습니다."

창욱의 심복은 조창현을 살짝 노려보다가 밖으로 나갔다. 정말 재수 없는 놈이라고 생각하면서.

남자가 나가자 삼합회의 인물이 창현에게 이야기를 걸었다.

"작전이 바뀌어서 다행이야."

"일개 배우인데 그렇게 신경이 쓰이십니까."

삼합회의 인물은 창현을 슬쩍 째려보았다. 그러자 창현은 바로 몸을 낮추었다. 창현은 언제 자존심을 세우고, 언제 낮추어야 하는지 확실히 아는 자였다.

"일개 배우라니. 시 주석과도 인연이 있는 거물이야."

그는 처음부터 상대가 그인 걸 알았으면 다시 생각했을 거라고 말했다. 원로들 중에서도 반대를 하는 사람들이 있었는데, 이번에 작전을 바꾸면서 승인이 떨어졌다고 했다. 그대로만 진행된다면 확실하게 마무리할 수 있었으니까.

"걱정하지 않으셔도 됩니다. 원래 높이 날던 자가 떨어지면 충격이 큰 법이니까요. 그런 상황이라면 자살하는 것도 전혀 이상하지 않은 일 아니겠습니까."

창현은 비릿하게 웃었다. 삼합회의 인물은 이런 식으로 모략을 꾸미는 걸 좋아하지 않는 터라 썩 좋은 얼굴은 아니었다. 하지만 지금 진행하고 있는 방식이 최선이라고 생각했다.

"자그마한 실수도 있어서는 안 된다. 철저하게 확인하도록."

창현은 알았다면서 고개를 끄덕였다. 이번 일만 성공하면 자신은 지금까지 이룩한 것보다도 훨씬 더 큰 성공을 할 수 있을 것이다. 그는 주혁과는 참 재미있는 인연이라고 생각했다.

"너는 어쩌면 내가 필요할 때마다 이렇게 도움을 주고 그러냐."

그는 낄낄대며 웃었다. 이번에도 그를 발판으로 큰 이득을 얻으리라 생각하고 있었기 때문이었다. 자신이 생각해도 이정도 덫이면 세상에 어떤 사람이라도 빠져나갈 수 없으리라 생각되었다.

그러니 주혁의 몰락은 이제 정해진 것이나 다름없다고 생각하고 있었다. 그래도 마지막 확인을 하기 위해서 그는 대포폰을 꺼내 전화를 걸었다. 그리고 모든 것이 계획대로 진행되고 있다는 걸 확인했다.

"확실하게 넣었지? 다른 준비도 차질 없이 진행되었고?"

─물론입니다. 이제 모든 게 끝났다고 보면 됩니다.

창현은 만족해하면서 대포폰을 버렸다. 하지만 그가 모르는 것이 하나 있었다. 바로 알란이라는 존재였다.

주혁은 멀리 인천공항이 보이자 마음이 편안해짐을 느꼈다. 한 달간의 일정을 마치고 드디어 한국에 돌아온 것이다. 아쉬운 점도 있었지만, 상당한 성과도 있었다. 보스의 정체는 확인하지 못했지만, 로저 페이튼과 다른 자들에 대한 정보는 제법 알아냈으니까.

게다가 무언가 새로운 능력이 생긴다는 것도 그를 들뜨게 했다.

주혁은 앞에 있는 음료수 잔을 들었다. 그러다가 스튜어디스가 음료수를 권하면서 다니는 걸 보고는 잔을 다시 내려놓았다. 아까 스튜어디스가 음료수를 내려놓은 게 생각나서였다.

"아직 도착하기 전이지."

주혁은 다시 자리에 등을 기댔고, 그런 모습을 날카로운 눈으로 지켜보는 스튜어디스가 한 명 있었다.

『즐거운 인생』10권에 계속…

강준현 장편 소설

FUSION FANTASTIC STORY

개척자

Pioneer

『복수의 길』의 강준현 작가가 선보이는
2015년 특급 신작!

글로벌 기업의 총수, 준영.
갑자기 찾아온 몽유병과 알 수 없는 상황들.

"…누구냐, 넌?"
혼돈 속에서 순식간에 바뀐 그의 모든 일상.
조각 같던 몸도, 엄청난 돈도, 뛰어난 머리도 모두, 사라졌다!

스스로도 알 수 없는 낯선 대한민국의 밑바닥부터
다시 시작해야 하는 준영.

"젠장! 그래, 이렇게 산다!
대신 나중에 바꾸자고 하면 절대 안 바꿔!"

그는 과연 이 상황을 극복하고 자신의 운명을
새롭게 개척해 나갈 수 있을 것인가!

Book Publishing CHUNGEORAM

유행이 아닌 자유추구 -
WWW.chungeoram.com

우각 新무협 판타지 소설

FANTASTIC ORIENTAL HEROES

북검전기

2014년의 대미를 장식할,
작가 우각의 신작!

『십전제』, 『환영무인』, 『파멸왕』…
그리고,

『북검전기』

무협, 그 극한의 재미를 돌파했다.

북천문의 마지막 후예, 진무원.
무너진 하늘 아래 홀로 서고, 거친 바람 아래 몸을 숙였다.

살기 위해! 철저히 자신을 숨기고
약하기에! 잃을 수밖에 없었다.

심장이 두근거리는 강렬한 무(武)!
그 걷잡을 수 없는 마력이,
북검의 손 아래 펼쳐진다!

Book Publishing CHUNGEORAM

유행이 아닌 자유추구 -
WWW.chungeoram.com